中國語言文字研究輯刊

五 編

許錟輝 主編

第 2 冊

白話文運動的危機（中）

李春陽 著

花木蘭文化出版社

國家圖書館出版品預行編目資料

白話文運動的危機（中）／李春陽 著 — 初版 — 新北市：花
木蘭文化出版社，2013〔民 102〕
目 2+180 面；21×29.7 公分
（中國語言文字研究輯刊　五編；第 2 冊）
ISBN：978-986-322-523-2（精裝）
1. 白話文運動
802.08　　　　　　　　　　　　　　　　　102017937

中國語言文字研究輯刊
五　編　　第二冊　　　　　ISBN：978-986-322-523-2

白話文運動的危機（中）

作　　　者　李春陽
主　　　編　許錟輝
總 編 輯　杜潔祥
出　　　版　花木蘭文化出版社
發 行 所　花木蘭文化出版社
發 行 人　高小娟
聯絡地址　235 新北市中和區中安街七二號十三樓
　　　　　　電話：02-2923-1455／傳真：02-2923-1452
網　　　址　http://www.huamulan.tw 信箱 sut81518@gmil.com
印　　　刷　普羅文化出版廣告事業
初　　　版　2013 年 9 月
定　　　價　五編 25 冊（精裝）新台幣 58,000 元

白話文運動的危機（中）

李春陽　著

目
次

第四章　從立異到標新

第一節　「河南五論」

一

郁達夫說，「五四運動的最大的成功，第一要算『個人』的發見。從前的人，是為君而存在，為道而存在，為父母而存在，現在的人才曉得為自我而存在了。」〔註1〕

這話聽上去簡單，實際是自明清以來思想解放運動潛流所蘊藏的強烈的內在要求，在王權崩潰後，借助於外國新思潮的啟發和傳播終於爆發出來。陳獨秀一九一五年在《東西民族根本思想之差異》一文中說得更為透徹：

> 西洋民族，自古迄今，徹頭徹尾，個人主義之民族也。……舉
> 一切倫理、道德、政治、法律，社會之所嚮往，國家之所祈求，擁
> 護個人之自由權利與幸福而已。思想言論之自由，謀個性之發展也。
> 法律之前，個人平等也。個人之自由權利，載諸憲章，國法不得而
> 剝奪之，所謂人權是也。人權者，成人以往，自非奴隸，悉享此權，

〔註1〕　郁達夫編選《中國新文學大系‧散文二集》導言，上海文藝出版社影印，良友公司 1935 年版，第 5 頁。

無有差別。此純粹個人主義之大精神也。自唯心論言之：人間者，
性靈之主體也；自由者，性靈之活動力也。自心理學言之：人間者，
意思之主體；自由者，意思之實現力也。自法律言之：人間者，權
利之主體；自由者，權利之實行力也。所謂性靈，所謂意思，所謂
權利，皆非個人以外之物。國家利益，社會利益，名與個人主義相
衝突，實以鞏固個人利益爲本因也。〔註2〕

他認爲中國向來「以家族爲本位，而個人無權利」。結果造成四大惡果：「一曰
損壞個人獨立自尊之人格，一曰窒礙個人意思之自由，一曰剝奪個人法律上平
等之權利，一曰養成依賴性，戕賊個人之生產力。東洋民族社會中種種卑劣不
法慘酷衰微之象，皆以此四者爲之因。欲轉善因，是在以個人本位主義，易家
族本位主義。」

　　沒有這樣的爲自我而存在的「個人」，不可能有新文學運動和新文化運動。
《魯迅全集》《周作人文類編》及《毛澤東選集》，是這樣一些「個人」曾經存
在的文本證據，也是他們個人化過程中留下的文字蹤迹。雖然因文章體裁和題
材不同，它們與作者的個人性之間的關係，或遠或近，直接間接，但文字畢竟
是性情的自然流露，今天或後世的讀者，透過文本以及大量的史料，去接觸和
想像這些「個人」，比他們的同時代人更爲方便。

二

　　五四運動前夕，青年毛澤東曾經拜訪過胡適和周作人，但與魯迅從未謀面。
　　在魯迅生前發表的文章裏，有一篇兩次提及毛澤東名字，使用的卻是複
數，「毛澤東先生們」，耐人尋味。〔註3〕
　　毛澤東一生事功，不得不因勢利導，雖然標新，終未脫舊。魯迅才是眞正
立異，用他自己的話說，叫別立新宗。魯迅終身是文學家，始終著眼於個人，

〔註2〕　陳獨秀《我們斷然有救》，東方出版社 1998 年版，第 21～22 頁。

〔註3〕　1936 年 6 月 9 日所寫《答托洛斯基派的信》，發表於 1936 年 7 月《文學叢報》月
　　　　刊第 4 期和《現實文學》月刊第 1 期，同時刊登的是陳仲山的來信和魯迅的回信。
　　　　在魯迅回覆的下端以文字注明：「這信由先生口授，O.V.筆寫」。O.V.即馮雪峰。魯
　　　　迅逝世之後，由許廣平收入《且介亭雜文末編》《附集》中，1937 年 7 月由上海三
　　　　閒書屋出版。

個人既是他的出發點，又是他的歸宿。對大於個人的組織，他往往持懷疑態度，一切聯合的主張，他亦不肯輕信，「我自有我的確信」：

> 然歐美之強，莫不以是炫天下者，則根柢在人，而此特現象之末，本原深而難見，榮華昭而易識也。是故將生存兩間，角逐列國是務，其首在立人，人立而後凡事舉；若其道術，乃必尊個性而張精神。〔註4〕

毛澤東是政治家，組織學會、政黨，創建軍隊，指揮戰爭，建立國家政權，後來又利用政權的力量試圖改造人性。終其一生打交道者，是大於個人的某種組織或集體——政黨和軍隊。他於個人的理解，是把集團縮到最小，對國家的理解，是放到最大。他眼睛中有各種大小的組織而缺乏個人，雖然他本人個性極強，但個人性在他的各種組織裏，基本上是沒有地位和不予考慮的。這是毛澤東的自相矛盾處。

魯迅的別立新宗，首在立人。人已更生，而環境依舊，事事不易實行，甚至根本無法實行，魯迅的思想和理論主張是嶄新的，「尊個性而張精神」，生活中做人做事卻守舊，這是魯迅內在的衝突。他以無畏的勇氣，負起因襲的重擔，肩起黑暗的閘門，爲通向新生打開了一條荊棘之路，魯迅的文字和著作，無論小說雜文，本身是這新生的路，他在自己的文字裏獲得新生，亦以此文字贈予讀者，益其新生。

革命之發生是有條件的，而且受到社會很大的限制。革命爆發之前，醞釀之際，一些敏感的天才體會到某種比革命本身更爲豐富和強烈的內在衝動。革命是一種能量的釋放，對於釋放之前的能量的勘察，也許能夠觀察到從革命本身無法看到的歷史眞相。魯迅長毛澤東十二歲，天資英發，留學東洋，接觸到域外的新思想，走在了時代的前面：

> 中國在今，內密既發，四鄰競集而迫拶，情狀自不能無所變遷。夫安弱守雌，篤於舊習，固無以爭存於天下。第所以匡救之者，繆而失正，則雖日易故常，哭泣叫號之不已，於憂患又何補矣？此所謂明哲之士，必洞達世界之大勢，權衡較量，去其偏頗得其神明，施之國中，翕合無間。外之既不後於世界之思潮，內之仍弗失固有

〔註4〕《魯迅全集》第一卷，人民文學出版社 1981 年版，第 56～57 頁。

之血脈，取今復古，別立新宗，人生意義，致之深邃，則國人之自

覺至，個性張，沙聚之邦，由是轉爲人國。〔註5〕

《文化偏至論》寫於五四運動十年之前，實爲五四式「個人發現」最準確的表述。

與「老三篇」形成對照的是魯迅早期所著「河南五論」。當年刊在日本留學生的內部刊物《河南》上，讀者極少，幾乎等於沒有。後雖有《魯迅全集》收錄，但礙於古文寫就，始終未能廣泛傳播，這一點與「老三篇」的膾炙人口、家喻戶曉相反。正因如此，「河南五論」沒有在接受過程中被意識形態化，這幾乎是一切有價值的思想面臨的一個無法逃脫的命運。當年魯迅受章太炎「文學復古」主張的影響，以深奧高古之文字，寫下的這五篇超乎時代之上的「立異」之論，靜靜地等了差不多一百年，直到今日，在汪暉的解讀而外，仍不能夠被充分理解，適合傳誦。

李澤厚說：「啓封建之蒙，向它作持久的韌性的戰鬥。特別是在晚年，魯迅對各種以新形式出現的舊事物，或附在新事物上的舊幽靈，總是剝其畫皮，示其本相，以免它們貽害於人民。魯迅是近代中國最偉大最深刻的啓蒙思想家。」〔註6〕但魯迅的啓蒙，至今也還是一個沒有完成的設想，「改造國民性」的艱難歷程，並不會因經濟的高速發展而自動縮短。

因勢利導固然容易收效，但也容易弄成因循守舊，毛澤東強烈的個性色彩，在長期革命中建立的個人聲望，以及作爲鬥爭策略而由組織樹立起的個人權威，在以農民爲主的政黨和軍隊裏，容易演變爲獨尊的君權，施受雙方都有這樣的自然傾向，實爲幾千年專制王權造成的巨大勢能和短期內難以擺脫的習俗。毛澤東本人缺乏留學經歷，對於西方的科學思想和自由民主思潮基本上不瞭解，他嗜讀古書，精通中國歷史，對中國社會三教九流人等看得準摸得透，爲人精明做事縶實，對人性悲觀，這使他不能超出自己的界限。

魯迅早年的思想，集中體現於他一九〇七至一九〇八年的五篇文章當中，《人之歷史》（一九〇七）、《科學史教篇》（一九〇八）、《文化偏至論》（一九〇

〔註5〕《魯迅全集》第一卷，人民文學出版社 1981 年版，第 56 頁。

〔註6〕李澤厚《略論魯迅思想的發展》，《中國近代思想史論》，人民出版社 1979 年版，第 469 頁。

八）、《摩羅詩力說》（一九〇八）、《破惡聲論》（一九〇八）。因全部發表於《河南》雜誌，以下簡稱「《河南》五論」〔註7〕。周作人在《魯迅的青年時代》中認爲，「魯迅本來想要在《新生》上說的話，現在都已在《河南》上發表出來了。」〔註8〕

一九三三年四月瞿秋白在《〈魯迅雜感選集〉序言》中說，「那時候，——一九〇七年——他的那些呼聲差不多完全沉沒在浮光掠影的粗淺的排滿論調之中，沒有得到任何的回響。如果不是《墳》裏保存了這幾篇歷史文獻，也許同中國的許多『革命檔案』一樣，就這麼失散了。」〔註9〕

三

《人之歷史》，原題爲《人間之歷史》，一九〇七年十二月發表於《河南》月刊第一號，副題爲「德國黑格爾氏種族發生學之一元研究詮解」。以德國生物學家恩斯特·海克爾的種系發生學，介紹西方生物進化學說。「所追迹者，事距今數千萬載，其爲演進，目不可窺，即直接觀察，亦局限於至隘之分域，可據者僅間接推理與批判反省二術，及取諸科學所經驗薈萃之材，較量研究之而已。」〔註10〕魯迅據其學說，列出從原始代、太古代、中古代、近古代到人類的出現直觀的生物進化圖表，此爲自然人性論的現代生物科學基礎。

《科學史教篇》，一九〇八年六月發表於《河南》月刊第五號。勾勒了西方自然科學發展史的基本輪廓。由歐美留學生創辦的《科學》雜誌，創刊於一九一五年，魯迅在南京進過礦路學堂，到日本後又赴仙臺學醫，雖已棄醫從文，但對自然科學之於國家民眾的重要性，他認識得很清楚。「蓋科學者，以其知識，歷探自然現象之深微，久而得效，改革遂及於社會，繼復流衍，浸及震旦，而洪流所向，則尙浩蕩而未有止也。觀其所發之強，斯足測所蘊

〔註7〕 《破惡聲論》之外，其餘四篇收入《墳》，1927 年出版之時，距寫作已二十年。《破惡聲論》可能因是未完成稿，魯迅在世時沒有收入任何文集，1938 年出版的《魯迅全集》也沒有收錄。該文首見於 1956 年出版的十卷本《魯迅全集》之《集外集拾遺補編》。

〔註8〕 《魯迅回憶錄》中冊，北京出版社 1999 年版，第 815～816 頁。

〔註9〕 瞿秋白《〈魯迅雜感選集〉序言》，李宗英、張夢陽編《六十年來魯迅研究論文選》上，中國社會科學出版社 1982 年版，第 108～109 頁。

〔註10〕 《魯迅全集》第一卷，人民文學出版社 1981 年版，第 15 頁。

之厚，知科學盛大，決不緣於一朝。」〔註11〕但魯迅卻從來不信奉科學主義，雖然肯定「科學者，神聖之光，照世界者也，可以遏末流而生感動。」同時又認為，「蓋使舉世惟知識之崇，人生必大歸於枯寂，如是既久，則美上之感情漓，明敏之思想失，所謂科學，亦同趣於無有矣。」〔註12〕這見識實在比若干年之後的科玄論戰諸君要高明一些。

《文化偏至論》，一九○八年八月發表於《河南》月刊第七號。在魯迅之前，魏源已提出，「陰陽之道，偏勝者強。自孔子七十子之徒，德行、言語、政事、文學已不能兼誼。」〔註13〕的主張，與宋儒主張的中庸之道明顯不同。魯迅的過人之處，在於他既能看清楚外國新思想的精華若能為我所用，對於本土文化更生，將有莫大之助益；同時他又極端清醒，在輸入域外思想或思潮之時，魚龍混雜，泥沙俱下，往往是為害者泛濫成災，而真正有益的思想和價值，卻難於傳播。自身文化之延續也如是，好的一面欲求薪火不斷異常艱辛，壞的一面卻不學而會不脛而走。

在魯迅看來，個人之大敵有二，一是物質主義，二是多數人的暴政。

> 夫中國在昔，本尚物質而疾天才矣，先王之澤，日以殄絕，逮蒙外力，乃退然不可自存。而輊才小慧之徒，則又號召張皇，重殺之以物質而囿之以多數，個人之性，剝奪無餘。往者為本體自發之偏枯，今則獲以交通傳來之新疫，二患交伐，而中國之沉淪遂以益速矣。〔註14〕

對策是什麼呢？

> 誠若為今立計，所當稽求既往，相度方來，掊物質而張靈明，任個人而排眾數。人既發揚踔厲矣，則邦國亦以興起。〔註15〕

魯迅式的個人主義，此文中有準確的論述，但始終未被充分理解。個人主義及其主張，在中國的二十世紀，始終沒有得到合適的土壤，五四運動植下的那株幼苗，在革命和戰爭的風雨中，被連根拔起，後藏身於小資產階級思想和自由

〔註11〕《魯迅全集》第一卷，人民文學出版社1981年版。

〔註12〕同上，第25～35頁。

〔註13〕魏源《定庵文錄序》，《魏源集》上冊，中華書局1976年版，第239頁。

〔註14〕《魯迅全集》第一卷，人民文學出版社1981年版，第57頁。

〔註15〕同上，第46頁。

主義習俗中，遭到一次又一次的無情批判。

　　《文化偏至論》對於德國個人主義思想和哲學的介紹，從知識論的角度看未必準確，但依然不容忽視，塗滿了魯迅的主觀色彩，更爲重要的是，魯迅把他於中國歷史和文學（包括詩）的高度的洞察力，移植到外國文學領域來，以他的觀點，來統帥那些材料。「今且置古事不道，別求新聲於異邦，而其因即動於懷古。」

> 欲揚宗邦之眞大，首在審己，亦必知人，比較既周，爰生自覺。
> 自覺之聲發，每響必中於人心，清晰昭明，不同凡響。非然者，口
> 舌一結，眾語俱淪，沉默之來，倍於前此。蓋魂意方夢，何能有言？
> 即震於外緣，強自揚厲，不惟不大，徒增歎耳。故曰國民精神之發
> 揚，與世界識見之廣博有所屬。〔註16〕

既要「審己」又須「知人」，何其難也。百餘年過去，在知人上面的進步，雖有目共睹，也實在不可高估。如今出國容易，看明白外國不易；學外語容易，精通外語不易；積纍域外知識容易，具有跨語際見識不易；以拼音眼光看待漢語容易，從漢字的本性上理解漢語不易。這已經涉及到「審己」了。審己之首要，乃語言文字，這百年來語言文字上的曲折和變動，與我們的性命心魂太密切，而方向性錯誤又太沉重。失於審己在先，何談知人論世？

　　魯迅一九二五年寫給許廣平的信中說，「最初的革命是排滿，容易做到的，其次的改革是要國民改革自己的壞根性，於是就不肯了。所以此後最要緊的是改革國民性，否則，無論是專制，是共和，是什麼什麼，招牌雖換，貨色照舊，全不行的。但說到這類的改革，便是眞叫作『無從措手』。」〔註17〕

　　「改革國民性」云云，仍是「立人」爲先的思路。三十年代魯迅翻譯蘇聯作家法捷耶夫的長篇小說《毀滅》，也是著眼於它塑造萊奮生等一批「新人」的理想。

四

　　《摩羅詩力說》是「河南五論」中最長的一篇，初刊於一九〇八年出版的

〔註16〕《魯迅全集》第一卷，人民文學出版社 1981 年版，第 65 頁。
〔註17〕《魯迅全集》第十一卷，人民文學出版社 1981 年版，第 31 頁。

《河南》月刊第二號和第三號上，署名令飛。首段寫得尤爲動人，在新文化運動未來之前，如一曲舊文化的輓歌：

> 人有讀古國文化史者，循代而下，至於卷末，必淒以有所覺，如脫春溫而入於秋肅，勾萌絕朕，枯槁在前，吾無以名，姑謂之蕭條而止。蓋人文之留遺後世者，最有力莫如心聲。古民神思，接天然之閟宮，冥契萬有，與之靈會，道其能道，爰爲詩歌。其聲度時劫而入人心，不與緘口同絕；且益曼衍，視其種人。遞文事式微，則種人之運命亦盡，群生輟響，榮華收光，讀史者蕭條之感，即以怒起，而此文明史記，亦漸臨末頁矣。〔註18〕

他熱烈地期待「精神界之戰士」出現，來打破舊中國的「蕭條」。這種感覺在魯迅之前已然存在，《紅樓夢》的出現，既是末世的蕭條，又是對這蕭條的打破，龔自珍的詩亦蘊藏這樣的精神：「詩人絕迹，事若甚微，而蕭條之感，輒以來襲。」

不過那時魯迅的觀察在域外，所謂摩羅詩人他列舉了許多，但丁、拜倫、雪萊、濟慈、尼采、裴多菲、普希金、萊蒙托夫、密茨凱維支等，這些不同國別、流派和時代的外國詩人，論其作品和精神，從今天看去，實難以歸爲一類。但在當時的魯迅看來，他們卻有一個鮮明的共性——「立意在反抗，旨歸在動作，而爲世所不甚愉悅者」，如此主觀的想法，與其說實事求是地概述了上述詩人，不如說乃魯迅自況，他實是拿這些當時還未被瞭解的外國詩人做起了自己的文章。

「蓋人文之遺留後世者，最有力莫如心聲」，從此文中我們讀到的也許並不是那些外國詩人的心聲，而是魯迅的心聲。

魯迅精通日文，學過德文，英法俄等文字並不認得，多數材料來源於日文的轉譯，包括一些德文。還包括借助於中文的翻譯，如林譯小說等，是魯迅留日之前獲得外國文學知識的主要來源。以《摩羅詩力說》中最推崇的詩人拜倫爲例，一九〇三年梁啓超曾譯過他的《哀希臘》片斷，發表在《新小說》第三期上。

文學，尤其是詩，不識其文字，連面目都是模糊的，哪裏便聽得見其心

〔註18〕《魯迅全集》第一卷，人民文學出版社 1981 年版，第 63 頁。

聲。勃蘭兌斯用去二十年時間寫成六卷本《十九世紀文學主流》，出版於一八
九〇年，魯迅論及普希金的時候，提及勃蘭兌斯稱之爲「丹麥評騭家」，但於
他的大部頭著作，魯迅未必有時間去弄懂。十年之後，英文甚佳的周作人在
北大講授《歐洲文學史》和《近代歐洲文學史》，從古代希臘羅馬到歐洲文藝
復興，直至十八世紀，梳理出文學發展的線索，同時也是人性覺悟的步驟。
他認爲欲理解歐洲的十九世紀，應先瞭解它之前的歷史脈絡，否則無從談起。
一九〇八年的魯迅，還不具備這樣的知識積纍，但他於十九世紀歐洲思潮兩
大弊端的批評異常敏銳，一是物質，一乃眾數，即科學主義和多數人的暴政，
這既是魯迅的詩人氣質使然，也與他的傳統文化素養分不開。

五

《破惡聲論》一九〇八年十二月發表於《河南》月刊第八期，署名迅行，
大約因未完成之故，魯迅生前未與其他四論一道編入《墳》，也未收入任何文
集。

「故病中國今日之擾攘者，則患志士英雄之多而患人之少。」這話像是爲
今天說的。二十世紀，中國禍深寇急地走過來，沒有志士英雄的流血犧牲，怎
有今日的繁榮和富強。正因爲如此，中國向來只知志士英雄，而不知個人爲何
物。

> 蓋惟聲發自心，朕歸於我，而人始自有己；人各有己，而群之
> 大覺近矣。若其靡然合趣，萬喙同鳴，鳴又不揆諸心，僅從人而發
> 若機栝；林籟也，鳥聲也，惡濁擾攘，不若此也，此其增悲，蓋視
> 寂漠且愈甚矣。〔註19〕

「人各有己」，並不是前人未發之論，古人早有「聖人之學爲己」，「行仁由己」
的說法，關鍵在於這個「己」的內涵。「聲發自心，朕歸於我」，強調個人的本
心和自性，生物進化論基礎上的自然人性論，是魯迅那一時期的基本主張。

> 聚今人之所張主，理而察之，假名之曰類，則其爲類之大較二：
> 一曰汝其爲國民，一曰汝其爲世界人。前者懾以不如是則亡中國，
> 後者懾以不如是則畔文明。尋其立意，雖都無條貫主的，而皆滅人

〔註19〕《魯迅全集》第八卷，人民文學出版社1981年版，第26~28頁。

之自我，使之混然不敢自別異，泯於大群。……人喪其我矣，誰則

呼之興起？……二類所言，雖或若反，特其減裂個性也大同。〔註20〕

無論是國民抑或世界人，都是對於個人的類的要求，是以普遍性的名義對於個
性的征服，即個人的社會化，這是每個個人無法逃避的。但重要的不在於此，
人並不會因社會化的必然性就徹底放棄自我，而是在個人化和社會化之間尋求
某種平衡和折中。魯迅是文學家，天然站在個性化的立場上，因爲只有個性化
的內容，才具文學上的價值。

故今之所貴所望，在有不和眾囂，獨具我見之士，洞矚幽隱，
評騭文明，弗與妄惑者同其是非，惟向所信是詣，舉世譽之而不加
勸，舉世毀之而不加沮，有從者則任其來，假其投以笑罵，使之孤
立於世，亦無懾也。則庶幾燭幽暗以天光，發國人之內曜，人各有
己，不隨風波，而中國亦以立。〔註21〕

這段話與韓愈的《伯夷頌》中的話很有幾分相像。

士之特立獨行，適於義而已，不顧人之是非，皆豪傑之士，信
道篤而自知明者也。一家非之，力行而不惑者寡矣。至於一國一州
非之，力行而不惑者，蓋天下一人而已矣。若至於舉世非之，力行
而不惑者，則千百年乃一人而已耳。若伯夷者，窮天地亘萬世而不
顧者也。昭乎日月不足爲明，崒乎泰山不足爲高，巍乎天地不足爲
容也！〔註22〕

不一樣的地方在於，韓愈視伯夷爲道德楷模，萬世師表，幾不可攀。魯迅則堅
信人應發其「內曜」，充分個性化，不爲流風時尚濡染，這不僅有文學上的價值，
它應當成爲國族的靈魂。

六

魯迅一九一八年在《新青年》雜誌上發表的《我之節烈觀》中說：

〔註20〕《魯迅全集》第八卷，人民文學出版社 1981 年版，第 26～28 頁。

〔註21〕同上，第 25 頁。

〔註22〕沈德潛編《唐宋八大家古文》上卷，世界書局 1937 年版，中國書店 1987 年影印
本，第 10～11 頁。

漢朝以後，言論的機關，都被「業儒」的壟斷了。宋元以來，
尤其厲害。我們幾乎看不見一部非業儒的書，聽不到一句非士人的
話。除了和尚道士，奉旨可以說話的以外，其餘『異端』的聲音，
決不能出他臥房一步。〔註23〕

「河南五論」充滿了西方知識背景，以域外科學家、哲學家和詩人的事迹、
主張立論，但其中討論的卻是中國的眞問題，表達的也是魯迅的中國見識。
既非陳腐因襲之舊見，亦非空穴來風式之外來思想，而是「取今復古，別立
新宗」的創見。李澤厚認爲這一階段魯迅在思想上和文字上，接受了章太炎
的影響。〔註24〕

　　此一影響在思想上最突出的表現，莫過於章太炎在佛教唯識學和莊子齊物
論的框架下，對於現代性的激烈的批判。竹內好稱魯迅身上的現代性，爲反現
代的現代性。章太炎說：

　　凡云自性，惟不可分析、決無變異之物有之；眾相組合，即各
各有其自性，非於此組合上別有自性。

　　然對於個體所集成者，則個體且得說爲實有，其集成者說爲假
有。國家既爲人民所組合，故各各人民，暫得說爲實有，而國家則
無實有之可言。非直國家，凡彼一村一落，一集一會，亦惟個人爲
實有自性，而村落集會，則非實有自性。要之，個體爲眞，團體爲
幻，一切皆然。〔註25〕

　　蓋人者，委蜕遺形，裎然裸胸而出，要爲生氣所流，機械所製；
非爲世界而生，非爲社會而生，非爲國家而生，非互爲他人而生。
故人對於世界、社會、國家與其對於他人，本無責任。責任者，後
起之事，必有所負於彼者，而後有償於彼者。若其可以無負，即不
必有償矣。〔註26〕

〔註23〕魯迅《我之節烈觀》，《魯迅全集》第一卷，人民文學出版社1981年版，第122頁。

〔註24〕參見李澤厚《章太炎剖析》，《中國近代思想史論》，人民出版社1979年版，第406
頁。

〔註25〕章太炎《國家論》，《章太炎全集》第四卷，上海人民出版社1985年版，第457～
458頁。

〔註26〕章太炎《四惑論》，《章太炎全集》第四卷，上海人民出版社1985年版，第444頁。

魯迅這裏羅列的「個人主義」譜系，從施蒂納、叔本華到尼采、克爾凱郭爾和易卜生，看上去是西方的哲人，事實上跟章太炎的「個體為真，團體為幻」有著更深刻的聯繫。

當時在報章上與章太炎相呼應者，多有其人。比如署名「在迷」的《尚獨篇》，有這樣的話：

> 人生七尺軀，介然立於宇宙間，有耳目以視聽，有手足以動作，有心腦以思判，有性情以觸感，體用周瞻，機關完立，是故可屈可伸，可行可止，可生可死，無倚待，亦無羈束。天生使獨，固如是也。〔註27〕

魯迅是文學家兼思想家而非實行家，他無須借助宋儒的道德主義之強勢謀求事功，新宗之新，正在於此，「舉世譽之而不加勸，舉世毀之而不加沮，有從者則任其來，假其投以笑罵，使之孤立於世，亦無懾也。」

道學和理學，作為國家意識形態，壓制著五百年來本土思想中個人主義思潮，在李卓吾、湯顯祖、公安三袁及曹雪芹的思想和文字中，這一思潮雖然暗流涌動，終究無法衝破禁錮。辛亥革命前夕，對於君權秩序即將解體的預感和期望，以及對於西方思想資源的借鑒，特別是德國個人主義思想的認同，使魯迅在創作《吶喊》《徬徨》《野草》之前，以古文的形式，直接寫下了自己文化上「立異」的主張。

魯迅的五部文學作品《吶喊》（十四篇小說）、《徬徨》（十一篇小說）、《故事新編》（九篇小說）、《朝花夕拾》（十篇散文）和《野草》（二十四篇散文詩）中，貫穿著兩大主題「改造國民性」和「救救孩子」，其中所有作品的一條主線，乃是個人的立場，個體生命的價值和立場。一九一九年發表在《新青年》上的《生命的路》（係《雜感錄》之六十六，後收入《熱風》），是這一立場的明確表述。

> 自然賦與人們的不調和還很多，人們自己萎縮墮落退步的也還很多，然而生命決不因此回頭。無論什麼黑暗來防範思潮，什麼悲慘來襲擊社會，什麼罪惡來褻瀆人道，人類的渴仰完全的潛力，總

〔註27〕張枬、王忍之編《辛亥革命前十年間時論選集》第三卷，生活・讀書・新知三聯書店1977年版，第853頁。

是踏了這些鐵蒺藜向前進。

生命不怕死，在死的面前笑著跳著，跨過了滅亡的人們向前進。

什麼是路？就是從沒路的地方踐踏出來的，從只有荊棘的地方開闢出來的。〔註28〕

魯迅去世之前的最後一篇文章，是一九三六年十月九日所寫《關於太炎先生二三事》：

太炎先生雖先前也以革命家現身，後來卻退居於寧靜的學者，用自己所手造的和別人所幫造的墻，和時代隔絕了。紀念者自然有人，但也許將爲大多數所忘卻。我以爲先生的業績，留在革命史上的，實在比學術史上還要大。……戰鬥的文章，乃是先生一生中最大，最久的業績，假使未備，我以爲是應該一一輯錄，校印，使先生和後生相印，活在戰鬥者的心中的。〔註29〕

以革命家看待章太炎，這本身在當時即是立異。

魯迅沒有拜過師，在東京聽過太炎先生講《說文解字》，眞心實意認其爲師，但周樹人的名字卻未列入章氏《同門錄》名冊，太炎先生未必肯認這位學生。

章太炎長魯迅十二歲，兩人逝於一九三六年，章太炎在六月十四日，魯迅在十月十九日，皆在日本全面侵華前夕。

七

毛澤東訂購了一九三八年初版的《魯迅全集》，即使在戰爭中從延安撤離時，也專門令人攜帶。據說毛澤東逝世前，還在聽人讀魯迅的文章。有材料說，「直到他心臟停止跳動前的幾個小時，已無力說話了，還讓工作人員給他讀魯迅的著作。當聽到滿意的內容時，臉上露出欣慰的微笑。」〔註30〕

魯迅的出發點是個人，毛澤東的出發點是社群，或說集體，即黨和軍隊，一個武裝起來求生存謀發展的戰鬥組織。近五十年的時間中，他與此一組織命

〔註28〕《魯迅全集》第一卷，人民文學出版社1981年版，第368頁。

〔註29〕《魯迅全集》第六卷，人民文學出版社1981年版，第545～547頁。

〔註30〕陳登才主編《毛澤東的領導藝術》，軍事科學出版社1989年版，第23頁。

運與共，他習慣於思考這組織的興衰，並把它縮小了去思考個人，放大了去思考民族國家。

毛澤東從開始看重的就是民眾的聯合，魯迅則以個人本位為思考的中心。改造國民性的著眼點，即在於個人，所謂「大獨必群，群必以獨成」（章太炎語），個人不能成為成熟的公民，現代國家無從建立。通過自立、立人，使國家獲得新生，魯迅從來不同意國家主義的立場（「不可以社會故，陵轢個人」），他認為個人更為重要。除了文章傳世外，魯迅成就的乃是其人格。以魯迅對於人性的瞭解和人情的洞察，竟然在生活中採取墨家的態度和立場，需要多大的勇氣和熱誠。

毛澤東喜愛魯迅兩句舊詩「橫眉冷對千夫指，俯首甘為孺子牛」，雖然他做出了階級論的闡釋，但對寄寓其中的魯迅一生「弄文罹文綱，抗世違世情」的個人情懷，他一定並不陌生。

汪暉認為，「魯迅研究承載的政治意識形態使命，決定了魯迅研究者對魯迅精神理解上的分歧必然也就是一種政治意識形態的分歧。」〔註31〕

毛澤東要把文藝工作納入他的政治鬥爭和軍事鬥爭陣線之中，魯迅的思想和作品，本來具有多面性，經過闡釋之後，於是變成了他的一面旗幟。但在文學與政治的關係問題上，魯迅與毛澤東的分歧，也是不可忽視的。

一九二七年魯迅在上海暨南大學演講《文藝與政治的歧途》：「我每每覺到文藝和政治時時在衝突之中」「惟政治是要維持現狀，自然和不安於現狀的文藝處在不同的方向。」「即共了產，文學家還是站不住腳。」〔註32〕

在魯迅看來，「涵養吾人之神思，即文章之職與用也。」「由純文學上言之，則以一切美術之本質，皆在使觀聽之人，為之興感怡悅。文章為美術之一，質當亦然，與個人暨邦國之存，無所繫屬，實利離盡，究理弗存。」〔註33〕

魯迅說這番話，並不是恪守傳統文人的清高，而是於文學自身審美價值的肯定，假如失去了這一獨立的品格，勢必會淪為宣傳和被利用的工具。文人之德，也絕不是一個一成不變的概念，每一代文人，似乎都會賦予這個詞以新的

〔註31〕汪暉《魯迅研究的歷史批判》，《反抗絕望》，河北教育出版社 2000 年版，第 403 頁。

〔註32〕《魯迅全集》第七卷，人民文學出版社 1981 年版，第 113～119 頁。

〔註33〕魯迅《摩羅詩力說》，《魯迅全集》第一卷，人民文學出版社 1981 年版，第 71 頁。

意義。魯迅說，「至於文人，則不但要以熱烈的憎，向『異己』者進攻，還得以熱烈的憎，向『死的說教者』抗戰。在現在這『可憐』的時代，能殺才能生，能憎才能愛，能生育愛，才能文。」〔註34〕

　　人類的歷史和文化，到底是連續的，還是斷裂的？作為一個自然的過程，它當然有其連續性，但假如考慮到歷史的主體——人的意志和行動，他們既可以選擇薪火相傳，亦可以選擇改弦更張。

　　《摩羅詩力說》的題詞是尼采（尼佉）（《查拉圖斯特拉如是說》第三部第五十六節的兩句）：

　　　　求古源盡者將求方來之泉，將求新源。嗟我昆弟，新生之作，

　　新泉之涌於淵深，其非遠矣。

毛澤東和魯迅，身處於五四激進的反傳統主義思潮之中，一個標新，一個立異，前呼後應，一個文章宗伯，一個政壇霸主，皆掀起二十世紀中國社會的狂瀾，也是二十世紀留給我們最大的兩筆文化遺產。十年「文革」當中，流行的除了紅寶書之外，就是魯迅作品和言論了。事過境遷，今天閱讀魯迅，仍是國人讀書生活中必有的事，讀毛著的人顯然少了，但當代文字之中毛澤東的影響觸目可見。理解中國的二十世紀，有必要認真梳理魯迅和毛澤東的差異，把毛澤東的歸還毛澤東，讓魯迅回到魯迅自身，此有助於認清自己今天的處境和未來的出路。

　　魯毛終身皆沒有絲毫的道學氣、頭巾氣，他們亦不喜宋儒的道德主義。針對橫渠四句教，毛澤東應之以革命四句教：下定決心，不怕犧牲，排除萬難，去爭取勝利。魯迅的四句教本書為其歸納為：尊個人，重靈明，取今復古，別立新宗。

　　此宗在哲學上，表現為自然人性論，在理論形態上是個人主義，最終的依託，有人主張是未來的憲政和憲法，但未必是西方的照搬。

　　實際上培養公民道德的運動，與公民爭取個人權利的運動並不矛盾。個人的覺醒，首要的還是於私人權利的覺悟，包括合法擁有、處置個人財產的權利，自由地選擇個人生活方式的權利，個人獨立思想的權利和自由表達此一思想的

〔註34〕魯迅《七論「文人相輕」——兩傷》，《魯迅全集》第六卷，人民文學出版社 1981年版，第 405 頁。

權利。而個人性的成果一旦被法律所承認，就成為其他人維護自身權利的當然依據，社會的加速進步，能以這樣的方式平和地有序地運行，實是魯迅百年前期盼的：「人各有己，而群之大覺近矣。」

八

一九七五年十月二十八日，《周海嬰同志給偉大領袖毛主席的信》中說：

> 敬愛的主席：您在一九六六年無產階級文化大革命初期寫過，您和魯迅的心是相通的。我在一九七一年聽到傳達您的這句話時，心情是何等激動啊！我覺得父親也是這樣想的。我聽母親和熟悉魯迅生活的老同志告訴我，父親在他生命的最後一年，也就是您率領紅軍經過二萬五千里長征勝利到達陝北後的那一年，心中總是深深想念您。他曾打電報給您表示祝賀，還常常興奮地和參加長征見過您的同志談起您，渴望知道關於您的一切。雖然他終於未能見過您一面就去世了，然而我知道他的心是和您相通的。您是無產階級思想的偉大導師。父親的後期也是無產階級思想的忠誠戰士。我聽說他談起您時，總是點燃一支烟，眼中充滿愉快的微笑，輕輕地說，他願意在您的指導下做一名小兵，用筆。我想起這情景，就情不自禁地下決心寫這封信，向您提出以上請求。〔註35〕

這些請求乃是「關於魯迅書信的處置和出版，魯迅著作的注釋，魯迅研究工作的進行等方面有些急待解決的問題」。「也曾向有關負責同志提出多次建議，始終沒有解決，感到實在不能再拖下去，只好向您反映，請求您的幫助。」〔註36〕由於最高指示的干預，八十九萬字《魯迅書信集》（上下卷）於一九七六年八月出版，由魯迅研究室編輯的《魯迅研究資料》也開始陸續出版。

周海嬰關於「小兵」的話，來源於他母親的《魯迅回憶錄》。許廣平一九六一年出版的這部書，經過他人的修改，許廣平的手稿第十二章原題「在黨領導下的活動工作點滴」，發表時改為「黨的一名小兵」，本章的第二段文字，一九

〔註35〕南京師範學院《文教資料簡報》1976 年 12 月號。

〔註36〕毛主席對周海嬰來信的批示是：「我贊成周海嬰同志的意見，請將周信印發政治局，並討論一次，作出決定，立即實行。」參見《投一光輝，群魔畢現》，載 1977 年 5 月 21 日《人民日報》。

六一年出版本和手稿本比起來改動之大令人瞠目。下邊的文字，出自手稿本：

> 　　上海是每個革命者的洪爐。在這裏冶煉；也是革命領導者的集
> 合場所，在這裏指揮教導一切革命工作者們。魯迅，在大革命後來
> 到了上海，覺得前此的看法、的態度都錯了。這時他有了突變，從
> 量變到質變。一切從階級的立場、觀點出發，就看問題也容易迎刃
> 而解了。於是他否定了進化論的偏頗，投入了階級論的洪爐去鍛鍊
> 自己，去向革命隊伍中當個小兵。
>
> 　　由於舊中國的時代環境，迫使魯迅每事必先審慎再三，必須瞭
> 解透徹，才敢加入戰鬥。所以粗看起來反映似乎遲鈍，但既然加入，
> 則成敗利鈍，危害生命，都不之顧，一以直道進行了。這是他以之
> 教育青年，亦以之身體力行的。〔註37〕

一九六一年作家出版社出版《魯迅回憶錄》刪去了上引第二段（這一段不僅文字好，且魯迅性格準確鮮明，非深知魯迅如許廣平者無以道出），將第一段改寫成：

> 　　上海是一座光榮的城市。它是我國工人階級成長的搖籃，是工
> 人階級向帝國主義和一切反動派展開衝擊的發難地，它是每個革命
> 者鍛鍊的洪爐，也是革命領導者的集合場所。自從一九二一年中國
> 共產黨在這裏誕生以來，革命的火焰就如熊熊大火一般地在全國各
> 地燃燒起來了。魯迅在大革命以後，從廣州奔向上海。這時，他的
> 思想有了突變，從量變到了質變，於是他否定了進化論的偏頗，接
> 受了馬列主義的真理，投入了階級鬥爭的行列，他自己說願意在黨
> 的領導的革命隊伍中當一名「小兵」。〔註38〕

不知這樣的修改，出自何人手筆，是否經過作者同意。從文字上看，手稿本簡潔明瞭的語言，換成了些大而無當的套話，且不說共產黨的成立當時只是秘密的地下組織，並不人盡皆知的，引燃大火是二十多年之後的事，說在這裏沒有必要，且「火焰如熊熊大火」的比喻也實在累贅，這還只是修辭上的事情，手稿中的「去向革命隊伍中當個小兵」是許廣平的話，到了改編者那裏，變成「他自己說願意

〔註37〕許廣平《魯迅回憶錄》（手稿本），長江文藝出版社 2010 年版，第 156 頁。
〔註38〕許廣平《魯迅回憶錄》，作家出版社 1961 年版，第 135～136 頁。

在黨的領導的革命隊伍中當一名『小兵』，這意思已完全不顧事實了。

看起來周海嬰當年閱讀的也是出版本而非手稿本。在它的啓發下，才會刻意想像乃父「眼中充滿愉快的微笑」的情景。

魯迅立異之難，由此可以見出。

「河南五論」的主旨，乃是文化上的「立異」與更新，即個人主義，魯迅爲辛亥革命前夜的中國開出的藥方。

經過武昌起義，中國雖然名義上建立了亞洲第一個共和國，但立憲的路阻礙重重，很快陷入軍閥混戰當中。個人主義的社會基礎，從根本上是缺乏的，國家和政權自身未保，更無法保障個人的基本權利了。嚴復在《〈法意〉按語》中說：

> 特觀吾國今處之形，則小己自由，尚非所急，而所以祛異族之
> 侵橫，求有立於天地之間，斯眞刻不容緩之事。故所急者，乃國群
> 自由，非小己自由也。求國群之自由，非合通國之群策群力不可。
> 欲合群策群力，又非人人愛國，人人於國家皆有一部分之義務不能。
> 〔註39〕

毛澤東飽讀古籍，但限於二十四史、《資治通鑒》之類，在文革後期的七十年代，他一面重提魯迅，一面大談儒法鬥爭，爲秦始皇翻案。對於「文革」的失敗，他未必清楚敗在哪裏。晚年毛澤東雖以魯迅的學生自居，或許沒有眞的懂得魯迅，尤其是魯迅在「河南五論」中所立之「異」。

第二節　「老三篇」

一

今時中年以上的國人，曾背誦過「老三篇」。所謂「老三篇」，指的是毛澤東的三篇短文，分別是一九三九年十二月二十一日的《紀念白求恩》，一九四四年九月八日的《爲人民服務》與一九四五年六月十一日在中國共產黨第七次全國代表大會上的閉幕詞《愚公移山》。

如果加上一九二九年十二月寫的《關於糾正黨內的錯誤思想》，和一九三

〔註39〕嚴復《〈法意〉按語・八二》，《嚴復集》第四冊，中華書局 1986 年版，第 981 頁。

七年九月七日所寫《反對自由主義》，又稱「老五篇」，另有「老六篇」之說，一九六七年出版《毛主席的六篇著作》，在此這五篇基礎上，加上其後的《關於正確處理人民內部矛盾的問題》。後三篇不僅篇幅長，且內容龐雜，遠不如前三篇容易記憶。就「老五篇」而言，前三篇是正面的理想教育，後兩篇則屬反面紀律教育，性質有所不同，「老六篇」的第六篇則是十二個小題目下的政策綱領，比前五篇的總和還長。

家喻戶曉的還是老三篇。

可以說，中國自有文字以來，沒有任何文章，在短時間內能夠傳播得如此廣泛。言文行遠，不脛而走，爭相傳誦，一時洛陽紙貴，史上不乏先例，但老三篇的傳播不同。文章固然是好文章，說模範之白話文也不算阿諛，但卻不是讓誦讀的人用來學習寫作，而是為了實行的。踐行的道德準則，就蘊涵在老三篇當中，從功能上說，它類似於宗教文本或者聖書的作用，就世俗社會的中國而言，這一點尤其不同尋常。

林彪曾經說過，「老三篇不但戰士要學，幹部也要學。老三篇最容易讀，真正做到就不容易了。要把老三篇作為座右銘來學。哪一級都要學。學了就要用，搞好思想革命化。」〔註40〕作為對這一指示的響應，當時官方提出的要求是：「把毛主席的指示印在腦子裏，溶化在血液中，落實在行動上。」

從積極意義上看，在全民範圍內就道德理想教育達到的深廣度和效果而言，中國數千年的歷史從未有過。大批學習和踐行「老三篇」的先進和模範個人，雷鋒、王傑、歐陽海、蔡永祥、劉英俊、尉鳳英、李素文、王道明、廖初江、孫樂義、張春玉、焦裕祿、豐福生、麥賢得、王有發等等，從大公無私的意義上看，皆是墨家式的人物，特別是從他們的言論去考察，這些人共同的特點，就是有信仰。到底是於共產主義的信仰，還是毛主席本人的信仰，也許並

〔註40〕 參見《「老三篇」萬歲》題詞，北京市化學工業局機關紅色宣傳站 1967 年 1 月編印。此書除前言和老三篇原文外，還收錄了學習老三篇輔導材料，分為五類：社論、輔導材料、參考材料、學用警句，及由 12 首歌曲組成的歌詞和簡譜。這 12 首歌曲題名為《工人愛讀「老三篇」》、《社員愛讀「老三篇」》、《戰士愛讀「老三篇」》（二首）、《完全徹底為人民》、《因為我們是為人民服務的》、《我們都是來自五湖四海》、《為人民而死，就是死得其所》、《紀念白求恩》、《毫不利己專門利人》、《我們大家要學習他》、《要提高我們的勇氣》。其中後 8 首歌詞，是毛主席語錄。

不容易區分。「《爲人民服務》這篇文章，我學了四個字，就是『完全』和『徹底』。『完全』和『徹底』是爲人民服務的高標準，離開這個高標準，工作就做不好。」（孫樂義語）〔註41〕

假若文化大革命眞的有一個思想主題或者觀念主題，就是「公」與「私」之間的鬥爭，或說圍繞著「公與私」的各式各樣的鬥爭。「文革」開始不久，報紙上提出，「當前的無產階級文化大革命，從根本上說，是破除幾千年來一切剝削階級爲私的觀念，建立社會主義爲公的觀念的大革命，是改造人的靈魂的大革命。」〔註42〕

《爲人民服務》《紀念白求恩》《愚公移山》，三篇短文從《毛選》眾多文章中析出，成爲一冊，猶如四書的編定。什麼時間什麼人首先這麼做的，似乎沒有辦法考證。就本書接觸的材料，最早出現的「老三篇」單行本，是在一九六六年七月，由人民出版社出版，六十四開，名爲《爲人民服務·紀念白求恩·愚公移山》，封二的《出版說明》講，「本書各篇是根據《毛澤東著作選讀（乙種本）》一九六五年六月第二版所載原文重排的。」本書判斷，編者只是由於這三文篇幅太短，不宜出單行本，合爲一冊，別無他意。正文外有注釋，六千字，十九頁，定價三分，至一九六七年一月，半年之內已六次印刷，沒有注明印數。一九六六年十月二十八日《人民日報》社論《把「老三篇」作爲培養共產主義新人的必修課》，第一句是，「現在，全國人民都在熱烈響應林彪同志的號召，大學『老三篇』，大用『老三篇』，努力改造思想，在靈魂深處鬧革命。」十月三十一日的《解放軍報》轉載了這篇社論。看起來「老三篇」的發明權至少是推廣權屬於林彪。

一九六六年的《解放軍報》從一月三日起，每周有一篇學習毛澤東文章的輔導材料，一次學一篇，從《中國社會各階級的分析》開始，至八月底共刊登二十餘篇，輔導材料分爲「歷史背景」、「段落大意和中心思想」、「要著重領會的問題」三個部分，還有「思考題」、「資料」、「名詞解釋」、「學習信箱」等，基本上都是這樣的結構。一九六六年四月四日刊登《學習〈爲人民服務〉》，四月十八日是《學習〈紀念白求恩〉》，五月三日爲《學習〈愚公移山〉》。此三篇

〔註41〕《「老三篇」萬歲》，北京市化學工業局機關紅色宣傳站 1967 年 1 月編印，第 221 頁。

〔註42〕《學習〈爲人民服務〉》，《解放軍報》1966 年 11 月 30 日。

學習輔導材料，均未聯繫另外的兩篇，也未把它們視作具有內在關聯的文本，也未提「老三篇」和林彪的號召，其時「文革」還沒有開始（以《五一六通知》為界限）。十・二八社論發表後，《解放軍報》重編了上述三篇文章的輔導材料，先發在報紙上，一九六七年二月，人民出版社出版了單行本，六十四開，七十六頁，定價七分，封面上注明「重編本」字樣，林彪的指示置於扉頁。

就本書閱見的材料而言，最早關於「老三篇」的提法，出現於《人民日報》一九六六年十月二十八日社論，此前沒有看到有這一說法，此後便多了起來。

宋儒的道德主義思路，也許是在無意識中被貫穿下來，教化民眾的基本方式，一面樹立楷模，同時讓人知道戒懼，恩威並重，王霸雜用。毛澤東曾明確說過，路線是王道，紀律是霸道，「老三篇」乃其新道德主義的核心文本。

《為人民服務》是毛澤東在中共中央直屬機關為追悼張思德同志而召集的會議上所作的講演。張思德，四川儀隴縣人，中央警備團戰士，一九三三年加入紅軍，經歷長征，一九四四年九月五日在陝北安塞燒炭，因炭窯崩塌而殉職，年二十八歲。

《紀念白求恩》，諾爾曼・白求恩，加拿大共產黨員，醫生，一九三六年德意法西斯入侵西班牙時曾經赴前線救助。他率領加拿大美國醫療隊於一九三八年初到中國，三月到達延安，不久赴晉察冀邊區工作，在為傷員施救手術時受感染，一九三九年十一月十二日在河北唐縣去逝。

《愚公移山》，是一九四五年六月十一日閉幕的中共七大閉幕詞。《列子・湯問》所載愚公移山的故事膾炙人口。「下定決心，不怕犧牲，排除萬難，去爭取勝利」，這功利主義式的革命四句教，堪比宋儒的橫渠四句教，後被譜為歌曲，「文革」期間廣為傳唱。

二

《為人民服務》全文七百六十四字，分為五個自然段。

我們的共產黨和共產黨所領導的八路軍、新四軍，是革命的隊伍。我們這個隊伍完全是為著解放人民的，是徹底地為人民的利益工作的。張思德同志就是我們這個隊伍中的一個同志。

人總是要死的，但死的意義有不同。中國古時候有個文學家叫

做司馬遷的說過：「人固有一死，或重於泰山，或輕於鴻毛。」為人民利益而死，就比泰山還重；替法西斯賣力，替剝削人民和壓迫人民的人去死，就比鴻毛還輕。張思德同志是為人民利益而死，他的死是比泰山還要重的。

因為我們是為人民服務的，所以，我們如果有缺點，就不怕別人批評指出。不管是什麼人，誰向我們指出都行。只要你說得對，我們就改正。你說的辦法對人民有好處，我們就照你的辦。「精兵簡政」這一條意見，就是黨外人士李鼎銘先生提出來的；他提得好，對人民有好處，我們就採用了。只要我們為人民的利益堅持好的，為人民的利益改正錯的，我們這個隊伍就一定會興旺起來。

我們都是來自五湖四海，為了一個共同的革命目標，走到一起來了。我們還要和全國大多數人民走這一條路。我們今天已經領導著有九千一百萬人口的根據地，但是還不夠，還要更大些，才能取得全民族的解放。我們的同志在困難的時候，要看到成績，要看到光明，要提高我們的勇氣。中國人民正在受難，我們有責任解救他們，我們要努力奮鬥。要奮鬥就會有犧牲，死人的事是經常發生的。但是我們想到人民的利益，想到大多數人民的痛苦，我們為人民而死，就是死得其所。不過，我們應當盡量地減少那些不必要的犧牲。我們的幹部要關心每一個戰士，一切革命隊伍的人都要互相關心，互相愛護，互相幫助。

今後我們的隊伍裏，不管死了誰，不管是炊事員，是戰士，只要他是做過一些有益的工作的，我們都要給他送葬，開追悼會。這要成為一個制度。這個方法也要介紹到老百姓那裏去。村上的人死了，開個追悼會。用這樣的方法，寄託我們的哀思，使整個人民團結起來。〔註43〕

第一段的開頭一句，有些特別。主幹是一個主語較長的判斷句，A和B是革命的隊伍，但由於主語的變化，標點符號的使用，而使整個句式搖曳生姿。A=我

〔註43〕毛澤東《為人民服務・紀念白求恩・愚公移山》，人民出版社 1966 年 7 月第 1 版，第 1～4 頁。

們的共產黨，B=共產黨所領導的八路軍、新四軍。在背誦之時，這一優點突出，念得遍數多，越覺得話有滋味。所謂味道，就是語言比意思多出來的那部分。

第二句的主語，恰好是第一句的賓語，修辭上具有將兩句話銜接得緊密的效果，仍是判斷句：「完全是為著解放人民的」，「是徹底地為人民的利益工作的」，「完全」「徹底」，兩個最高程度的修飾詞，意思大約相當，但在形式上卻盡量變化，一前一後，圍繞著「是」而分佈，使這一肯定判斷的語氣，在不知未覺中變得十分肯定，毋庸置疑。既然我們是革命的隊伍，就沒有自己的利益，而只有人民的利益，是徹底的為人民的利益而工作、而奮鬥、而犧牲。不管是不是這樣，起碼在表述上，這是無懈可擊的。

第三句，是此一段落的第三個判斷句，主語是「張思德同志」，賓語長了些，「我們這個隊伍中的一個同志」，而連接兩者的是「就是」，而不是「是」。

連續三個判斷句，用了四個「是」，卻有變化，顯示了白話文在語氣上的靈活性和同一句式的多姿多彩。

第二段一共四句，每句有一層獨立的意思，合起來卻是嚴密的論證，結論明確，歸結在第四句後半句話上：「他的死是比泰山還要重的。」引用司馬遷的話，大致是原話，出自《報任少卿書》而略有出入，原文是：「人固有一死，死有重於泰山，或輕於鴻毛，用之所趨異也。」將「死有」改為「或」，去掉後面的一句，意義基本沒變。雖說司馬遷用的是文言，但與白話同樣明白易曉，無須解釋，而是加以引申，賦予「重於泰山」以新的含義，「為人民利益而死」。文白銜接，自然而無痕迹。稱司馬遷為「中國古時候有個文學家」，而不是漢代史官有些不尋常。聽講者多數沒讀過《史記》，也不必理論作者是哪朝人，但「文學家」的頭銜，還是十分特別，在新文化運動的視角下，才會有這樣的說法。

第三段稍長些，六句。前四句所說，大體是一個含義，但層層遞進，後三句口語化色彩濃，簡短而直截了當，是對第一句的補充和說明。第五句是舉例說明，有名有姓，議案合理，已經採納。第六句是全段文字的概括，「只要……就……」連接的一個條件複句。主語是「我們這個隊伍」，與第一段的主語照應。

第四段是全文最長的一段，有九句，似在論證上段結尾的那個條件複句，回答為什麼「我們這個隊伍」「一定會興旺起來」，也是這篇文章的重點所在，

每句說的都是「我們這個隊伍」。「五湖四海」是成語，泛指四面八方，全國各地。唐代呂巖《絕句》有「斗笠爲帆扇作舟，五湖四海任遨遊」之句；宋朝《景德傳燈錄・福州鼓山神晏國師》云：「鼓山自住三十餘年，五湖四海來者向高山頂上看山玩水，未見一人快利通得。」成語古老卻沒有典故，人人能懂。前三句講的是「我們這個隊伍」的構成，既描述了現在，又展望了未來。革命者被動員和組織起來，用了一句口語「走到一起來了」，還要和全國大多數人民「走這一條路」。根據地小就直接說「還要更大些」，究竟大到什麼程度，沒有說，卻說了「全民族的解放」。接下來的五句，講了「我們這個隊伍」的困難和犧牲。文章寫於一九四四年九月八日，抗戰進入第七年，正是困難重重之際。先是總論，「我們的同志在困難的時候，要看到成績，要看到光明，要提高我們的勇氣。」三個「要」兩個「看到」一出，大家眼前爲之一亮，彷彿眞的看見了什麼，語言運用恰當，的確可以帶來某種信心和勇氣，下面卻是「中國人民正在受難，我們有責任解救他們，我們要努力奮鬥」，這是我們的困難背景，是更大的困難，在這裏有意地區分「他們」和「我們」，受難者和解救者，乃是爲了突出解救者的先鋒意識，以喚起他們奮鬥的熱情。下面三句談到了死亡和犧牲，因爲有第二段的鋪墊和伏筆，重點放在死亡的意義上：「爲人民而死，就是死得其所」。「死得其所」是成語，是書面語，用的是文言句法，口語不是這樣說話的。「得其所」，得其合適的地方，就是說要死得有意義，有價值。《魏書・張普惠傳》曰：「人生有死，死得其所，夫復何恨。」明朝朱鼎《玉鏡臺記・王敦反》有「人生自古誰無死，只要死得其所」。白話文並不一定要排斥書面語，用得恰當，往往言簡意賅。第九句看似閑筆補充，實際乃是重中之重。「我們這個隊伍」是一個集體，一個武裝的戰鬥的集體，處於困難當中的集體，只有「互相關心，互相愛護，互相幫助」才能在戰場上生存下去，戰勝強大的敵人而不被敵人所消滅。

最後一段雖短，卻有五句。而第一句和後四句話的字數總和相當，該長則長，需短便短。口語化的句式，仍是此一段的特色。「不管死了誰，不管是炊事員，是戰士」這樣簡捷的口語，人人嘴上說得出，執筆爲文時一般的寫作者並不就敢使用。以「開追悼會」的方式「送葬」，是革命隊伍的一種新習俗，與傳統的安葬方式差別大，破舊立新，在風俗上是最難的，「這要成爲一

個制度」，於革命隊伍而言，這句話如同命令，表明一種新習俗的建立，無須贅言。此文作為悼詞，其寫作和演說以及正在舉行的這一儀式，是新習俗已經建立並通行的明證，「這個方法也要介紹到老百姓那裏去」表明「我們這個隊伍」對於新的習俗有信心，對於移風易俗有信心，「介紹」的意思，是推薦使用，但並不強求，「村上的人死了，開個追悼會」，的確是前所未有的，停靈發喪那一套延續千年的舊俗似乎可以被取代，這是共產黨人的制度創新。在哀悼死者的習俗上，制度創新從革命隊伍開始，逐漸推廣至全社會，在全民抗戰的年代裏，有這可能，給死者以適當的地位和尊榮，準確地評價死者的價值，同時亦為生者指明了努力的方向。「用這樣的方法，寄託我們的哀思，使整個人民團結起來」，這是全文的結束語。回到了死亡事件上，一切的安葬活動，無非乃是生者「寄託哀思」的行為，在這個意義上，新的習俗也許更為適當，這是就形式和內容互為配合的意義上而說的。新的習俗——「這樣的方法」，能夠被全社會所接受，我們憑藉死亡帶來的這樣一個悲傷的機會，達成民族的團結，這是來之不易的，卻是大有希望的。簡短有力的結尾最後九字：「使整個人民團結起來。」

「人民」一詞在這篇短文裏，出現了十七次，五個自然段中，「人民」都是一個關鍵詞。全文命名為《為人民服務》，再恰當不過了。

這篇文章的意旨，在二十世紀六十年代被概括為，「通過對張思德同志為人民利益而死的悼念和讚揚，教育每一個革命同志都應該具有為人民服務的崇高品質，為人民的解放事業而努力奮鬥。」[註44]

人民近乎一個抽象概念，什麼是人民？誰是人民？一九六六年千百萬紅衛兵聚集天安門廣場接受檢閱並高呼毛主席萬歲，他們很清楚誰是毛主席，這千萬張年輕的嘴，異口同聲喊出的不就是人民的心聲嗎？當檢閱車駛來，首長從喉嚨裏發出並以擴音器放大其略帶口音的親切問候——「同志們辛苦了」，一支方隊高呼「為人民服務」之時，喊的和聽的人，真的知道人民的確切含義嗎？在「文革」中一邊與「文革」小組成員合作，一邊又盡力保護一些人免遭迫害，在武鬥和混亂中苦撐危局的周恩來，胸前別著一枚小小的「為人民服務」紀念章，他那時知道人民的確切含義。

〔註44〕范萌《〈為人民服務〉教學筆記》，《學語文》1960 年第 4 期，第 6 頁。

從抽象的人民，到具體的個人，也許要經歷千山萬水。

有人主張，「中國今天正在經歷的，並需要人們進一步加以推動的，是把中國的立國之本，由抽象的集體轉換爲具體的個人，從而實現由集體主義社會向個人主義社會的轉向。」〔註45〕看起來作者懂得個人的含義，但是人民的含義也能被懂得麼？

三

《紀念白求恩》九百八十六字，四個自然段。

　　白求恩同志是加拿大共產黨員，五十多歲了，爲了幫助中國的抗日戰爭，受加拿大和美國共產黨的派遣，不遠萬里，來到中國。去年春上到延安，後來到五臺山工作，不幸以身殉職。一個外國人，毫無利己的動機，把中國人民的解放事業當作他自己的事業，這是什麼精神？這是國際主義精神，這是共產主義精神，每一個中國共產黨員都要學習這種精神。列寧主義認爲：資本主義國家的無產階級要擁護殖民地半殖民地人民的解放鬥爭，殖民地半殖民地的無產階級要擁護資本主義國家的無產階級的解放鬥爭，世界革命才能勝利。白求恩同志是實踐了這一條列寧主義路線的。我們中國共產黨員也要實踐這一條路線。我們要和一切資本主義國家的無產階級聯合起來，要和日本的、英國的、美國的、德國的、意大利的以及一切資本主義國家的無產階級聯合起來，才能打倒帝國主義，解放我們的民族和人民，解放世界的民族和人民。這就是我們的國際主義，這就是我們用以反對狹隘民族主義和狹隘愛國主義的國際主義。

　　白求恩同志毫不利己專門利人的精神，表現在他對工作的極端的負責任，對同志對人民的極端的熱忱。每個共產黨員都要學習他。不少的人對工作不負責任，拈輕怕重，把重擔子推給人家，自己挑輕的。一事當前，先替自己打算，然後再替別人打算。出了一點力就覺得了不起，喜歡自吹，生怕人家不知道。對同志對人民不是滿

〔註45〕劉軍寧《回歸個人：重申個人主義》，《五四新論》，臺灣聯經出版事業公司 1999年版，第 211 頁。

腔熱忱，而是冷冷清清，漠不關心，麻木不仁。這種人其實不是共產黨員，至少不能算一個純粹的共產黨員。從前線回來的人說到白求恩，沒有一個不佩服，沒有一個不為他的精神所感動。晉察冀邊區的軍民，凡親身受過白求恩醫生的治療和親眼看過白求恩醫生的工作的，無不為之感動。每一個共產黨員，一定要學習白求恩同志的這種真正的共產主義者的精神。

白求恩同志是個醫生，他以醫療為職業，對技術精益求精，在整個八路軍醫務系統中，他的醫術是很高明的，這對於一班見異思遷的人，對於一班鄙薄技術工作以為不足道、以為無出路的人，也是一個極好的教訓。

我和白求恩同志只見過一面。後來他給我來過許多信。可是因為忙，僅回過他一封信，還不知他收到沒有，對於他的死，我是很悲痛的。現在大家紀念他，可見他的精神感人之深。我們大家要學習他毫無自私自利之心的精神。從這點出發，就可以變為大有利於人民的人。一個人能力有大小，但只要有這點精神，就是一個高尚的人，一個純粹的人，一個有道德的人，一個脫離了低級趣味的人，一個有益於人民的人。〔註46〕

第一段前四句是一個意思，概述了白求恩的事迹，定義了他的精神，號召每位中國共產黨員學習他，下面的五句從列寧主義的觀點，評價了白求恩的國際主義精神。「白求恩同志是加拿大共產黨員，五十多歲了」開頭隨意，出於對口語的生動追求，「五十多歲了」於一個個人的描述，就漢語而言是具體的，雖然並不準確，白求恩去逝時年四十九歲，著眼點在感覺，而不求事實上的準確。五十多歲又曰年過半百，應安享天倫之樂，而白求恩卻「不遠萬里，來到中國」，此洵為「毫無利己的動機」。

第二段十句話。前兩句是一層意思，講的是白求恩對待他人及工作的態度，即他的為人。但概括為「毫不利己，專門利人」未必準確。接下的五句是批評一些不良行為和風氣，也是以對比看出為人的不同來。後兩句是接觸

〔註46〕毛澤東《為人民服務・紀念白求恩・愚公移山》，人民出版社 1966 年 7 月第 1 版，第 6～10 頁。

過白求恩的人對他的直觀感受。最後一句則是重複第一段第四句的意思，再次號召黨員學習他。

第三段只有一句話。講的是白求恩的業務素質，這一素質是他「極端負責任」和「極端熱忱」的保證，有了這樣高明的醫術，他的態度才可以取得良好的效果。

第四段七句話，兩層意思。前四句是第一層，對於同白求恩個人交往的回顧和大家的感受與紀念。後三句的意思已重複過兩次，號召與學習。

《為人民服務》著眼於革命隊伍，以極具說服力的文字闡述了這個隊伍的宗旨——全心全意地為人民服務。

《紀念白求恩》著眼於革命隊伍中的個人，對個人的道德修養提出了具體的要求和學習的榜樣，做五種人是每一位革命同志的努力方向。

一九六六年《解放軍報》的學習輔導材料認為，學習這兩篇文章有一個共同的要點，就是「破私立公，完全徹底地為人民服務」，「破私立公，改造世界觀，做共產主義新人」。〔註47〕

四

《愚公移山》則著眼於整個民族。圍繞著一則古老的寓言，樹立起在全國取得勝利的信心。本書的核心語句是，中國是中國人民的，不是反動派的。

《愚公移山》一千六百〇二字，六個自然段。

> 我們開了一個很好的大會。我們做了三件事：第一，決定了黨的路線，這就是放手發動群眾，壯大人民力量，在我黨的領導下，打敗日本侵略者，解放全國人民，建立一個新民主主義的中國。第二，通過了新的黨章。第三，選舉了黨的領導機關——中央委員會。今後的任務就是領導全黨實現黨的路線。我們開了一個勝利的大會，一個團結的大會。代表們對三個報告發表了很好的意見。許多同志作了自我批評，從團結的目標出發，經過自我批評，達到了團結。這次大會是團結的模範，是自我批評的模範，又是黨內民主的

〔註47〕《學習〈為人民服務〉‧學習〈紀念白求恩〉‧學習〈愚公移山〉》（重編本），人民出版社1967年2月第1版，第6、29頁。

模範。

　　大會閉幕以後，很多同志將要回到自己的工作崗位上去，將要分赴各個戰場。同志們到各地去，要宣傳大會的路線，並經過全黨同志向人民作廣泛的解釋。

　　我們宣傳大會的路線，就是要使全黨和全國人民建立起一個信心，即革命一定要勝利。首先要使先鋒隊覺悟，下定決心，不怕犧牲，排除萬難，去爭取勝利。但這還不夠，還必須使全國廣大人民群眾覺悟，甘心情願和我們一起奮鬥，去爭取勝利。要使全國人民有這樣的信心：中國是中國人民的，不是反動派的。中國古代有個寓言，叫做「愚公移山」。說的是古代一位老人，住在華北，名叫北山愚公。他的家門南面有兩座大山擋住他家的出路，一座叫做太行山，一座叫做王屋山。愚公下決心率領他的兒子們要用鋤頭挖去這兩座大山。有個老頭子名叫智叟的看了發笑，說是你們這樣幹未免太愚蠢了，你們父子數人要挖掉這樣兩座大山是完全不可能的。愚公回答說：我死了以後有我的兒子，兒子死了，又有孫子，子子孫孫是沒有窮盡的。這兩座山雖然很高，卻是不會再增高了，挖一點就會少一點，為什麼挖不平呢？愚公批駁了智叟的錯誤思想，毫不動搖，每天挖山不止。這件事感動了上帝，他就派了兩個神仙下凡，把兩座山背走了。現在也有兩座壓在中國人民頭上的大山，一座叫做帝國主義，一座叫做封建主義。中國共產黨早就下了決心，要挖掉這兩座山。我們一定要堅持下去，一定要不斷地工作，我們也會感動上帝的。這個上帝不是別人，就是全中國的人民大眾。全國人民大眾一齊起來和我們一道挖這兩座山，有什麼挖不平呢？

　　昨天有兩個美國人要回美國去，我對他們講了，美國政府要破壞我們，這是不允許的。我們反對美國政府扶蔣反共的政策。但是我們第一要把美國人民和他們的政府相區別，第二要把美國政府中決定政策的人們和下面的普通工作人員相區別。我對這兩個美國人說：告訴你們美國政府中決定政策的人們，我們解放區禁止你們到那裏去，因為你們的政策是扶蔣反共的，我們不放心。假如你們是

爲了打日本，要到解放區是可以去的，但要訂一個條約。倘若你們偷偷摸摸到處亂跑，那是不許可的。赫爾利已經公開宣言不同中國共產黨合作，既然如此，爲什麼還要到我們解放區去亂跑呢？

美國政府的扶蔣反共政策，説明了美國反動派的猖狂。但是一切中外反動派的阻止中國人民勝利的企圖，都是注定要失敗的。現在的世界潮流，民主是主流，反民主的反動只是一股逆流。目前反動的逆流企圖壓倒民族獨立和人民民主的主流，但反動的逆流終究不會變爲主流。現在依然如斯大林很早就説過的一樣，舊世界有三大矛盾：第一個是帝國主義國家中的無產階級和資產階級的矛盾，第二個是帝國主義國家之間的矛盾，第三個是殖民地半殖民地國家和帝國主義宗主國之間的矛盾。這三種矛盾不但依然存在，而且發展得更尖鋭了，更擴大了。由於這些矛盾的存在和發展，所以雖有反蘇反共反民主的逆流存在，但是這種反動逆流總有一天會要被克服下去。

現在中國正在開著兩個大會，一個是國民黨的第六次代表大會，一個是共產黨的第七次代表大會。兩個大會有完全不同的目的：一個要消滅共產黨和中國民主勢力，把中國引向黑暗；一個要打倒日本帝國主義和它的走狗中國封建勢力，建設一個新民主主義的中國，把中國引向光明。這兩條路線在互相鬥爭著。我們堅決相信，中國人民將要在中國共產黨領導之下，在中國共產黨第七次大會的路線的領導之下，得到完全的勝利，而國民黨的反革命路線必然要失敗。〔註48〕

第一段，全部意思就是第一句，「我們開了一個很好的大會」，會的內容決定了三件事，「今後的任務就是領導全黨實現黨的路線」，主語是「今後的任務」，讀上去像一個無主句，誰來「領導」，當然毛主席所謂「黨的路線」也即是毛主席爲黨指出的路線。「勝利」和「團結」，從那時起不僅成爲一切大會的題中應有之義，且成爲形容一切大會的口中必有之詞。而事實上，像七大這麼成功、如此團結和勝利的會議只有一次。有時候一個詞用得太成功，往往把這個詞彙作

〔註48〕毛澤東《爲人民服務‧紀念白求恩‧愚公移山》，人民出版社 1966 年 7 月第 1 版，第 12～18 頁。

廢，把它的意義給取消了，只留下了聲音，跟定了主詞。三個「模範」，還是在說這個大會好在哪裏。三件事、三個報告、三個模範，歸納得有層次又不刻意。

第二段，兩句話，散會之後，大家分赴各地，要宣傳大會的路線，要做解釋的工作。這是布置任務，決不可少。考慮到一九四五年時期信息技術手段之少，依靠開過會的人，口頭宣傳的任務是非常之重的。由出席者傳達會議精神，至今也還在使用。

第三段是全文的核心，五百四十七字，是回答第二段的問題，怎麼宣傳？宣傳的要點是什麼？如何概括大會的精神？這是非常重要的。沒有一個統一的說法，就肯定不會有統一的理解和領會。偉大的革命四句教，是在這個接骨眼上提出來的。既是先鋒隊，須要落實四句教，問題在於以這種必勝的信心感染全國人民，儘早加入到勝利的隊伍中來。群眾的覺悟和先鋒隊的覺悟，字相同意思卻不同，群眾總在分出勝負之時倒向勝利者，如果能感覺到群眾甘心情願和我們一起去奮鬥，豈不是可以增強自己的信心麼？在這個關鍵的地方，一句偉大的警句出現，全文的核心思想出現：「要使全國人民有這樣的信心：中國是中國人民的，不是反動派的。」這句話的厲害在於，它是無法反駁的，永遠正確，誰不是中國人民？反動派是不是？誰承認自己是反動派？說到中國人民，是暗示在野的共產黨和人民，反動派是當其時的執政黨。接下來用了很大的篇幅，講了一個《列子》中的寓言。

胡適當初的「八不主義」中反對用典，他不知用典可以取得多麼驚人的表達效果，本不過一篇七大的閉幕詞，但因為用活了這個典故，也使講話本身變成了漂亮文章——《愚公移山》，文因事傳，事因文傳，相得益彰。典故是舊的，意義卻是新的，那兩座大山，被命名為帝國主義和封建主義，而人民大眾，被賦予了「上帝」的地位。這個上帝是需要被感動的，而感動上帝需要以言辭，毛澤東的言辭，既懇切又雄辯。愚公移山這個典故，實在用得好，既腳踏實地，又神秘莫測，挖山不止，是實實在在的工作，感動上帝卻又似乎輕而易舉，一旦感動上帝，勝利和成功宛如魔術一般，簡直不可思議。後來的歷史進程，恰是驗證了這不可思議的奇迹的發生，愚公移山，此四個神奇的漢字，如芝麻開門一般。這段的結尾，講完那個神奇的寓言之後，話鋒一轉，又強調指出挖山不止的重要性，只要挖下去，「有什麼挖不平呢？」

第四段，講完背山的兩個神仙，接著便是兩個美國人，是否有幽默的意思呢？從那時起，毛澤東就想與美國人訂一個條約了麼，而其時條件尚未成熟，扶蔣反共的政策，看起來沒有改變的餘地，但即便如此，毛澤東還是要區分美國人民及美國當時的政策。看上去這僅僅是說法的不同，但於毛澤東而言，他不相信世界上有不可改變的事物，尤其是政策。「文革」後期，他力排眾議推動了中美建交，為後來的改革投下一枚最關鍵的棋子。毛澤東實際上是他自己時代的終結者。赫爾利「不合作」沒關係，尼克松可以合作。在二十世紀七十年代的中美對比中，中國基本上沒有什麼好牌，但毛澤東卻占盡主動，五十年代初想打則能打，七十年代初，想和又能和。政治家毛澤東是丘吉爾斯大林羅斯福一般的人物，或可以說，沒有中美建交，何來改革開放呢？

第五段，由美國的不合作引出了蘇聯的「合作」，引用斯大林的權威論述，說這話時，毛澤東的心情或許是苦澀的，因為即使已經到了一九四五年，斯大林對於共產黨能夠在中國取得政權依然沒有信心，此前他一向不看好中共，毛澤東對於這個底細是清楚的，黨內高層也清楚。這裏，毛澤東援引的是斯大林的道理，而不是他可能給予的援助，這反映出毛澤東自力更生的倔強性格。相反，蔣介石和國民黨在國共內戰展開之後，財政上不得不依賴美國政府，而共產黨打仗卻似乎不花錢，延安所有的各級官員，未發工資，軍隊依靠自己生產養活自己。毛澤東的修辭手段高超，「反蘇反共反民主」的並列使用，從詞語的形式上看，由於遭受了共同的「反」，所以此三者形式上不得不「一體化」了，但實際上蘇是蘇，共乃共，民主是民主。

第六段有意思，作為七大的閉幕詞（一九四五年六月十一日），毛澤東提到了國民黨六大，一九四五年五月五日至二十一日在重慶召開，閉幕時間與中共七大相隔二十日。會議發表了《對中共問題之決議案》，指其「不奉中央之軍令政令，武裝割據，破壞抗戰，危害國家」，五月十八日蔣介石在《政治總報告》中說，「今天的中心工作在於消滅共產黨！日本是我們的外部的敵人，中共是我們國內的敵人！」〔註49〕外部敵人那時還沒有宣布投降，國共兩黨已在各自的

〔註49〕劉健清、王家典、徐梁伯主編《中國國民黨史》，江蘇古籍出版社 1992 年版，第
543 頁。

代表大會上，制定出了各自的路線和戰略，沒有調和的餘地。

這是中國人民的悲劇！「二戰」結束之際，中美的不同在於，美國人通過投票來決定兩黨誰執政，中國人卻不得不通過血腥的內部戰爭。毛蔣及兩大集團的其他領導人，誰也不相信軍隊可以中立，真正交付國家。政治上的分歧通過辯論和選舉來解決，中國沒有這樣的傳統。政治分歧一定需要軍事解決麼，如今的國人再出現政治分歧怎麼辦，仍然動輒尋求軍事解決麼？

況且在國共之間，幾十年互稱對方為匪，早已不是什麼政治分歧，還是以中國的觀念來看待比較自然，那依然不過是天下江山、成王敗寇的時代。一九四九之前，國共兩黨之間向來你中有我、我中有你。中國的西化進程雖快，卻總是弄得變了味兒，社會習俗也未能跟隨上來，兩黨政治在中國無須變通，自然演變為兩黨之軍事，遼瀋、平津、淮海三大戰役下來，勝負分明，誰也沒有話說，假如是選戰、投票，誰又能保證計票的真實無誤呢？

七大之後的歷史，是毛澤東政治軍事路線的勝利史，也是國民黨六大路線的失敗史。

周作人在一九五〇年寫過一篇《愚公移山》，發表於六月二十五日的《亦報》上，署名十山。他說，「古人云，為政不在多言，但力行何如耳。力行二字中國向來最是缺少，把國家社會上的事一向弄得稀糟，但是現在由共產黨領頭，實事求是，刻苦忍耐的風氣忽然勃興起來，可見以前的不力行乃是不為，而非是不能，只要做去是做得成的，中國的大希望正就在這裏了。天下事最怕不做，做了總有好處，愚公移山雖係寓言，卻是很好的教訓。」〔註50〕

當時載有《愚公移山》一文的《毛澤東選集》第三卷尚未編出（第三卷首版於一九五三年二月），「老三篇」裏的《愚公移山》一文，周作人亦大約無緣讀到。以列子中的愚公移山寓言，來稱揚新政權的所作所為，與五年前毛澤東以同一寓言來鼓舞全黨的士氣，在本書看來，實在是有趣的巧合！

五

一九六六年十一月三十日《解放軍報》編者按語：「毛主席的《為人民服務》、《紀念白求恩》、《愚公移山》三篇光輝著作，是每個革命者樹立無產階

〔註50〕鍾叔河編《周作人文類編》第一卷，湖南文藝出版社1998年版，第878頁。

級世界觀的最根本的必修課，是破私立公、改造人們靈魂的強大的思想武器。二十多年來，這三篇光輝著作的偉大思想，對於改變人民的精神面貌，哺育共產主義新人，推進人民革命事業，發生了不可估量的偉大作用。」

三篇文章著眼點不同，分別是團隊、個人和民族。三者之間的關係處理好了，社會才能把物質力量和精神力量凝聚起來，形成強大的戰鬥意志，從而贏得戰爭的勝利。處理得不恰當，則衝突激烈。在國家和個人之間，政黨既是組織化的行政力量，又是權勢集團。怎樣通過國家立法，保護個人權利，個人如何爭取和維護自身權利，來平衡黨的力量的擴張，也是今天從政者面臨的基本問題。毛澤東在那樣一個危亡時代，將個人凝結成政黨，投入到社會各種勢力的較量當中，實現了建立民族國家的目標。

「老三篇」裏，寫得最好的，恰是最短的那篇《為人民服務》，論述的對象是革命隊伍，黨和軍隊，「我們的共產黨和共產黨所領導的八路軍、新四軍」，對於這樣一個先鋒隊，一個以為人民服務為宗旨的社團而言，毛澤東的論述和要求是合理的，既是一種很高的道德標準，也是理想主義的體現，能夠激勵人去奮鬥、去犧牲。正如墨子學派的毫不利己、專門利人，真正做到固然困難，於一部分人來說，不是不可能的。黨風說到底是黨在多大程度上不屈服於物質利益，而不是以壟斷性權力宣布自己代表全民，代表未來，代表正確的方向，這種宣布並不能說明它真的在貫徹為人民服務的宗旨。

《紀念白求恩》著眼於個人，尤其是個人的道德修養和業務素質。認為白求恩「毫無利己的動機」，是典型的中國式思路，在西方語境下，白求恩的行為屬於志願者的行為，並不罕見。在來到中國之前，他和他的醫療隊曾赴西班牙戰場。他不是為個人利益而工作，正如他自己所言，「我是來支持中國民族解放戰爭的，我要錢做什麼？如果我要穿好吃好，就在加拿大不來了。」〔註51〕這正是他自我的個人意志，他是願意這樣做的。接受專業的醫學教育訓練之後，選擇醫生職業意味著以醫術幫助他人，救助生命，從實現自我價值這點上看，利己與利人是統一的，未必將兩者對立起來。「毫不利己，專門利人」的說法，實際上誇大了人類所面臨的日常道德困境，只有在極端情境下，兩者或許才是對立的。批評四種道德上不高尚的行為，不負責任，拈輕怕重，先替自己打算，

〔註51〕《共產主義戰士——白求恩同志的話》，《人民日報》1966 年 11 月 15 日。

喜歡自吹，不是什麼大不了的過錯，乃是人性當中的小缺陷。這種人「其實不能算共產黨員，至少不是純粹的共產黨員」，這個判斷是準確的，卻是標準極高的。雖然算不上共產黨員，應當承認他們是有缺點的普通人，並沒有違背做人的道德底線。五種人的要求，是對黨員提出的，對極少數先進分子而言，也是真正的高標準、嚴要求，後來擴大至全體民眾，就有脫離實際之嫌。

怎能要求所有人成為高尚的人、純粹的人、有道德的人、脫離了低級趣味的人和有益於人民的人呢？在道德高標和道德底線之間廣大的中間地帶，是人類道德活動的基本空間，不能為高標的緣故而簡單取消。「文革」中所謂興無滅資、破私立公即是如此，這自不是「老三篇」的錯，是不恰當地領會「老三篇」的精神，將其道德要求普遍化和極端化的後果。

「自有文化以來，幾千年的人類社會，都是階級社會，它的共同點，就是私有制。一切舊文化，都是為私有制辯護，為私有制服務的。我們建立公有制，鞏固公有制，必須破除舊文化，破除形形色色的私有觀念。私有觀念是產生資本主義、修正主義的根子。私有觀念破得愈徹底，無產階級的政權才能愈鞏固，社會主義經濟才能愈發展。」〔註52〕

這是那個時代典型的意識形態高調，表面上看，似乎振振有辭，實際上不過是宋儒的老調。「不出於理則出於欲，不出於欲則出於理」，既如是，人生的得救之途，只能是「存天理，滅人欲」了。對於私欲的排除，王陽明講得很多。「是故苟無私欲之蔽，則雖小人之心，而其一體之仁，猶大人也；一有私欲之蔽，則雖大人之心，而其分隔隘陋，猶小人也。故夫為大人之學者，亦唯去其私欲之蔽，以自明其明德，復其天地萬物一體之本然而已耳。」〔註53〕

這既是善惡之分，亦是君子小人的界線，稍一變通，弄成了「公與私」，無產階級與資產階級，「興無滅資」云云。

古之官吏亦曾叫嚷「以公滅私」或「有公而無私」，但沒人以學說看待它。顧炎武《日知錄》有云：

> 自天下為家，各親其親，各子其子，而人之有私，固情之所
> 不能免矣，故先王弗為之禁。非惟弗禁，且從而恤之。建國、親

〔註52〕《解放軍報》1966年11月3日。

〔註53〕轉引自馮友蘭《中國哲學史新編》下冊，人民出版社2004年版，第234頁。

> 侯、肚土、命氏、畫井、分田，合天下之私，以成天下之公，此
> 所以爲王政也。至於當官之訓則曰：「以公滅私」。然而，祿足以
> 代其耕，田足以供其祭，使之無將母之嗟、室人之謫，又所以恤
> 其私也。〔註54〕

大公無私叫得最響的人，那些寫社論讀社論的人，通常是國家幹部，供給制下的既得利益者，被剝奪了其最後一點「私」的乃是廣大的農民，口糧也沒有的時候，他們是什麼命運？古時候沒有飯吃，還可以四處逃荒，三年自然災害期間，許多家庭成爲絕戶，一些村莊竟無人幸免。

一九六六年十月二十八日《人民日報》社論《把「老三篇」作爲培養共產主義新人的必修課》（不知出自何人手筆），刊發之後，雖閱讀者眾，並沒有獲得格外的注意。這實在是白話文運動中的一篇重要的文獻，在公與私的問題上，其鮮明的立場和高昂的鬥志，與犀利明快的文風，乾淨的語言和嚴密的邏輯性，堪作範文。

> 幾千年來的人類社會，無論是奴隸社會，封建社會，還是資本主義社會，都是建立在私有制基礎上的。幾千年反動統治階級的文化，都是爲私有制度服務的，爲私有觀念辯護的。社會主義社會是公有制。要鞏固和發展社會主義制度，就必須破除資產階級和一切剝削階級的舊思想、舊文化、舊風俗、舊習慣。如果不進行意識形態領域裏的社會主義革命，讓形形色色的私有觀念自由泛濫，公有制經濟就會瓦解，無產階級專政就不能鞏固，社會主義國家就會改變顏色。在偉大十月革命中誕生的蘇聯，從社會主義走向資本主義復辟的道路，就是一個極爲嚴重的教訓。

> 無產階級文化大革命，從根本上説，就是破除私有觀念的大革命，改造人的靈魂的大革命。剝削階級遺留下來的舊思想、舊文化、舊風俗、舊習慣的本質是什麼？就是私有觀念。無產階級的新思想、新文化、新風俗、新習慣的本質是什麼？就是公有觀念。所以，舊，就是舊在一個「私」字上。新，就是新在一個「公」字上。改造人們的靈魂，改造人們的思想，就是要破舊立新，破

〔註54〕顧炎武《日知錄》（集釋本）上卷，上海古籍出版社 1985 年版，第 251 頁。

私立公。

為私還是為公，是資產階級和無產階級的兩種根本對立的世界觀。

為私，就是處處想到自己，只顧自己，爭名，爭利，爭權，爭出風頭，忘了整體，忘了社會，忘了七億人民，忘了三十億世界人民。他們腦子裏只有自己一口人。他們的世界觀，就是「一口觀」。他們站在「一口觀」上看世界。站在資產階級立場上看待一切。

為公，就是不為名，不為利，不怕苦，不怕死，毫不利己，專門利人，一心為革命，一心為人民，全心全意地為中國人民和世界人民服務。他們站在無產階級立場上，把革命的利益，人民的利益，人類解放的利益，看得高於一切。

毛主席的《為人民服務》、《紀念白求恩》、《愚公移山》三篇光輝著作，是破私立公、改造人們靈魂的強大武器。我們一定要把「老三篇」作為培養共產主義新人的最根本的必修課。〔註55〕

一九六六年十二月三日《解放軍報》社論《「老三篇」是革命者的座右銘》，表達了同樣的信念：

我們的幹部，無論職位高低，資歷長短，年齡大小，都應該把自己當作革命的一份力量，同時又不斷地把自己當作革命的對象，自覺革自己的命。長處要充分發揮，來為革命盡力。缺點要不斷鬥爭，來適合革命的需要。要在改造靈魂的戰鬥中，做衝鋒陷陣、身先士卒的戰將，不做瞻前顧後、畏首畏尾的膽小鬼。要做一個無所畏懼的徹底的唯物主義者，不怕痛，不怕醜，不怕亮出思想，不怕觸及靈魂，不怕失掉個人尊嚴，不怕改變現狀，從『我』字中間徹底解放出來。〔註56〕

話說得動聽，亦冠亦冕，堂而皇之。實際上給隨時隨地批鬥他人和自己遭受批鬥找到了哲學上、宗教上、法理上的最後依據。個人權利的觀念，本來就沒建立起來，經這樣革命性的蠱惑，無論是侵犯他人者，還是被侵犯者，皆沒有了

〔註55〕 《人民日報》1966 年 10 月 28 日。

〔註56〕 《「老三篇」是革命者的座右銘》，《解放軍報》1966 年 12 月 3 日。

基本的法律界限。侵犯人身自由這樣大的事情，竟然能夠糊塗過去。先賢在恒產與恒心之間，千百年來持唯心主義立場，心之能恒本來頗爲渺茫，靈魂深處爆發革命，非精通宋學思路者說不出這樣的口號。

> 社會主義社會不同於資本主義社會，生產資料歸了公。經濟基礎改變了，作爲上層建築的政治、思想這些東西就需要跟上來。身子進了社會主義，腦袋還留在資本主義，那怎麼行！公有制要求人們有爲公的思想。人人都有公共責任心，公共道德品質，關心公共事業，維護公共利益，愛護公共財產，社會主義的大廈就能建成，人民的江山就是鐵打的。〔註57〕

說了那麼多「公共性」，最後可以落實的，只有公共財產。問題是那個年代，所謂公共財產，無非是田裏的莊稼、路旁的樹木，圈裏的牲口汲水的井。「大河有水，小河不會乾」聽上去似乎在理，大河小河一起乾，乃全體赤貧狀態下的平等。三年所謂自然災害，餓死數千萬人，死因至今還沒有下落。人民公社與後來的家庭承包制對比之下，「大公無私」實在不過是一個動聽的神話而已。

人民公社化，表面上看是公有制在農村的實施，實際上是法家「編戶齊民」思想的制度建構。法家在歷史上對於儒教所宣揚的宗法倫理和族親紐帶，曾經不遺餘力地打擊，明令「不得族居」，「民有二男不分異者倍其賦」，「父子兄弟同室共息者爲禁」，只有如此，才便於專制皇權對社會直接控制。

公共性與私密性雖非一榮俱榮，卻一損俱損。以道德的名義，將個人私生活領域的合法性取消，法律不加以保護，造成了巨大的人權災難。

對於個人主義的批判，向來是各種社會意識形態競技場。而這種以公的名義對於私的「征伐」，在歷史上由來有自，師出有名。天下最大的公，不過是皇帝一人的私而已。所謂集體的財產也僅僅是名義上的，支配權還在某些個人手中，而爲保護集體財產，有時只不過是電線杆、羊群等等不值錢的財產，而犧牲個人寶貴生命，在那個年代屢見不鮮。

《「老三篇」萬歲》的編者《前言》說，「怎樣眞正學懂、做到？就必須要有強烈的自我革命精神，以老三篇爲思想武器，破私立公，改造世界觀。只有

〔註57〕《解放軍報》1966 年 2 月 9 日。

無私，才能把毛主席的書當作各項工作的指導方針；只有無私，才能有遠見，不圖名，不圖利，顧大局，識大體，胸懷祖國，放眼世界；只有無私，才能無偏見，正確開展批評和自我批評，堅持真理，修正錯誤；只有無私，才能無畏，不怕苦，不怕死，具有壓倒一切敵人的英雄氣概；只有無私，才能永遠保持普通一兵的本色，深入群眾，聯繫實際。總之，只有無私，才能成爲毛主席的好戰士，成爲高尚的人，純粹的人，有益於人民的人。」〔註 58〕並列的五個「只有無私」，得出來一個結論，仍是「只有無私」。依照物質決定意識的馬克思主義觀點，在那樣一個公有制社會中，幾乎沒有基本的個人財物，所有才會「只有無私」，說得明白一些，應被稱爲一無所有，人所踏實擁有的，只有「只有無私」了。

「毫不利己，專門利人」的思想和道德標準在歷史上假如眞的有過的話，實際上出自墨家而非儒家。白求恩張思德的死，一位外國志願者，一位普通兵士，與傳統文化沒有干係。儒家的倫理，以血親爲樞紐，在道德上不排除私字。老吾老以及人之老，幼吾幼以及人之幼，君君臣臣父父子子，己所不欲，勿施於人，一身之富貴，一家之尊榮，一姓之興旺，莫不有私。儒家到後來變成了僞善，明明追求的是富貴，嘴上卻說是仁義，心口表裏不一，四書弄到這一步，已不成樣子了。「老三篇」志在建立新道德樹立新風尚，受眾是廣大的工農兵，而不是士大夫讀書人，遠紹墨家之遺緒，符合眾人的身份。而它在全社會的通行，也取代了過去四書所具有的教化功能。

老三篇提倡的是原子式的個人，功能性的個體，既沒有自我意識，也缺乏個人權利要求，更不會有尊嚴問題，滅盡了私欲，全身心爲公，眞正是人民的公僕，這與墨家提倡的大禹式的英雄類似，雖說墨家的學說，失傳已經上千年了。馬雅可夫斯基的一句詩，曾經特別流行，「公社呀，我的一切都是屬於你的，除了牙刷。」

「我恨那個可憐的私字，共產主義社會將要在人們的語言中，把這個私字消滅掉！」〔註 59〕在公和私的論辯中，占上風的是公，在這樣一個破私立公的氛圍中，誰敢爲私辯護呢？繼文白對立之後，又弄出新的對立形式，一再強化

〔註58〕《「老三篇」萬歲》前言，北京市化學工業局機關紅色宣傳站 1967 年 1 月編印，第 3～4 頁。

〔註59〕同上，第 19 頁。

和重複一種壓倒性優勢，正確就這般一次又一次戰勝錯誤，在我們應該享受正確所帶來的果實的時候，卻不得不面臨正確所造成的諸多災難。

六

公和私之對立，變成了字眼的崇拜，對於到底何謂公、何乃私，當時人們不敢深究，過後也依然不明晰。

《商君書·修權》：「今亂世之君臣，區區然擅一國之利，而管一官之重，以便其私，此過所以危也。故公私之交，存亡之本也。」

費孝通一九四七年出版《鄉土中國》一書，曾剖析過中國傳統社會的基本結構：

> 以「己」為中心，像石子一般投入水中，和別人所聯繫成的社會關係，不像團體中的分子一般大家立在一個平面上的，而是像水的波紋一般，一圈圈推出去，愈推愈遠，也愈推愈薄。……我們儒家最考究的是人倫，倫是什麼呢？我的解釋就是從自己推出去的和自己發生社會關係的那一群人裏所發生的一輪輪波紋的差序。〔註60〕

他認為理解這種以「私」為核心的波紋差序是理解中國傳統文化的關鍵：

> 我們一旦明白這個能放能收、能伸能縮的社會範圍，就可以明白中國傳統社會中的私的問題了。我常常覺得：「中國傳統社會裏一個人為了自己可以犧牲家，為了家可以犧牲黨，為了黨可以犧牲國，為了國可以犧牲天下。」這和《大學》的「古之欲明明德於天下者，先治其國，欲治其國者，先齊其家，先修其身……身修而後家齊，家齊而後國治，國治而後天下平」。在條理上是相通的，不同的只是內向的和外向的路線，正面的反面的說法，這是種差序的推浪形式，把群己的界限弄成了相對性，也可以說是模糊兩可了。這和西洋把權利和義務分得清清楚楚的社會，大異其趣。〔註61〕

> 為自己可以犧牲家，為家可以犧牲族……這是一個事實上的公

〔註60〕費孝通《鄉土中國》，生活·讀書·新知三聯書店 1985 年版，第 25 頁。

〔註61〕同上，第 27 頁。

式。在這種公式裏，你如果說他私麼？他是不能承認的，因爲當他
犧牲族時，他可以爲了家，家在他看來是公的。當他犧牲國家爲他
的小團體謀利益，爭權利時，他也是爲公，爲了小團體的公。在差
序格局裏，公和私是相對而言的，站在任何一圈裏，向內看也可以
說是公的。〔註62〕

這樣的公私觀念，是爲專制王權而精心設計的。黃宗羲的觀點一針見血，所謂
君，乃「使天下之人不敢自私，不敢自利，以我之大私爲天下之大公」。

一九四九年政權更迭之後，中國社會的基本結構並沒有根本的變化，尤其
是延續了數千年的「公」和「私」的觀念，在短時間內未發生變化。在這樣的
體制下狠鬥私字一閃念，表面上是與一切傳統的剝削階級的觀念決裂，實際上
還是陷在傳統的公私怪圈中爲假公濟私者效力。

中國幾千年的歷史上，私的觀念雖然沒有地位，但私欲卻是從來也沒有被
祛除過。人必有私，又無法承認其私，後果是不得不假公濟私，專制皇帝的「以
我之大私爲天下之大公」不過是最極端的例子而已。

在集體主義或者說標榜集體主義的年代裏，假公濟私不僅是某些個人的特
權，且成爲其「濟私」的正途，因爲沒有給「私權利」以合法的地位，假公濟
私者，甚至可說是被逼上梁山的。

顧全大局和以人爲本，是今天流行的話。什麼是大局是相對而言的，在體
制單位中，在領導看來，單位是大局，若從外單位去看，不同單位構成的系統
才是大局，從系統之外看去，國家才是大局，你該顧全哪個大局？

以人爲本，須落實爲以個人爲本，才不至於一句空話。而個人的基本權利
是生而有之不可剝奪不可讓渡的。爲了什麼樣的大局，再大不過的大局，也不
應犧牲個人的基本權利、價值和尊嚴。一個人可以自己選擇犧牲從財產到生命
等個人所擁有的，但任何別人無權這樣要求，誰也不能強求別人道德高尚，國
家也沒有這樣的權利。

以人爲本和顧全大局，在中國往往弄成表裏關係。個人的事再大也是小事，
單位的事再小也是大事，這一句表態的話，任何領導都喜歡聽，它表明說話者
識相、得體。但卻未必眞的實行。個人服從組織，下級服從上級，全黨服從中

〔註62〕費孝通《鄉土中國》，生活・讀書・新知三聯書店 1985 年版，第 27～28 頁。

央，這個序列排出之後，大家普遍覺得正確，不可動搖，爲什麼？還是傳統的「公」與「私」的結構在起作用。憲法大，還是體制大？外國也有官，但不見得有官本位，外國的官也掌握權力，但未必會弄到全民崇拜權力。究其根源，這樣一種糾纏不清的「公私關係」和無所不在的體制，恐怕難辭其咎。而解決的辦法，只有一個，就是區分公私。嚴復將英國人穆勒（J.S.Mill）的名著《自由論》（On Liberty）譯爲《群己權界論》，大有深意。

「老三篇」所宣揚的價值觀、道德觀，與傳統價值和傳統道德之間的聯繫，被有意地忽略，或說被掩蓋起來了。標新不過是策略，所謂新道德、新風尚、新文化、新習慣不過是改頭換面僞裝之後的宋儒的道德主義舊訓誡，也正因如此，方能迅速流播。而眞正的立異，難乎其難。

在較大的文化框架下理解「老三篇」，至少有三樣不應該被忽視：墨子精神兩千年的餘緒，宋儒所創千年的道德主義傳統，五百年來王學打破尊卑界限的思潮。你可以不瞭解這些歷史因素的存在，但他們是實實在在起作用的。還有一個重要的背景，就是法家思想的暗流和專制王權的統治秩序，所謂「百代都行秦政法」。

老三篇有一種不明顯的非智主義傾向。雖不明顯，卻很重要。精英主義的衰落和民粹主義的興起是其背景。墨家思想之中本有此傾向，陽明學打破上下尊卑的界限，從學理上論述人與人的平等地位無疑是一種進步，但「文革」並沒有落實這一平等，而是顛倒了過去的尊卑地位，以工農兵爲尊，知識分子爲卑。古之士風，狂者進取，狷者有所不爲。衡量個人的道德修養，有一個詞彙曰操守，只有它能體現一個人眞正的道德素質，伯夷叔齊義不食周粟餓死首陽山，蘇武牧羊塞外十八年不改漢節，消極自由比積極自由更爲珍貴！

要談靈魂深處爆發革命的話，須首先尊重個人意志的自由和選擇上的自主。若一個人以他個人的獨立意志和自由精神，選擇了「毫不利己、專門利人」的生活方式，並甘願承擔後果，不計名利得失，這當然是高尚的，也是值得稱揚的。白求恩、張思德，更多地是他自己要成爲那樣，每個人可以決定自己是否成爲白求恩、張思德，但他人無權要求別人這樣做，國家也沒有權力這樣要求每一個公民。

老三篇的口語色彩很強，「今後我們的隊伍，不管死了誰」，這樣的說法，

明顯不是書面語。用進文章裏，顯得簡潔明快，又使語氣有所變化。

　　《爲人民服務》處理得最好的是對死亡的態度，對革命工作和事業的態度。賦予死亡以全新的意義，就是賦予生命全新的價值。送葬、開追悼會「這要成爲一個制度」，「用這樣的方法，寄託我們的哀思，使整個人民團結起來」，話說得誠懇極了。

　　「老三篇」中的每一篇，語氣都是誠懇的。從一九三九到一九四五年，共產黨人說話的語氣是誠懇的。以「爲人民服務」爲宗旨，這是中國自有歷史以來，能夠提出的最好的關於組織政黨、軍隊和團體的理念了。

　　在戰爭中，個人的力量的確微不足道，只有融入集體之內，只有萬眾一心，形成民族的階級的集體意志，才能有所作爲。既強調個人的道德修養，又不培養個人的主體觀念；既提倡個人犧牲精神，卻反對個人英雄主義；既要樹立個人氣概，又不突出個人本身的作用和地位，《紀念白求恩》中對於理想人格的提出，有極好的分寸感：「一個人的能力有大小，但只要有這點精神，就是一個高尚的人，一個純粹的人，一個有道德的人，一個脫離了低級趣味的人，一個有益於人民的人。」白求恩、張思德，做的是普通的工作，犧牲的原因是意外事故，沒有太壯烈的場面和多麼非凡的業績，能夠讚美的是白求恩醫術上的「精益求精」「極端負責任」和對同志的「極端熱忱」。兩人的名字響亮但個性並不突出，特別地符合那個時代的要求。

七

　　眞正的大公無私，毫不利己，專門利人的學說自古有之，這就是墨家。墨家講「任」，《墨子‧經說上》曰：「任，爲身之所惡，以成人所急。」「任，士損己而益所爲也。」梁啓超號「任公」，來源於此，他亦曾作《墨學微》。漢代之後就已經中斷的墨家思想有復興的趨勢，一九〇六年《民報》創刊號上刊載墨子畫像，並稱之爲「世界平等博愛主義第一大家」。

　　今傳《墨子》五十三篇，非墨子自著，亦非一人所著，且非一時之著。實際上是墨子學派的文章總集。《孟子‧滕文公》云：「楊朱、墨翟之言盈天下。天下之言，不歸楊，則歸墨。」墨子認爲，「凡天下之禍篡怨恨，其所以起者，以不相愛生也。」他主張兼愛，非攻。否認我、人之別，親、疏之別，主張視人若己。與儒家的差序排列不同，墨家強調人與人之間的互助。「有餘

財則相分，有餘道則相教，有餘力則相勞。」打破親疏、強弱、貴賤、貧富、智愚等一切先天、後天的差別，以平等爲其根本精神。

墨家學派的楷模是大禹，「禹親自操橐耜而九集天下之川，腓無胈，脛無毛，沐甚雨，櫛疾風，置萬國。禹大聖也，而形勞天下也如此。使後世之墨者，多以裘褐爲衣，以跂蹻爲服，日夜不休，以自苦爲極，曰：『不能如此，非禹之道也，不足謂墨。』」〔註63〕

俞樾爲孫詒讓《墨子閒詁》序云：「墨子則達於天人之理，熟於事物之情，又深察春秋、戰國百餘年間時勢之變，欲補弊扶偏，以復於古。鄭重其事，反覆其言，以冀世主之一聽，雖若有稍詭於正者，而實千古之有心人也。」〔註64〕他認爲墨子有公而無私，楊子有私無公，儒家近於楊而遠於墨，當以孟子爲主，墨子爲輔。

韓愈對於儒墨之間的相通處，也有過簡短的論述。但由於墨子陳義太高，自處過苦，又持之甚過，漢以後失傳，在民間俠客和義士身上，偶能瞥見其一鱗半爪。章太炎曾說，「至仁不過大禹墨翟。墨翟之仁，自漢以後，可復得乎？其道德則非孔老所能窺視也。」梁啓超認爲，審美觀念低減到零度，是墨學失敗的最大原因。

蔡尙思《墨子思想要論》認爲，中國傳統文化分爲統治者的官方與被統治者的民間兩大系統，儒法代表前者，道家靠近前者，墨子代表後者。蔡尙思認爲墨家是社會本位，道家是個人本位，儒家是家族本位，是比較準確的。

早期共產主義者蔡和森認爲，列寧在蘇俄實行的與墨子理論近似，但比墨子的學說更徹底、更深刻、更偉大。綽號墨者老杜的杜國庠認爲先秦諸子，只有墨子是革命的。

一九三九至一九四〇年，陳伯達的文章《墨子哲學思想》發表於《解放》，毛澤東曾親爲之修改。

一九三九年四月二十四日，在抗大生產運動總結大會上，毛澤東發表演說，「墨子是一個勞動者，他不做官，但他是比孔子高明的聖人。」〔註65〕他還說，

〔註63〕《莊子‧天下篇》，陳鼓應《莊子今注今譯》，中華書局1983年版，第863頁。

〔註64〕《諸子集成》卷五，嶽麓書社1996年版，第1頁。

〔註65〕轉引自蔡尙思主編《十家論墨》，上海人民出版社2004年版，第371頁。

歷史上幾千年來做官的不耕田，讀書人不耕田，假使全國黨政軍學，辦黨的，做官的，大家幹起來，那還不是一個新的中國嗎？你們將工農商學兵結合起來了，你們讀書叫學，開荒是農，打窯洞做鞋子是工，辦合作社是商，你們又是軍，你們是工農商學兵結合在一個人身上，文武配合，知識與勞動結合起來，可算是天下第一。最近我寫了一篇文章，講區分革命的、不革命的和反革命的知識分子的標準只有一個，就是看他是不是同工農相結合。〔註66〕

王桐齡說：「墨教徒輕生死、重義俠、忍痛苦、守紀律，其實行力之勇，自信力之強，團結力之固，富於軍人性質，遠非儒教徒所能及也。」〔註67〕

「老三篇」寫作於一九三九至一九四五年的延安，正是墨子精神沉寂千年之後靈光一現式的復活。加拿大醫生白求恩不遠萬里來到中國，貧農出身的張思德從四川儀隴加入紅軍長征的隊伍，也跋涉了上千公里，到延安後他們在自己的身上，見證了墨子精神的再生。

八

「老三篇」簡短，邏輯清晰，主旨明確，容易記憶，模範白話文的樸實文風，與《大學》《中庸》《論語》《孟子》看上去截然不同。然而作為文字，其影響道德人心的途徑，還不得不因循《四書》的舊轍。

儒家倫理的核心強調血親關係的價值，古人言「百善孝為先」。受除舊布新觀念的影響，新中國的頭三十年裏，很少提及孝道。但諸如「天大地大不如黨的恩情大，爹親娘親不如毛主席親」，「親不親，階級分」這樣的語言，卻泄露了所謂階級恩情的眞相。黨的組織和軍隊，猶如一個大的家庭，忠孝當然仍是需要的，只不過對象卻不再是父母，而變成了黨中央和毛主席。對於傳統孝道，看起來不必改動太大，即可適應新的政治需求，共產主義新風尚能夠在農民主導下的中國迅速成功，關鍵在此。道德主義教育或說教化，是緩慢地起作用的，它必借助於傳統與人的心理慣性，方可收其成效。

「老三篇」寫於三四十年代的延安，攜帶著那個時代生活清苦、物質貧困、精神指向明確的道德氛圍，這一氛圍後來擴展至全中國，直到「文革」之前，

〔註66〕中共中央文獻研究室編，《毛澤東年譜（1893～1949）》中卷，中央文獻出版社2002
　　　年版，第120頁。

〔註67〕轉引自蔡尚思主編《十家論墨》，上海人民出版社2004年版，第58頁。

儘管有種種政治鬥爭，天災人禍，總體上社會風氣仍是正的，道德主義對於現實的塑造，包括對於人的塑造，是在不知不覺中完成的，處在這樣的語境裏，人甚至想不到爲自己的個人利益去爭取點什麼的。雷鋒、王傑，這些民間湧現出來的模範人物，表裏如一，感人至深。

尉鳳英學習毛著的「十想」，曾經風靡一時：一、遇到困難的時候，要想一想「排除萬難，去爭取勝利」。二、碰到挫折和失敗的時候，要想一想「愚公移山」「將革命進行到底」。三、受到批評的時候，要想一想「有則改之，無則加勉」。四、工作沒有辦法的時候，要想一想「三個臭皮匠，合成一個諸葛亮」。五、有了成績的時候，要想一想「虛心使人進步，驕傲使人落後」。六、個人利益和集體利益發生矛盾的時候，要想一想「全心全意爲人民服務」。七、見到別人有困難的時候，要想一想「毫不利己，專門利人」。八、紀律渙散的時候，要想一想「反對自由主義」。九、幫助後進同志的時候，要想一想「一分爲二」。十、在大是大非面前，要想一想「誰是我們的敵人，誰是我們的朋友。」〔註68〕今天如果有人把這些字句發到手機短信或者微博上，會被當作幽默理解，四十七年前它絕對是嚴肅認眞的，在被人摘抄到日記本上的時候，人人都相信這些話的效果。

「文革」開始之後，報紙社論裏的話也並不深奧，「毛主席說，『一個人做點好事並不難，難的是一輩子做好事，不做壞事。』『老三篇』容易讀，眞正做到不容易，一輩子做到更不容易。在『老三篇』面前，人人都是小學生，永遠都是小學生。」〔註69〕「小學生」這個稱謂相當準確，連中學生都夠不上，更莫說高中生以上學歷了，全社會的成年人以心智上的幼稚和小學生態度，來面對即將到來的一切。

可以說，「老三篇」眞正被落實在行動上，恰是其尚未被稱作「老三篇」之前，人人背誦，風靡於口頭，與「文革」的打砸搶是一同到來的。這一點跟四書的命運有相同之處。宋儒編定四書，本欲使人求道，又惟恐人不讀，弄出個科舉名堂，懸了重賞，結果倒把四書那向善求道的本義差不多丟失了。

即使在寫作「老三篇」的時候，毛澤東本人對於理想教育也從未抱有不切

〔註68〕李默主編《新中國大博覽》，廣東旅遊出版社 1993 年版，第 490 頁。
〔註69〕《解放軍報》1966 年 12 月 3 日。

實際的想法，他更相信環境對人的作用，政治壓力之下人的屈服。

在農村，老三篇的正面教育與人民公社化運動同步進行。小農經濟是滋生資本主義意識和自私自利思想的溫床，改造農民是困難的事情，毛澤東並不相信靠背誦老三篇可以解決農民的思想和道德問題，他更信任體制的力量，生產資料集體所有制，加之準軍事化的管理。最基層的農村組織是生產隊，由隊長組織農業勞動，分配收穫的糧食，以工分的形式衡量社員和勞動力的績效，有點戰時體制的味道，開明的隊長，有點像封建大家族內的族長，劣者則如奴隸主一般，遠遠還達不到五四時期「新村」管理者的期望。現實如此，這也不是誰的錯。

城市實行的是供給制，知識分子被養起來，改造的基本途徑就是下放，讓他們下去，到農村去參加體力勞動，特別是從事社會科學的知識分子。後來的知識青年上山下鄉，還是這個思路。大量無法勸善之人，通過各種壓力，是否能真的能解決其思想問題呢？

「文革」的發動，本身就是越過理想教育和道德教育的常規化途徑而進行的一場超常的政治運動實驗。

「在文化大革命中，表面上看大家很『大公無私』，但實際是人們的私欲以隱蔽的形式繼續存在，甚至在一些人身上表現得更為骯髒惡劣。『狠鬥』，這樣一種對自己內心中的一部分極端不接納的態度，更是會強化人的變態的攻擊性。『文革』期間出現的大量的殘暴行為，從根源上看未必不與此有關。」〔註70〕這是以道德的名義剝奪了普通人的正當權利，導致了道德之專政，人權之災難。

持續了十年之久的「文革」之後，結果是可以預料的，全民普遍缺乏道德感，對禮義廉恥已經陌然。改革開放，被政治運動洗劫後的道德殘餘，又遭受了三十年向錢看的清倉甩賣，幾乎要見底兒了。良莠不分，寵辱莫辨，什麼是榮什麼是恥，竟然需要寫到牆上，通過考試令中學生背誦，即使字句背熟了，它能變成內在的修養，變成自我的本能嗎？人在什麼情況下臉紅語塞羞愧含恥，如今已是罕見的人體特異功能，偶爾打開電視，一些情境對白，即使發生

〔註70〕朱建軍《中國的人心與文化：對中國傳統文化的心理學分析》，山西人民出版社 2008 年版，第 114～115 頁。

在生活中，黑暗裏也令人想閉目塞聽，卻公然反覆上演，彷彿有無上的光榮，這才悟到人的無恥原也是沒有止境的。道德恢復起來很慢，十年破壞的，用百年也未見得能復原。良性的非政治化環境，雖不能說已然成風，但公民普遍成長起來的個人意識和權利意識卻是事實。私產的增多，私人空間漸漸出現，並得到習俗的尊重和法律的保護，「私」字正在獲得有漢字以來少有的地位和尊嚴，公車私用，公款吃喝，公費旅遊，受到嚴厲的聲討，假公濟私者的路應不會越走越廣。付出了巨大的代價，換來的就只有這麼些。文革後期，毛澤東除了鼓吹法家替秦始皇正名外，大講儒法鬥爭外，一九七二年在談話中，他重新提到了魯迅，「我勸同志們看看魯迅的雜文。魯迅是中國的第一個聖人。中國第一個聖人不是孔夫子，也不是我。我算賢人，是聖人的學生。」標新究竟不能代替立異。

自然人性論，在今天的中國，依然是一個有待成立的人性觀，其基本主張和理論，還不爲人知，也不在主流。社會結構、制度、習俗，仍然是站在道德主義一邊的。五四運動近百年了，宋儒的勢力依然強大，所謂新文化，實在是新在這裏，但它卻必須應對這樣的舊處境。周作人曾以十八般兵器，宣揚自然人性論，收效甚微。精神啓蒙，有一個重要的前提，是不假借他物，價值必須在自然傳播的過程中，使人自願接受，自覺信奉，一個自由意志在個人身上的覺醒，是可以期待的事情，甚至有出人意料的奇迹，但決不可操縱和控制，若誘之以利益壓之以權勢，就徹底背道而馳了。

朗佩特在論述「尼采摧毀了形形色色對自然的人化，斥之爲已死諸神的幢幢陰影，他在這方面的破壞工作已廣爲人知；相比之下，人們卻不太知曉尼采其他方面的工作，即建構部分，亦即人的自然化——這部分的工作的目標就在於，建立一個如其所是地肯定自然秩序的人類社會。一個人類共同體能否建立在一種徹底的自然主義或內在論之上？」

「尼采是氣勢恢宏的柏拉圖級量上的政治哲人：他是虛無主義的敵人、語文學家和仁愛之人（philanthropist）。尼采思想爲一種後民族主義的政治奠定了基礎：這種政治熱愛塵世，把塵世當做人類的家園，決不會再支持現代人道主義及其賦予人類的種種駭人權利（人類憑藉這些權利凌駕於其賴以生存的其他生命群體之上）；這種政治也不會支持灰飛烟滅的有神論，因爲有神論認爲塵世

該當永罰，其中只有人類值得拯救。」〔註71〕

本書和尼采一樣致力於尋找自身文化的千年迷宮的出口。王守仁說，「聖人之學只是一誠而已」。

第三節　毛澤東的寫作

一

儘管毛澤東自己「歷來不願正式發表，怕謬種流傳，貽誤青年」，但實際情況則是，自從一九五七年《詩刊》創刊號上刊登了十八首毛主席詩詞，一九六三年的《毛主席詩詞》（收三十七首詩詞）由人民文學出版社出版之後，「文革」期間，各種造反派組織自行編輯和印刷的《毛主席詩詞》，數量極大，讀者甚眾。就本人收集、查閱的版本而言，不僅有詳盡的注釋，名家的評論，且有彙集各家評說的彙評本。張滌華、周振甫、安旗、李俊、郭沫若、趙樸初、劉開揚、佛雛、宛敏灝、顧易生、蕭滌非、謝思潔等人的解釋和評論，彙集一處，乃是仇注杜詩的工夫，講究些的，還要配以毛主席的套色木刻頭像和手迹，以一枝綻放的臘梅為封，編者和設計者，均未署個人之名。

一位編者在後記中說，「為了滿足工農兵廣大革命群眾如饑似渴學習毛主席詩詞的需要，我們懷著對偉大領袖毛主席無限熱愛，無限信仰，無限忠誠，無限崇拜的心情，編印了這本《毛主席詩詞試解》。」且說，「原材料轉抄多次，無法核實，難免有很多錯誤」。

最大的一樁錯誤，來自於另外的一些編者，他們不知從何處獲得材料，編寫了《未發表的毛主席詩詞》，一九六六年後迅速流傳，有多種版本和手抄本，收錄的數量從十幾首到三十幾首不等，然其多數並不是毛澤東本人的作品。一個名叫陳明遠的年輕人，因是其中十九首詩詞的實際作者，而涉嫌「偽造毛主席詩詞」被捕入獄。〔註72〕陳明遠的這些詩詞，寫於一九六〇至一九六五年，沒有發表過，但卻在一個小圈子裏流傳，曾得到郭沫若等人的肯許。

毛澤東詩詞的發表，於年輕人學習寫古典詩詞雖有促進，卻沒有形成一個

〔註71〕朗佩特《尼采與現時代》，李致遠、彭磊、李春長譯，華夏出版社 2009 年版，第297～298 頁。

〔註72〕參見路丁《轟動全國的「偽造毛主席詩詞」冤案》，湖南文藝出版社 1986 年版。

所謂舊體詩運動。毛澤東公開主張：「詩當然應以新詩爲主體，舊詩可以寫一些，但是不宜在青年中提倡，因爲這種體裁束縛思想，又不易學。」毛澤東還有一句，「這些話僅供你們參考」〔註73〕。

一九六五年七月二十一日，在《給陳毅的信》中，他再次對詩歌發表了自己的意見，「要作今詩，則要用形象思維方法，反映階級鬥爭與生產鬥爭，古典絕不能要。但用白話寫詩，幾十年來，迄無成功。民歌中倒是有一些好的。將來的趨勢，很可能從民歌中吸引養料和形式，發展成爲一套吸引廣大讀者的新體詩歌。」〔註74〕

雖然毛澤東否定新詩的成績，但在文學的格局中被承認的始終是新詩。毛澤東的舊詩詞及魯迅的舊詩，被當作特例處理，承認他們的地位和價值，與整體上無視當代人的舊體詩詞寫作，似乎並無矛盾。聶紺弩和楊憲益的舊體詩詞，也受到很多讀者的喜愛，但仍然無助於恢復舊詩詞的地位和價值。

一九八六年人民文學出版社出版由鄧小平題寫書名的《毛澤東詩詞選》，收錄了作者存世的舊體詩詞五十首。其中最早一首寫於一九一八年，晚者寫於一九六五年。國內正式出版的毛澤東詩詞，以此書收錄爲最眾。但這並不是毛澤東創作詩詞的全部，他一九七三年所撰七律《讀〈封建論〉呈郭老》就沒有收入本書。而這首詩，於理解毛澤東晚年思想和「文革」頗有啟發：

> 勸君少罵秦始皇，焚坑事業要商量。
>
> 祖龍魂死秦猶在，孔學名高實秕糠。
>
> 百代都行秦政法，十批不是好文章。
>
> 熟讀唐人封建論，莫從子厚返文王。〔註75〕

毛澤東的舊體詩詞寫得怎樣？這是一個不難衡量的問題。詩有李杜，詞有蘇辛，格律、境界、遣詞、造句、用典，皆可以評析。然而注者評者的定位與作者本人的自我評價相差甚大，作者寫給陳毅的信中說，「因律詩要講平仄，不講平仄，即非律詩。我看你於此道，同我一樣，還未入門。我偶爾寫過幾

〔註73〕毛澤東《關於詩的一封信》，《詩刊》1957年第1期。

〔註74〕《毛澤東文集》第八卷，人民出版社1999年版，第422頁。

〔註75〕中央文獻研究室編《毛澤東傳（1949～1976）》下，中央文獻出版社2003年版，第1657頁。

首七律，沒有一首是我自己滿意的。如同你會寫自由詩一樣，我則對於長短句的詞學稍微懂一點。」〔註76〕

評價毛澤東七律的人不計其數，多從思想內容上發揮，卻少見評其平仄。這裏將《七律長征》的平仄和平起式正格譜對照如下（上正格，下《長征》）：

首聯：平平仄仄仄平平　　仄仄平平仄仄平

　　　平平仄仄仄平平　　仄仄平平仄仄平

頷聯：仄仄平平平仄仄　　平平仄仄仄平平

　　　仄仄平平仄仄仄　　平平仄仄仄平平

頸聯：平平仄仄平平仄　　仄仄平平平仄平

　　　平平仄仄仄平仄　　仄仄平平仄仄平

尾聯：仄仄平平平仄仄　　平平仄仄仄平平

　　　仄仄平平平仄仄　　平平仄仄仄平平

只有二句二處不合正格譜，該用仄聲字的地方用了平聲字，依據「一三五不論，二四六分明」慣例，第四句第三字實際上可仄可平，就只有第七句第六字一處該用仄聲用了平聲。全詩五十六字，合平仄的五十五字。看起來毛澤東並非如己所言「還未入門」。

一九四五年重慶談判期間，毛澤東在重慶滯留了四十三天，九月六日以九年前舊作《沁園春·雪》書贈柳亞子，該詞首刊於一九四五年十一月十四日重慶《新民報》晚刊《西方夜談》上，署名毛潤之，編者加了這樣的按語：「毛潤之氏能詩詞，似鮮為人知。客有抄得其沁園春詠雪一詞者，風調獨絕，文情並茂，而氣魄之大，乃不可及。據氏自稱則遊戲之作，殊不足為青年法，尤不足為外人道也。」〔註77〕

《詞譜》云：「《沁園春》，雙調，一百十四字，前段十三句，四平韻。後段十二句，五平韻。」依照詞律要求，除前段前三句和後段的前二句字數不同而外，兩段後十句句法是一樣的。調中有四個五字句，即上段的第四、第十二兩句，下段的第三、第十一兩句，須是上一下四的句法，聲律是仄平平仄仄。上段的第四、五、六、七四句，下段的第三、四、五、六四句，除開

〔註76〕《毛澤東文集》第八卷，人民出版社1999年版，第422頁。

〔註77〕載重慶《新民報》，1945年11月14日。

頭多一領字外，都要對仗。其餘則可對可不對。以此標準衡量《沁園春‧雪》，基本合律。比較明顯不合平仄處，在於「成吉思汗」一句，因是人名，不能更改。詞的平仄，本來比律詩的要求嚴得多，毛澤東於《沁園春》的格律是熟悉的，一九二五年曾經作過一首《沁園春‧長沙》。他在一九四五年的這個時刻將這首一九三六年二月寫的詞發在重慶的報紙上，也明證他在長短句上的自信。

王力一九六二年出版《詩詞格律》一書，專門來談詩詞的格律，大量以毛澤東詩詞為例，於所舉每首的壓韻、平仄、對偶有詳細的分析，且與古人的詩詞對照，何處嚴格遵守，何處有所變通。在書的結尾，作者寫道，「毛主席的詩詞，一方面表現出毛主席精於格律，另一方面也表現出他並不拘守格律。」〔註78〕

二

《四言詩‧祭黃帝陵》亦未收入一九八六年出版的《毛澤東詩詞選》，在毛澤東的寫作中，這首寫於一九三七年的詩，具有特別的性質。日本侵華戰爭爆發，黨的宣傳政策有大調整，一度收起反傳統的綱領，轉而祭祀始祖黃帝，雖為儀式，但凝聚人心，鼓舞士氣，對共產黨的形象塑造，功莫大焉。其詩序曰：「中華民國二十六年四月五日，蘇維埃政府主席毛澤東、人民抗日紅軍總司令朱德敬派代表林祖涵，以鮮花時果之儀致祭於我中華民族始祖軒轅黃帝之陵。」

赫赫始祖，吾華肇造。胄衍祀綿，嶽峨河浩。聰明睿知，光被遐荒。

建此偉業，雄立東方。世變滄桑，中更蹉跌。越數千年，強鄰蔑德。

琉臺不守，三韓為墟。遼海燕冀，漢奸何多！以地事敵，敵欲豈足？

人執笞繩，我為奴辱。懿維我祖，命世之英。涿鹿奮戰，區宇以寧。

豈其苗裔，不武如斯：泱泱大國，讓其淪胥？東等不才，劍屨俱奮。

萬里崎嶇，為國效命。頻年苦鬥，備歷險夷。匈奴未滅，何以家為？

各黨各界，團結堅固。不論軍民，不分貧富。民族陣線，救國良方。

四萬萬眾，堅決抵抗。民主共和，改革內政。億兆一心，戰則必勝。

〔註78〕王力《詩詞格律》，中華書局 1977 年版，第 132 頁。

還我河山，衛我國權。此物此志，永矢勿諼。經武整軍，昭告列祖。

實鑒臨之，皇天后土。尚饗！〔註79〕

與同時期張繼、顧祝同撰寫《中國國民黨黨部祭陵詞》和林森、孫蔚如撰寫《中華民國政府祭陵詞》相較，毛氏祭詩有兩個突出的特色，其一是強烈的個人色彩，還不僅體現在四言詩的文風之中，甚而在詩的正文中，留下了作者的簽名「東等不才」，這是作者強烈個人意識的自然流露，也是一種宣傳策略。國民黨和國民政府的祭文中，均未提及蔣介石，也未提任何別人。其二，具有強烈的時代色彩。祭文祭詩，沿用舊制，莊重典雅，但國民黨一詩一文，寫得拘謹，過於循規蹈矩。毛澤東則新詞舊語雜出，不避俚俗，比如「各黨各界，團結堅固，不論軍民，不分貧富，民族陣線，救國良方，四萬萬眾，堅決抵抗」等，在儀式和象徵作用而外，追求其宣傳效果，這是白話文運動的優良傳統。其三，將共產黨的意識形態刪除得乾淨，從階級論者一夜間變為了民族論者，轉變得徹底。

毛澤東對漢字的平仄敏感。汪曾祺講過一個例子，京劇《智取威虎山》裏有一句唱詞，原來是「迎來春天換人間」，毛主席給改了一個字，把「天」改成「色」字。汪曾祺說，「有一點舊詩詞訓練的人都會知道，除了『色』字更具體之外，全句聲音上要好聽得多。原來全句六個平聲字，聲音太飄，改一個聲音沉重的『色』字，一下子就扳過來了。」〔註80〕

舊體詩詞，毛澤東堪稱行家，雖然他寫得不多，於魏晉辭賦的欣賞、唐代三李（李白、李賀、李商隱）情有獨鍾，顯示出很高的品味。他曾花大氣力給胡喬木修改詩詞，為此引得江青向胡喬木問罪。在給胡喬木的信中毛澤東說，「詩難，不易寫，經歷者如魚飲水，冷暖自知，不足為外人道也。」〔註81〕此乃識者之言。

魯迅的舊體詩寫得極好，毛澤東尤其欣賞其「橫眉冷對千夫指，俯首甘為

〔註79〕蘭草選編《歷代祭黃帝陵詩詞選》，陝西旅遊出版社 1991 年版，第 3～4 頁。

〔註80〕汪曾祺《「揉面」──談語言》，《汪曾祺文集・文論卷》，江蘇人民出版社 1993 年版，第 10 頁。

〔註81〕毛澤東《給胡喬木同志的信》，《毛澤東詩詞選》附錄，人民文學出版社 1986 年版，第 164 頁。

孺子牛」，曾經在多種場合引用，認爲「應該成爲我們的座右銘」，並以毛筆書寫成條幅贈人。《在延安文藝座談會上的講話》中，毛澤東對於這兩句詩有詳盡的解釋。他說，「『千夫』在這裏就是說敵人，對於無論什麼凶惡的敵人我們絕不屈服。『孺子』在這裏就是說無產階級和人民大眾。一切共產黨員，一切革命家，一切革命的文藝工作者，都應該學習魯迅的榜樣，做無產階級和人民大眾的『牛』，鞠躬盡瘁，死而後已。」

魯迅的這首題名爲《自嘲》的七律，寫於一九三二年十月十二日。詩後有跋，「達夫賞飯，閒人打油，偷得半聯，湊成一律，以請亞子先生教正。」後編入《集外集》時又略有修改。爲何說「偷得半聯」呢？清代洪吉亮《北江詩話》有云，「同里錢秀才季重，工小詞。然飲酒使氣，有不可一世之概。有三子，溺愛過甚，不令就塾。飯後即引與嬉戲，惟恐不當其意。嘗記其柱帖云『酒酣或化莊生蝶，飯飽甘爲孺子牛』。眞狂士也。」〔註82〕「俯首甘爲孺子牛」一句乃是襲用「飯飽甘爲孺子牛」化來，故云。

聯繫頷聯的「破帽遮顏過鬧市，漏船載酒泛中流」和尾聯的「躲進小樓成一統，管他冬夏與春秋」，以及「偷得半聯」的原意，這一聯乃是魯迅對於自己受多人攻擊安之若素，晚年得子與三歲的海嬰其樂陶陶的自嘲式描摹。尤其是「孺子牛」這個典故，出自《左傳》，齊景公愛幼子，曾口中銜繩作牛，讓幼子牽著嬉戲，幼子突然跌倒，拉掉了景公的牙齒，後來有人對景公說，「汝忘君之爲孺子牛而折其齒乎」？毛澤東執意將孺子牛解釋成無產階級和人民大眾，耐人尋味。

三

毛澤東的故事，無疑是這個時代最重要的敘事，似亦是劉邦朱元璋故事的新版本，看起來是最終版本了。民國之初，毛澤東就讀於新式學堂湖南第一師範。他舊學良好，通文言文，能填詞作詩，使用毛筆，晚年嗜讀《二十四史》《資治通鑒》等線裝書，這些舊時文人的習性養成早，終身未脫。白話文運動之初，他發過文章，辦過報紙，此後的寫作活動長達半個多世紀，擅長各種文體、語體，重視語言和文采，漢語書面語造詣極高。直至創立紅軍，走上向槍

〔註82〕轉引自《魯迅全集》第七卷，人民文學出版社 1982 年版，第 147 頁。

杆子要政權的路之後，他也很少摸槍，因爲他懂得依靠筆桿子指揮槍。毛澤東曾說，他是用文房四寶打敗蔣介石的，他也打破了秀才造反未獲成功的記錄。辦報紙寫文章發表演講組織政黨宣傳以及動員民眾，這些古代秀才沒有聽說過的利器，從西方傳進來，情況就大不相同了。毛澤東小胡適三歲，當初不在新文化精英的視線之內，後來卻成爲白話文運動的集大成者。白話文運動眞正落在實處並結出的正果，也許正是毛澤東的文章，所以二十世紀中國的白話文運動，在四十年代之後，當稱作「毛澤東語言運動」，是他創造出現代中國的語言政治，持續統治中國達三十年之久，至今還籠罩著中國的政壇。

利用文章獲得政權，是共產黨的發明。一九四九年之後，又使用文章來鞏固政權，恐怕是另外的發明了，於歷代的農民起義而言是從未有過的事情，這恰是宋儒近千年的努力方向。道統之實現，不就是以文章來行治麼？明清兩朝不就是以四書來行治麼？毛澤東與其說是馬克思的信徒，不如說是王陽明的信徒，道德主義思路和修身教育是宋儒留給後世的最大遺產，延安整風，五七年反右，文革，可以從這個總的路線上得到理解。

毛澤東的寫作，主要以《毛澤東選集》的文本形式進行傳播，但它從來不是集部著作。由於毛選的出現，經史子集的圖書分類法明顯不再適用於社會主義的文獻現實了。毛澤東的講話和文章，被有計劃地使用行政力量，成功地變成了毛澤東話語。《毛澤東選集》的眞正特殊性在於它的傳播方式。

文章自古以來是供人自由閱讀的，但由於某種原因，書與書之間，文章與文章之間，地位不是平等的。四書被欽定爲考試課本，獲得了至尊地位，令天下其餘的書，不焚而焚。毛澤東的寫作，借黨政之威，得技術之助，取得了超越四書的地位，它不是用來考試，是用來實施的。「文革」中有一個特殊的稱謂「最高指示」，在書刊報紙上，凡作爲引文出現，通常排成醒目的紅體字或加粗加重的黑體字以示區別。派性鬥爭時，雙方使用的基本武器是毛主席語錄，他們通過闡釋，鞏固自己打擊對手。從文本的意義上考察，「文革」宛若實現了千年的夢想，宋儒的烏托邦，在如此廣大的範圍內在幾億人口中得以實現，人們生活著，不再是延續過去承傳的習俗，而是根據一個新的理念，或多或少，一個奔向共產主義美好未來的巨大衝動。

《毛澤東選集》不僅在所有圖書和文獻中占據特殊的至尊地位，而且需清

除過去一切圖書在人們思想上造成的壞影響，爲什麼知識分子首當其衝，是他們讀過大量非毛澤東所著之書，要清除與這思想不符的舊思想、舊習慣、舊風俗、舊文化。文化革命的必然性在這裏。蔡和森早年說過，得到政權後改造社會，才是早期共產黨人的最大抱負。所以不可能容忍一種看上去自然合理的社會制度——發展經濟，人人富裕。從這個意義上講，「文革」可視作《毛澤東選集》的一個推廣運動，它的首要對手是別的書籍，特別是封資修一類的書籍，以抄家沒書、焚書爲指向的紅衛兵運動，於鬥爭方向的把握是準確的。這些單純幼稚的少年，少量讀過毛主席的書，少數人也偷看別的書，把這書用紅寶書的塑料皮包起來。毛澤東的著作在國統區流通的時候，也曾經包起過別書的封皮，那是二十年前的事了。書的內容，那些文字、話語以及它們的意義是一回事，相較之下，書的地位、被閱讀的方式、傳播途徑等更能揭示其意義和價值。說什麼歸根結底，是被怎麼說所決定了的。

「文革」之後，毛澤東的著作迅速降溫，已基本不在公眾閱讀之列，但他的話語方式和語氣語態，他的用詞習慣和文風特徵，特別是其道德主義的基本思路，改造人性的革命激情，仍以無意識的方式籠罩著社會的書面表達和口語，久久不散。「祖龍魂死秦猶在」，他賦予普通話的形和神，緊緊地跟隨你和我。

福柯說，「在每個社會中，話語的產生都是同時由某些過程來控制、選擇、組織和分配的，這些過程的作用就在於擋避針對於它的權力和危險，控制偶然事件並掩飾話語巨大而乏味的物質性。」〔註83〕

延安整風、反右傾、文革一脈相承，實際是毛澤東話語於其他話語的黨同伐異。「眞理和謬誤原來是某種排斥系統——一種歷史性的、可變更的、具有制度性強制力的系統。」

福柯認爲，話語與權力（不是狹義的政權，而是廣義的支配力和控制力）之間存在著複雜多樣的關係，所謂說話，歸根結底就是說話的權力，意義也就是具有自稱爲意義的權力。話語是一種壓迫和排斥的權力形式。話語是權力爭奪的對象，一種特殊的對象。它同權力爭奪的其他對象的不同在於：權力如果爭奪不到話語，它便不再是權力。〔註84〕

〔註83〕轉引自徐賁《人文科學的批判哲學——福柯和他的話語理論》，甘陽主編《八十年代文化意識》，上海人民出版社2006年版，第511頁。

〔註84〕同上。

毛澤東話語的建立和一統天下在工農兵那裏沒有障礙，知識分子的麻煩在於他們過去一直享有話語空間，且有多種話語方式。一九五七年反右本質上是一種話語整肅，毛澤東的話語不僅要支配黨內的話語空間，而且力爭支配全民的話語空間，其中最大的障礙是知識分子話語。批判胡適、梁漱溟，抓捕胡風反黨集團，批判武訓傳，批判俞平伯的紅學研究等等，皆是話語統治的需要。話語要成為唯一的話語，排斥其他話語是必然的。從肉體上消滅不同政見者易，從思想和言論上消除不同政見難。革命往往只能從容易的事情做起，但於困難的事，也不會輕易罷手，這亦是「文革」的必然性所在。

四

所謂「紅寶書」，狹義地講，特指《毛主席語錄》。它是解放軍總政治部摘編的毛主席著作片斷，分列三十三專題，一九六一年四月在《解放軍報》逐日逐條發表，一九六四年出版單行本。林彪為《毛主席語錄》的題詞是「讀毛主席的書，聽毛主席的話，照毛主席的指示辦事，做毛主席的好戰士」，向全軍發授，不久全國發行，一版再版。據一九六七年十二月統計，全國印發三億五千萬冊。由官方組織人力，譯為五十多種外文，至「文革」結束，有五百多種版本，總印數五十多億冊，被國際公認為「二十世紀世界上最流行的書」，「世界上讀者最多的書」等。

新中國成立初期成立的「中共中央毛澤東選集出版委員會」，工作效率極高，一九五一年八月，便出版《毛澤東選集》。同時有大量收入《毛澤東選集》的文章，單篇以單行本的方式印製。一九六四年十二月二十日的《王傑日記》寫道：「這樣我就到街上買了十九本毛主席著作單行本：《愚公移山》《為人民服務》《將革命進行到底》等，送給了親愛的新戰友。」每本很薄，定價幾分錢，發行量很大。

一九六四年六月，《毛澤東著作選讀》甲種本和乙種本出版。甲種本編入毛澤東從一九二七年到一九五八年著作三十七篇，其中《反對本本主義》《被敵人反對是好事而不是壞事》《在中國共產黨全國宣傳會議上的講話》三篇，是首次發表。

乙種本編入毛澤東一九二六年至一九六三年的著作三十七篇，十三萬字，多從《毛澤東選集》中較長文章中節選出，有些還新擬了題，十一篇文

章寫於一九五五年之後，是毛選中所沒有的，其中《人的正確思想是從哪裏來的？》一文屬於首發。後稱「老三篇」的三篇短文，乙種本收入。因此，一九六四年六月，中國青年出版社出版的《毛澤東著作選讀》乙種本，應當說是「老三篇」的母本。據當時編者說明，甲種本適合一般幹部閱讀，乙種本適合工農群眾和青年知識分子閱讀。比起此前出版的四卷本毛選，甲乙兩種讀本更爲流行。

一九八六年出版的兩卷本《毛澤東著作選讀》，選編了一九二一年至一九六五年期間的著作六十八篇，其中五十一篇來自於《毛澤東選集》，另外十七篇是選集未編入的。一九八一年通過的《關於建國以來黨的若干歷史問題的決議》第七部分《毛澤東同志的歷史地位和毛澤東思想》被置於卷首，具有導言性質。

四卷本《毛澤東選集》出過兩版，二十世紀五十年代初和六十年代初的首版，毛澤東親自主持，由中共中央毛澤東選集出版委員會編輯；一九九一年出的二版，編者改署「中共中央文獻編輯委員會」，保持了原有篇目，增加了一篇《反對本本主義》，此篇曾一度散失，二十世紀六十年代重獲，經毛澤東審定後，在一九六四年的《毛澤東著作選讀》甲種本中首發。二版毛選與首版的差別，在於校訂和注釋，原有注釋八百七十二條，於錯訛史實不準確處，改正或有所校訂三百六十二條，增補新注釋七十七條，刪去了少量的原注。

《毛澤東選集》第五卷，收錄範圍在一九四九年九月至一九五七年，出版於一九七七年四月，編者署名「中共中央毛澤東主席著作編輯出版委員會」，出版說明中預告的「第五卷和以後各卷，是社會主義革命和社會主義建設時期的重要著作」，後來沒有陸續出版，且第五卷一九七七年之後沒有重印過。

一九九三年出版的《毛澤東文集》第一至八卷，收錄一九二一至一九七六年間《毛澤東選集》一至四卷未收錄的重要文稿，「其中有少量文稿，帶有個別不正確的論斷，因內容重要也酌情編入。」，可以看出，八卷文集和選集一至四卷互爲補充，構成了公開出版的毛澤東文章的主要部分。

內部發行的《建國以來毛澤東文稿》第一至十三冊，第一冊出版於一九八七年，收錄範圍包括「手稿（包括文章、指示、批示、講話提綱、批注、書信、詩詞、在文件上成段加寫的文字等）；經他審定過的講話和談話記錄稿；經他審

定用他名義發的其他文稿」，中央文獻研究室撰寫的「出版說明」指出，「由於部分文稿具有一定的機密性，只發行到地師級領導機關和領導幹部，從事社會科學研究和教學的高級專業人員。請妥善保管，不得外傳和翻印。除公開發表過的文稿外，非經徵得中共中央文獻研究室同意，不得引用。」〔註85〕

此外還有公開出版的《毛澤東早期文稿》《毛主席詩詞選》以及《毛澤東書信選集》，以及內部發行的《毛澤東軍事文集》。

「文革」期間，各地的紅衛兵組織自行印製了大量包含毛澤東早期文稿和後期談話在內的非正式出版物，通常冠以《最高指示》或《最新指示》名目，版本和印數無法統計。相當一部分材料在後來公開出版的各種毛選、毛文集、毛文稿中均未收錄。目前為止，一個收羅全面供研究者使用的《毛澤東全集》還未能編出，大概短期內也不會有這樣的可能，這實在不是一個簡單的學術問題。

還有不少迄今從未公開的毛澤東文獻，其中最著名的，被稱「九篇文章」。

它指的是毛澤東寫於一九四一年「九月會議」之後的九篇文章，約五萬餘字。「九篇文章」論及的九個文件，是六屆四中全會以後的中央發出的，時間在一九三一年九月至一九三二年五月，這些文件大致反映了王明等人的指導思想和主要政策的內容。毛澤東的批判著重從政治路線和思想路線方面展開。批判文章據九個文件分為九個部分，各部分既相聯為整體，又可獨自成篇，胡喬木在回憶中稱其為「九篇文章」。

它們的題目曾被作者修改三次：《關於和博古路線有關的主要文件》《關於和左傾機會主義路線有關的一些主要文件》《關於一九三一年九月至一九三五年一月期間中央路線的批判》，延安時期只給劉少奇和任弼時兩位看過，後來既未公開，也未在內部發表過。

據閱過此文的胡喬木說，「九篇文章的確寫得很尖銳，它不僅點了幾位政治局委員的名，而且用詞辛辣、尖刻，甚至還帶有某些挖苦。它是毛主席編輯《六大以來》時的激憤之作，也是過去長期被壓抑的鬱悶情緒的大宣泄，刺人的過頭話不少。後來雖幾經修改，然而整篇文章的語氣仍然顯得咄咄逼

〔註85〕《建國以來毛澤東文稿》（內部發行）第一冊出版說明，中央文獻出版社 1987 年版。

人、鋒芒畢露。」〔註86〕

　　一九六五年五月他將題目改爲《駁第三次左傾路線——關於一九三一年九月至一九三五年一月期間中央路線的批判》，並有重要修改，帶有「定稿」性質，內容上增加了些文字，給當時中央幾位同志傳閱。

　　一九七四年六月，毛澤東找出「九篇文章」看了一遍，將有關稱讚劉少奇的內容刪去，打算印發中央委員，其後發給部分政治局委員。直至去世前一月，即一九七六年八月，毛澤東還請人讀給他聽過一遍。看起來這九篇文章對於他個人來說非同小可。

　　毛澤東的寫作班子秀才雲集，包括陳伯達、田家英、周揚、胡喬木、李銳、逄先知、林克等等，他們的工作方式是多種多樣的，毛澤東的那些個性鮮明的文章，特別是在延安十三年之中寫的文字，主要出自他個人手筆。

　　而《毛澤東選集》是經過集體加工的文本，甚可說是討論出來的本子，每一標點符號、用詞、造句，經由專家的討論商定。從最初發表的稿子，到毛選最後的定稿之間，修改的程度非常可觀，以《在延安文藝座談會上的講話》爲例，毛選本與一九四三年首發本之間差距相當之大，增刪甚多。有人統計修改達二百六十六處，刪除原文九十二處，增補文字九十一處，文字修飾八十三處〔註87〕。如此大的修改與跟這篇稿子的性質有關，毛澤東在講話之前，並沒有寫好一個講稿，一九四三年發表的不過是當時的一個記錄稿，講出與寫出自有不同。

　　據統計，毛著中的所有參考資料，百分之二十二源於儒家思想，百分之十二出自道家或墨家著作，百分之十三是中國傳奇或純粹的文學作品中的東西。相比之下，僅有百分之四源於馬克思和恩格斯，百分之二十四引自斯大林，百分之十八引自列寧。〔註88〕

　　李澤厚曾說，「不管你是愛是恨，是讚揚還是批判，毛澤東比任何其他人物在中國現代留下了遠爲龐大的身影。這身影覆蓋了、主宰了、支配了數億人和

〔註86〕　《胡喬木回憶毛澤東》，人民出版社 1994 年版，第 271 頁。

〔註87〕　參見孫國林《〈講話〉的版本》，王志武主編《延安文藝精華鑒賞》，陝西教育出版社 1992 年版。

〔註88〕　參見〔英〕迪克・威爾遜《毛澤東》，中央文獻出版社 2000 年版，第 297 頁。

幾代人的生活、命運和悲歡，他將是長久被人反覆研究的對象。」〔註89〕

五

　　一九六五年一月九日，毛澤東在同美國記者斯諾談話中說，「過去我當過小學教員，你是知道的，不僅沒有想到打仗，也沒有想到搞共產黨，同你差不多，是個民主人士。後來就不知道什麼原因搞起共產黨來了。總之，這不以我們這些人的意志爲轉移。中國受帝國主義、封建主義和官僚資本主義的壓迫，開始還有軍閥的壓迫，這是事實。」〔註90〕這個「不知道什麼原因」的說法頗有意味，壓迫帶來反抗，反抗是對於壓迫的反作用，壓迫的意志在先，是因，反抗的意志在後，乃果。他批評陳獨秀說，「他就不知道拿著刀可以殺人」這個「普遍日常的眞理」。「人民靠我們去組織。中國的反動分子，靠我們組織起人民去把他打倒。凡是反動的東西，你不打，他就不倒。這也和掃地一樣，掃帚不到，灰塵照例不會自己跑掉。」〔註91〕

> 　　馬克思主義的道理千條萬緒，歸根結底，就是一句話：「造反有理」。幾千年來總是說，壓迫有理，剝削有理，造反無理。自從馬克思主義出來，就把這個舊案翻過來了。這是一個大功勞。這個道理是無產階級從鬥爭得來的，而馬克思作了結論。根據這個道理，於是就反抗，就鬥爭，就幹社會主義。〔註92〕

這段在「文革」中流行的毛主席語錄，出自一九三九年十二月二十一日延安各界慶祝斯大林六十壽辰大會上的講話，這篇講話不僅四卷本《毛澤東選集》未收錄，九十年代出版的八卷本《毛澤東文集》亦未收入，一九六六年八月二十六日《人民日報》刊載了上述引文，並在若干年時間裏，以紅字形式經常出現於報頭端版。以「造反有理」四字總結馬克思主義，大概是毛澤東的發明，只

〔註89〕李澤厚《中國現代思想史論》，天津社會科學院出版社 2003 年版，第 118 頁。

〔註90〕《毛澤東文集》第八卷，人民出版社 1999 年版，第 400 頁。

〔註91〕毛澤東《抗日戰爭勝利後的時局和我們的方針》，《毛澤東選集》，人民出版社 1964 年版，第 1029 頁。

〔註92〕中共中央文獻研究室編《毛澤東年譜（1893～1949）》中卷，中央文獻出版社 2002 年版，第 150 頁。年譜的引文至「這是一個大功勞」止，後邊的話出自「文革」時期編印的毛選未刊集，沒有經過核實。

有漢語可以如此凝練，言簡意賅。據說這個口號和「文革」的造反運動，對於點燃法國一九六八年的五月風暴有些關係。

毛澤東對斯諾說，「我是壞人是定了的。帝國主義、修正主義、各國反動派不贊成我，包括蔣介石不贊成我。他不贊成我，我也不贊成他。這就要發生爭論，有時要寫文章，有時要動武。」〔註93〕以文爲種，以武爲植，在與國民黨長達二十餘年的論爭中，毛澤東撰寫了百萬字的文章，批判對手的同時，組織和建立了隊伍，改變了自身的力量，雖說槍桿子裏面出政權，但筆桿子的重要性怎可輕估，在此兩者的配合互動之下，實現自己的政治意圖。一九五七年之後的二十年裏，無論槍桿子還是筆桿子，都變成了另外的意思。

共產黨的早期領導人，個個擅寫文章，重視宣傳，陳獨秀是《新青年》的創辦人和主編，文學革命的倡導者和核心人物，不僅著作等身，《獨秀文存》風靡一時，影響深遠。李大釗、瞿秋白兩位中年就義的領袖，也都留下了過百萬、或近百萬字的著述。共產黨的早期影響，多是靠寫文章開會發宣言製造出來的。

相比之下，國民黨更爲重視軍事，同盟會建立之初就依靠武裝起義。辛亥革命推翻帝制，走的是與舊軍閥合作的道路。孫中山革命四十年而未果，原因在沒有自己的軍隊上。蔣介石以國民革命軍第一軍軍長，後成爲國民黨總裁，多次下野卻控制著黨權，因爲他始終握有兵權。正因如此，國民黨對於宣傳的重要性缺乏認識，也不重視開會。直至一九二四年一月，在共產國際和已經開過三次全國代表大會的共產黨的協助下，國民黨一大在廣州開幕。

一九二三年六月共產黨第三次全國代表大會曾明確批評國民黨的觀念，「集中全力於軍事行動，忽視了對於民眾的宣傳。因此，中國國民黨不但要失去政治上領袖的地位，而且一個國民革命黨不得全國民眾的同情，是永遠不能單靠軍事行動可以成功的。」〔註94〕這話說得坦率，早期的共產黨人，以無私無畏的氣概，把自己的獨得之秘與朋黨分享，在第一次國共合作期間，共產黨人身體力行幫助國民黨宣傳，毛澤東本人做過國民黨中央宣傳部的代理部長，主編過《政治周報》。最早賞識毛澤東才幹的人，據說是汪精衛。井岡山之前，毛澤東辦報紙寫文章組織新民學會，他有一個長處是別人所沒有

〔註93〕〔英〕迪克‧威爾遜《毛澤東》，中央文獻出版社 2000 年版，第 407 頁。

〔註94〕胡華主編《中國新民主主義革命史參考資料》，商務印書館 1951 年版，第 86 頁。

的，他沒有以槍易筆，而是兩者並舉，這一點與日本士官學校畢業的蔣介石有很大的不同。

以賽亞・伯林擅講兩個故事，其中一個涉及海涅，他說，「德國詩人海涅曾提醒法國人，不要輕視觀念的影響力：教授在沉靜的研究中所培育出來的哲學概念可能摧毀一個文明。他說康德的《純粹理性批判》成了斬除德國自然神論的利刃，盧梭的著作在羅伯斯庇爾手中成了摧毀舊制度的血迹斑斑的武器；他預言費希特與謝林的浪漫信仰，在他們的狂熱的德國追隨者那裏，總有一天會產生反對西方自由文化的可怕後果。」〔註95〕

毛澤東一生飽讀詩書，對中國傳統文化有很高的修養，對古典詩詞的鑒賞力和審美趣味也非同一般，他擅著文章，能做詩詞，後來推行百花齊放、百家爭鳴的文藝政策，也是合乎其心意的。文人書生的牢騷，似乎興不起多大的風浪，一九五五年初，劉少奇曾對周揚說，「對胡風小集團，可以開一些會，對他們採取幫助的態度。對胡風，不是打倒他。」〔註96〕毛澤東不會看不出胡風並不是危險的敵人，但還是定性爲「反革命集團」。一系列的批判活動，批武訓傳、清宮秘史，批胡適、俞平伯，逮捕胡風，抓右派，直至揪出周揚的文藝黑線，意識形態領域的領導權過度使用，扼殺了意識形態的活力，從而損毀了意識形態本身。毛澤東後來的失策，看起來與他早年的英明一樣必然。

國家的獨立和富強，是近代百年來歷史賦予中國的迫切任務，內憂外患，毛澤東當然異常清醒，富強是一個中性目標，基本與思想或意識形態無關，假若務實的話，應動員最大的社會力量儘早實現富國強民，而不是糾纏姓資還是姓社，那豈不是太教條了麼？表面上看，毛澤東犯了他自己向來看不起的教條主義，實際上沒有這樣簡單。

存在一個千年的重任，毛澤東覺得自己有機會嘗試。

內聖外王是先秦的政治理想，從來沒有實現過，最多止於內聖，因爲聖者與王者無法結合，無法統一於一身。以張居正之才，將萬曆皇帝從小交與他，情形也好不到哪裏去。世襲君權於中國的賢人政治，始終成爲一對矛盾。宋儒

〔註95〕以賽亞・伯林《自由論》，胡傳勝譯，譯林出版社 2003 年版，第 187 頁。
〔註96〕《毛主席的革命路綫勝利萬歲》（內部印刷），1969 年 10 月 1 日，第 228 頁。

以天下爲己任，依照他們的道德主義思路，人性是需要改造的，修齊治平不僅是一種思想，且要成爲制度，當然，這一制度後來被科舉所異化。他們的基本信念是，若每人皆積極向善，社會的大同理想便實現了，這比國家富強更爲有吸引力。宋儒的改造人性，停留在設想的層面上，沒有獲得過王權的支持。如能創設一種制度，促使人性不得不趨向於眞善美，事情會怎樣？

「文革」前的體制之中，有新的社會制度的萌芽或種子，但仍以舊制度、舊觀念、舊風俗、舊思想的延續爲主，這是歷史的慣性或惰性，並不是誰的陰謀或者政治上的反對派。毛澤東的政治理念恰是在這些新事物上面。從公私合營到國有化，從互助組到人民公社，好的制度一旦創設，人性的改造似乎水到渠成。這樣一些社會基層組織建立之後，仍然不理想，這些機構的領導權，落在了擁有舊思想和舊觀念之人的手中，於是掀起一場奪權運動，他欲使眞正的社會主義新人取得機構的領導權，卻成全了大量風派人物和一些道德上更爲卑鄙無恥的人。

林彪之死，表明毛澤東政治實驗的徹底失敗。此後他不得不與一些舊思想、舊勢力妥協。毛澤東的共產黨同事們，多不知道毛澤東的政府，事實上是一個信奉未來主義的先鋒派政府，冒進、浮誇、共產主義，這與白話文運動之初，胡適在寫《嘗試集》時所表現出來的傾向非常一致。幾乎所有的革命者，在成功之後背叛了自己的革命理想，但毛澤東始終如一，始終忠於自己的理想和信念，舉世譽之而不加勸，舉世毀之而不加沮，矢志不移！

一九六二年九月二十四日，在八屆十中全會上的講話中毛澤東說，「現在不是寫小說盛行嗎？利用寫小說搞反黨活動，是一大發明。凡是要想推翻一個政府，先要製造輿論，搞意識形態，搞上層建築。革命如此，反革命也如此。我們的意識形態是搞點革命的馬克思的學說，列寧的學說，馬列主義普遍眞理和中國革命具體實踐相結合。結合得好，問題就解決得好些。結合得不好，就會失敗受挫折。」〔註97〕

一九四九年之前，結合得好，使共產黨從弱小壯大起來，足與國民黨的數百萬軍隊抗衡，決戰成爲不可避免。一九五七年之後結合得不好，有那麼多無

〔註97〕毛澤東《在中國共產黨八屆十中全會上的講話》（未正式出版），「文革」時期《資料選編》，第276頁。

辜的家庭和個人，背上暗藏的國民黨特務的莫須有罪名，遭到無情的摧殘與毀
滅。

六

一九六七年二月中旬，張春橋在上海群眾大會上傳達毛主席對文化大革命
的最新指示，其中一條指示耐人尋味：

> 現在用很多的「天下者，我們的天下；社會者，我們的社會；
> 國家者，我們的國家。我們不說，誰說？我們不幹，誰幹？」這條
> 語錄是毛主席在一九二○年講的，自己也記不住了，以後不要用了。

〔註98〕
本書感興趣的是這種明顯不同於白話的句式，為什麼會在「文革」中廣為流行。

前句是文言判斷句「……者……也」的省略式，三句並列，結構相同，
重複三遍，類似於古文中所言，一文三致意焉，卻以排比出之，語氣愈發強
烈。後兩句則純然兩個口語反問，斬釘截鐵，毋庸置疑，從語言到行動，革
命小將捨我其誰的氣度，在此兩句中得到了表達。今天看來，以文言排比，
口語對偶，放在一處，效果頗佳，類似的例子還有「嗟來之食，吃下去肚子
要痛的」（《別了，司徒雷登》）。屬於毛氏文句中的上品，紅衛兵把它從故紙
堆裏揀出來，有極高的修辭眼光，這口號的迅速流行，也說明好的文句，不
論何時何地都會不脛而走，文言並沒有被消滅，也沒有自動退出歷史舞臺，
借助文言句式，一樣可以壯造反者之聲威。口語和文言亦決非水火不容，似
完全可以相得益彰。

考察一個時代的語言，既要看到它所表達的內容和意義指向，那是顯的一
面，也要看它使用語言的方式，不見得完全是意識中的行為，那是隱的一面。
顯和隱構成衝突，驗明了時代矛盾的複雜性。毛澤東發動「文革」，猶如當年的
五四新文化運動，破舊立新乃其主旨，也同樣不得不面對一種新舊交融難分彼
此的複雜局面，所以只說「自己也記不住了，以後不要用了」，似乎沒有理由反
對或者取消那句四十七年前自己二十幾歲時說的精彩的話。

今天的作家和學者，多猶如井水河水，涇渭分明。古代卻未有不通學問而

〔註98〕《資料選編》，第 337 頁。文章標題是《對文化大革命的最新指示》，該書沒有編
　　　者和出版單位。

能作文者，亦未有不擅詩詞的學問家。魯迅毛澤東去古未遠，兼通並得。毛澤東的舊學紮實，雖然論文憑，只算得中專之類。一九一六年毛澤東在給蕭子升信中說，「經之類十三種，史之類十六種，子之類二十二種，集之類二十六種，合七十又七種。據現在眼光觀之，以爲中國應讀之書止乎此？苟有志於學問，此實爲必讀而不可缺。」〔註99〕

與一九二五年《京報副刊》徵求到的青年必讀書目相比，二十三歲的毛澤東給自己開出的這份單子更爲龐大。從一九一○年離開韶山，毛澤東先後就讀於東山學校、湘鄉駐省中學、湖南第一高中、第四師範和第一師範，一九一八年畢業後，應乃師楊昌濟之召去北京，這期間頗讀了些書，「從早到晚，讀書不止」，「將全幅功夫，向大本大源探討」。國文教員袁仲謙曾勸他作文不要學梁啓超，而要學韓愈。其學生時代的兩文《商鞅徙木立信論》和《心之力》，分別被兩位教員柳潛和楊昌濟給了百分。這十年的閱讀，以舊籍爲主，乃其一生學問的基礎，亦是作文的基礎。

在一九一五年給蕭子升信中他說，「吾人立言，當以身心之修養，學問之研求爲主，輔之政事時務，不貴文而貴質，采必遺棄，惟取其神。易言之，每爲一書，必有益處，言必載物。不然，與庸衆人何異？」〔註100〕

「適用」和「載物」，是青年毛澤東於文章的基本看法，也是他自己寫文章的目的。這一思維貫穿其一生的寫作活動。「今吾以大本大源爲號召，天下之心其有不動者乎？天下之心皆動，天下之事有不能爲者乎？天下之事可爲，國家有不富強，幸福者乎？」〔註101〕

啓蒙和宣傳同爲從西方引入的概念，又有不同。以哈貝馬斯的意思，啓蒙是一個未完成的方案，他指的是歐洲。啓蒙運動在十八世紀興起，經十九世紀百年的傳播和消化，收穫的卻是二十世紀的兩次世界大戰。相比之下，在中國，應該說啓蒙至今還是一個未開始的方案。把五四運動定義爲啓蒙，與事實相差甚遠。從一九二○年開始，意識形態的分歧已壓倒了所謂啓蒙運動內部的同一性，於德賽二先生的宣傳，迅速被馬克思主義的宣傳所取代。二十年代之後以

〔註99〕轉引自高菊村、陳峰、唐振南、田餘糧《青年毛澤東》，中央黨史資料出版社1990年版，第33頁。

〔註100〕同上，第30頁。

〔註101〕同上，第31頁。

社會重建爲指向的「公民運動」收效甚微，左右兩派能夠提出的，皆是政治全能主義的解決方案，在國共兩黨之外，並沒有第三條道路可走。而兩黨的不能相容，形同冰炭，中國社會悲劇的種子，那時起就已播下，如果兩者實力懸殊，則小規模內戰，三十年代的圍剿是也；實力相當，則大規模內戰，四十年代後期的決戰是也。一將功成萬骨枯，多少無辜的性命湮滅於此。

一九一八至一九一九年，北大舉辦新聞學研究會，《京報》社長邵飄萍主講有關辦報紙的業務知識。獲得聽講半年證書者三十二人，毛澤東乃其中之一。他在這裏學到了初步的對於大眾傳媒的認識和新聞寫作的技能，以及也許是最重要的宣傳的理念。回到長沙後，他創立了《湘江評論》。

宣傳和啓蒙的差別，在五四時期並不被區分，梳理觀念的工作既非急務，亦非學者的習慣。適於使用的思想，才能引起大家的重視。在問題和主義的論戰中，至少有一派的意見充分肯定了宣傳主義的必要甚至首要，但要通過宣傳主義推動革命，在中國並不容易。

張蔭麟寫於一九三四年的文章認爲，「中國的現成的軍力就大體而論，是只可以利誘、以威脅，而不能以主義吸引、支配的。」原因有三：「（一）他們習慣於做個人私屬的生活。他們日日所受的是個人的意旨、恩威，而不是抽象的紀律和客觀的命令。（二）他們久歷內戰，視殘殺同國的人有如家常便飯，當他們被派去剿殺革命者的時候，絕不能以革命者的流血激起他們的同情。（三）這二十多年來他們不獨做慣了壓榨民眾的工具，而且因爲軍餉本來的微薄，加上照例的剋扣和時常的停發，他們生活的供給大部分就直接依賴他們壓榨所得。」所以結論是：「中國現成的軍力不能藉以助成革命的發動。」〔註102〕

傳統中國有很深的教育或教化觀念，但沒有所謂「宣傳」。曹丕雖稱許文章乃經國之大業、不朽之盛事，但在古代，文字的作用從來是間接的，且是長期的文化滋育。帝國的日常政治依靠詔令奏議維持，而改朝換代的基本工具是農民戰爭，依靠寫文章推翻皇帝的事情是無法想像的。經過一番血腥之後，皇權文字以定國是詔的方式出現，才是權威的眞正體現。接下來，便是科舉制度的實行了。王朝雖然屢次更替，但科舉一千三百年來沒有大的變化。

〔註102〕張蔭麟《素痴集》，百花文藝出版社 2005 年版，第 5～6 頁。

唐宋元明清可以看做一體，不妨稱做中華第二帝國，其共同的基礎，是專制王權和科舉。這樣的制度下，人們懂得什麼是「制藝」，但不知什麼是「宣傳」。將觀念的力量，通過某種神奇的手段，變爲可以改造社會結構，顛覆社會秩序的物質力量，在中國文化看來，是不可思議的事情。

趙汀陽認爲基督教在政治上有「四大發明」：「第一是發明了政治宣傳工作。基督教以前沒有，希臘時代有煽情，但還沒有靠不斷重複、到處傳播的宣傳。今天所有的政治宣傳、廣告，諸如此類，都起源於基督教的傳教。第二是發明了心靈管制。懺悔和精神指導，相當於批評和自我批評，人們不斷認錯，不管有沒有錯，最後心靈就體制化了。第三是發明了群眾。基督教之前只有眾人，就是一群人，烏合之眾，比如希臘廣場上聚一堆人，聚眾不等於群眾，每個人都有自己的想法就不是群眾，群眾必須心靈具有複製性和通用性，基督教信仰發明了通用身份和複製心靈，這才有了群眾。第四個發明是絕對敵人。以前敵人是暫時利益之爭形成的敵人，是可以談判解決的，而基督教發明了不共戴天的敵人，僅僅因爲異己性就成爲敵人，原型是魔鬼和異教徒。」〔註103〕這個說法有趣，中國以指南針、火藥、造紙和印刷術從歐洲換回來一隻潘多拉的盒子，二十世紀的中國，既得力於這洋人的「四大發明」，也深受其禍害。

一八四八年歐洲發表的《共產黨宣言》，與其說是啓蒙文本，不如說是宣傳文本。傳播共產主義革命理論的同時，也傳播著西方式的宣傳概念，毛澤東的宣傳觀念，大概並非得自於基督教，而是《共產黨宣言》。

《共產黨宣言》中說，「共產主義革命就是同傳統的所有制關係實行最徹底的決裂；毫不奇怪，它在自己的發展進程中要同傳統的觀念實行最徹底的決裂。」〔註104〕與傳統決裂，徹底地否定和批判中國文化，是五四運動的一個核心衝動。也許正是這一決裂的衝動，把大量的中國知識分子，變成了早期共產黨人，或是共產黨的同路人。

宣傳式的寫作，伴隨了毛澤東漫長的一生，寫作可以說是他最重要的戰鬥武器之一，在六十年的文字生涯中，毛澤東留下了數百萬字的作品。毛澤東的文字，在中共建黨和共和國成立的歷史中所具有的地位和影響怎容小覷。無論

〔註103〕趙汀陽《說自己和說別人》，《讀書》2010 年第 7 期。

〔註104〕〔德〕馬克思、恩格斯《共產黨宣言》，人民出版社 1964 年版，第 52 頁。

是政治的組織，抑或後來戰爭的動員，新的國家政權的建立，尤其馬克思主義意識形態的創立，講其有賴於毛澤東的寫作亦不為過分。就文字的用效而言，在中國五千年文明的歷史上，這亦是從未有過的事情。

毛澤東說，「什麼是宣傳家？不但教員是宣傳家，新聞記者是宣傳家，文藝作者是宣傳家，我們的一切工作幹部也都是宣傳家。比如軍事指揮員，他們並不對外發宣言，但是他們要和士兵講話，要和人民接洽，這不是宣傳是什麼？一個人只要他對別人講話，他就是在做宣傳工作。只要他不是啞巴，他就總有幾句話要講的。所以我們的同志都非學習語言不可。」〔註105〕

政治運動是立足於現實之上的社會活動，而不是觀念的遊戲。毛澤東從當年的學生宣傳家，歷經了若干失敗之後，成長為農民革命家。擺在他面前的難題是，如何向農民做宣傳，把《共產黨宣言》讀給農民聽是不可以的，僅僅分土地給他們，遠遠不夠，那等於助長其自私和散漫，把農民組織起來，訓練一支紀律嚴明的軍隊，是十分困難的事情。

封建道統的觀念雖然被否定了，但道統起作用的方式仍然有效，或說還須去利用，新文化運動實際上只能新舊雜糅。觀念上的新，與制約觀念的習俗上的舊，哪一個力量更為強大呢？從個人的角度看，因人而異也應有所不同，但就群體而言，習俗的力量是強大的，以無意識的方式存在，越是如此，越難以變更。毛澤東對中國社會和人性有透徹的瞭解，他善於利用習俗的力量來達成自己的目的，甚至是移風易俗，甚至是改造人性，他是一位精明的唐吉訶德。

啟蒙的失敗和整風的成功，是兩個顯著的例子。周揚在一九七九年紀念五四運動六十週年講話中，把一九四二年的延安整風，稱作「一場新的啟蒙運動」，應該說，是採取了民族形式的有中國特色的「啟蒙運動」。不過這裏的「啟蒙」一詞，大概已經走向了自己的反面。

毛澤東能夠成功地把啟蒙變為整風，有效地控制一支農民武裝力量，使他們為主義而戰，這是一件了不起的奇迹。

蔡和森在一九二一年致毛澤東信說，「我以為世界革命運動自俄國革命成功以來已經轉了一個大方向，這方向就是無產階級獲得政權來改造社會。〔註106〕」

〔註105〕《反對黨八股》，《毛澤東選集》，人民出版社1964年版，第795頁。

〔註106〕蔡和森《關於中國革命問題致毛澤東同志的兩封信》，蔡尚思主編《中國現代思想史資料簡編》第一卷，浙江人民出版社1982年版，第735頁。

「改造社會」是理解毛澤東一生的文字和實踐的一個關鍵詞，包括理解「文革」。怎樣改造社會？從改造人做起。一九三七年十月二十三日毛澤東爲陝北公學成立與開學紀念所做的《題詞》是：

> 要造就一大批人，這些人是革命的先鋒隊。這些人具有政治的遠見，這些人充滿著鬥爭精神和犧牲精神。這些人是胸懷坦白的，忠誠的，積極的與正直的，這些人不謀私利，唯一的爲著民族與社會的解放。這些人不怕困難，在困難面前總是堅定的，勇敢向前的。這些人不是狂妄分子，也不是風頭主義者，而是腳踏實地富於實際精神的人們。中國要有一大群這樣的先鋒分子，中國革命的任務就能夠順利的解決。〔註107〕

從道德上改造人，造就一支革命的隊伍，目標是完成中國革命的任務，這和蔡和森說的看起來相反，實際上是一個先後順序的問題。他說「無產階級獲得政權來改造社會」，怎麼獲得政權，依靠一支有覺悟的革命的隊伍，培養和造就大批的革命者，宋儒不是革命家，也未曾想過染指政權，但他們卻欲經由教育改造人的道德，遣人以自修而成爲君子，修齊治平的基本思路，千百年來深入人心，這個資源並不是不可以利用。王陽明「致良知」的心學，已經把修養的對象從讀書人普及到下層民眾，匹夫匹婦，這是現成的道路。

把農民變成革命隊伍中的先進分子，有可能嗎？一切皆有可能。如何教育，怎麼改造？學校育人，須樹師道尊嚴，一個組織一支革命黨人的軍隊施行教育，單純依靠知識權威不足以服人，組織和軍隊由權力所建構的秩序，自然可以權力的運作而加以改造。權力有辦法規定人該怎麼做，也同樣有辦法規定人如何想。對於人的教育，或說人所接受的教育，實質上不過是權力教育而已，與君權社會配套的，只能是奴化教育，胡風說的「精神奴役創傷」，大概指的是這個。

整風是毛澤東的一個了不起的發明，它起源於《古田會議決議》，時在一九二九年十二月，福建上杭。「掌握思想教育，是團結全黨進行偉大政治鬥爭的中心環節。如果這個任務不解決，黨的一切政治任務是不能完成的。」〔註108〕

〔註107〕原載《動員》第 10 期，1937 年 10 月 23 日，轉引自《資料選編》，第 73 頁。
〔註108〕毛澤東《論聯合政府》，《毛澤東選集》第三卷，人民出版社 1964 年版，第 1095 頁。

七

如果把晚清到民初的三代知識分子作一簡要區分，辛亥革命（新學術運動）一代，新文化運動一代，新主義爲另一代。康有爲、梁啓超、嚴復、章太炎等第一代，他們的追求，王汎森認爲，「基本上希望以學術爲中國奠定富強的基礎」，「第二代則除了前者之外，則想以文學、思想、學術爲中國政治奠定一個非政治性的基礎。第三代知識分子則想爲中國政治尋求另一種解決──改造社會。」〔註109〕

共產黨人是第三代知識分子的典型思路，他們從開始就致力於對意識形態領導權或文化領導權的掌控，不僅意識明確，而且業績亦大。與他們在軍事領域中早期的系列挫折和失敗相比，這種成功就更爲突出。毛澤東說過，「其中最奇怪的，是共產黨在國民黨統治區域內的一切文化機關中處於毫無抵抗力的地位，爲什麼文化『圍剿』也一敗塗地了？這還不可以深長思之麼？」〔註110〕

「文化領導權」這一概念和理論，出自意大利共產黨創始人葛蘭西（一八九一～一九三七），他出獄不久就病逝了。其《獄中札記》直至一九八三年才譯爲中文出版。然而早在三十年代，中國共產黨的文化政策，與葛蘭西的文化革命理論，卻多有暗合之處。葛蘭西曾以「陣地戰」來形容無產階級與資產階級在意識形態領域的爭奪，用這一眼光來觀察從二十年代末持續十年的中國社會性質的論戰，左翼內部革命文學的論戰，文藝大眾化討論和大眾語論戰，及關於新文字的討論，直至四十年代初關於文藝民族形式的討論，在爭論的具體問題上，未必有多少了不起的建樹，而根本的一點卻是非常突出，即馬克思主義意識形態的傳播和在全社會的普及，更爲重要的是，共產黨對於文化運動的領導權的逐步掌握。就連那些對政治不感興趣的知識分子，也不能自外於這一思想的影響。以賽亞·伯林說，二十世紀深刻影響人類命運的事情，除了科學技術的突飛猛進以外，就是意識形態的暴風雨。

國民黨失去了它的陣地，不戰而屈於人之兵，或說資產階級的意識形態，在中國從來沒有成功地建立起來過，也沒有人知道它們究竟是些什麼主張。新

〔註109〕王汎森《「主義」與「學問」》，許紀霖主編《啓蒙的遺產與反思》，江蘇人民出版社 2010 年版，第 254 頁。

〔註110〕毛澤東《新民主主義論》，《毛澤東選集》合訂本，人民出版社 1964 年版，第 663 頁。

中國成立之後的歷次政治運動中的那些受害者們，是真正冤屈的，他們至死也不知什麼是資產階級的意識形態。

毛澤東認為，共產黨人的任務就在於揭露反動派和形而上學的錯誤思想，宣傳事物的本來的辯證法，促成事物的轉化，達到革命的目的。讓哲學從哲學家的課堂上和書本裏解放出來，變為群眾手裏的尖銳武器。

哲學是從西方輸入的概念，馬克思主義除了是社會革命的理論之外，還被認為是一種辯證唯物主義的哲學。「文革」期間出版的《毛主席的五篇哲學著作》一書，收錄了毛澤東所寫的《實踐論》（一九三七）《矛盾論》（一九三七）《關於正確處理人民內部矛盾的問題》（一九五七）〔註 111〕《在中國共產黨全國宣傳工作會議上的講話》（一九五七）《人的正確思想是從哪裏來的？》（一九六三）。〔註 112〕

從哲學學科的意義上講，毛澤東的上述著作，每篇皆非嚴格的哲學論文，但於哲學毛澤東有他自己獨特的理解：「真正的理論在世界上只有一種，就是從客觀實際抽出來又在客觀實際中得到了證明的理論，沒有任何別的東西可以稱得起我們所講的理論。」

陳伯達說，「當群眾的學生，集中群眾鬥爭的經驗及其意見，反轉過來，又當群眾的先生——這是毛澤東同志從來所應用的革命方法論。」這就是毛澤東所言：從群眾中來，到群眾中去。

「人的正確思想，只能從社會實踐中來，只能從社會的生產鬥爭、階級鬥爭和科學實驗這三項實踐中來。人們的社會存在，決定人們的思想。而代表先進階級的正確思想，一旦被群眾掌握，就會變成改造社會、改造世界的物質力量。」〔註 113〕

毛澤東重視實踐的觀念，來源於王陽明知行合一的主張。這也是王學幾百年來影響學界的一個常識性結論，孫中山亦持此論。一九四三年毛澤東給劉少奇信的批語中說，「王陽明也有一些真理」。但加入了他強烈的民粹主義

〔註 111〕此三篇文章，1958 年中國人民大學哲學系編《毛澤東哲學著作學習文件彙編》，其上中下三冊各對應其中一文。

〔註 112〕這篇短文是《中共中央關於目前農村工作中若干問題的決定》（草案）的一部分，後單獨成文。

〔註 113〕《毛澤東文集》第八卷，人民出版社 1999 年版，第 320 頁。

傾向〔註114〕，他認爲農民的體力勞動，天然地比知識分子的讀書和修身實踐更有價值，這一點是頗爲奇特的：

> 如果只是讀死書，那末，只要你識得三五千字，學會了翻字典，手中又有一本什麼書，公家又給了你小米吃，你就可以搖頭擺腦的讀起來。書是不會走路的，也可以隨便把它打開或者關起，這是世界上最容易辦的事情，這比大司父煮飯容易得多，比他殺豬更容易。你要捉豬，豬會跑（笑聲），殺它，它會叫（笑聲），一本書擺在桌子上既不會跑，又不會叫（笑聲），隨你怎樣擺佈都可以。世界上哪有這樣容易辦的事呀！所以我勸那些只有書本知識但還沒有接觸實際的人，或者實際經驗尚少的人，應該明白自己的缺點，將自己的態度放謙虛一點。〔註115〕

中國民間，歷來有許多嘲弄讀書人的故事和笑談，這段演講所引起的笑聲，與那些民間故事引發的笑聲一樣，雖是中央黨校的開學典禮，聽眾裏邊識字的人應爲多數，演講者也並非不讀書，但他們卻集體嘲笑讀書，彷彿閱讀是一件丟人的事情。這段文字在後來編輯《毛澤東選集》時被刪去。被刪的不止這些，還有比如「馬克思一不會殺豬，二不會耕田」之類的說法。話雖刪除了，但終身未曾不讀書的毛澤東，對於讀書人懷有的偏見卻始終如一，對人文學科的知識分子，無論新舊，他都沒有好感，這些人後來一再被下放勞動，集體荒廢學業數十年不等，這一政策與毛澤東的個人好惡實在關係密切。讀書其實並不容易，傳統文化的傳承，仰賴一代又一代讀書人的不懈努力，雖不必信奉「萬般皆下品，惟有讀書高」，但讀書種子，竟是可以斷絕的，的確需要精心培育，殺豬和耕田這樣的事，倒不必擔心會失傳。

〔註114〕顧昕認爲，「民粹主義不僅滋養了中國馬克思主義的誕生，而且在中國馬克思主義的發展過程中，一個強大的民粹主義衝動始終存在著，並且構成了強大的毛澤東思想的主旋律。我們不難發現，在五四時期搏動的唯意志論、道德理想主義、勞動主義、反智主義、反資本主義、反城市思想以及知識分子與民眾打成一片的觀念，在 40 年後再次勃興，構成了毛澤東發動大躍進和文化大革命的意識形態基調。」參見顧昕《民粹主義與五四激進思潮》，李世濤主編《知識分子立場：民族主義與轉型期中國的命運》，時代文藝出版社 2000 年版，第 347～348 頁。

〔註115〕毛澤東《整頓學風黨風文風》，《整風文獻》（訂正本），解放社編，1950 年 4 月中南第 2 版，第 13 頁。該文收入《毛澤東選集》時更名爲《整頓黨的作風》。

八

　　據說存在對於毛澤東的個人崇拜，這一崇拜的起源在延安，「文革」達到了頂點，但細究起來，並不是個人崇拜，而是權力崇拜。通常認為，個人主義在中國文化中自古沒有位置，這指的是個人生來便應具有的不可讓渡的權利，從未得到過專制皇權的承認，也沒有憲法可以保障，而實際上中國文化自古就有很強的個人意識。且不說楊朱的極端為己，拔一毛以利天下而不為，道家的全身避禍、明哲保身，儒家的修齊治平，無不以個人為進退之本，取予之資。

　　問題在於中國文化中缺乏平等的個人觀念，或說缺乏普遍而抽象的個人權利意識，所謂刑不上大夫，禮不下庶人，上智下愚不移。有等級觀念，便缺失平等的人權觀念，但這並不是認識的問題，而是社會結構和社會體制鑄就的，結構和體制不發生根本性變化，觀念是變不了的。外來的觀念，與社會結構和體制發生矛盾，被稱為脫離實際，被改變的只能是觀念，而不可能是社會。中國社會自古以來是金字塔形的結構，位居塔尖上的個人，不受法律約束，為所欲為，而底層的民眾，出生之日起，便承受著不同的生存壓力，以孟子的話來講，「老弱轉乎溝壑，壯者散而之四方」，因此普通民眾個人最大的抱負，就是向上攀登，越往上，個人生存的空間越大，佔有的資源越多，受到的限制越小，享有的權力越大。在長達千年的專制王權下，常規化的個人攀升梯級是科舉，朝為田舍郎，暮登天子堂，這是持續千年的中國夢。此外即是暴力了。

　　所以在中國社會現實的銅墙鐵壁中，不存在抽象的個人，而只有具體的個人，家庭出身、職業、級別、社會地位這些外在的屬性，決定了一個個人擁有多大的生存空間，多少可支配的生存資源。新中國的建立，並沒有真正改變社會這一金字塔形的基本結構，等級依然森嚴，編戶齊民的戶口制度，把農民捆綁在土地上，作為最底層，構成堅實穩定的金字塔的底座，市民則普遍地居於農民之上，「下放」是一個很實在的說法，就是把一個人從其所在的階層向下調整，這意味著社會地位、生活質量的下降。在中國不存在流放，而只有下放，下放到底層去，不得不面臨更為嚴峻的生存現實，那麼所有不切實際的幻想也就消失，以底層的環境教育和改造人，比任何理論或道理更為有效。所謂官本位、權力本位，由這樣一種社會結構產生的，並且只要這種結構存在，它就不會被改變。個人崇拜是表象，權力崇拜乃其實質。毛澤東作為超凡領袖的魅力，

不足以改變這些,「文革」中的造反活動,是經過利害衡量之後進行的理性選擇,而不是盲目的狂熱的非理性衝動,尤其是成年人的造反運動。毛澤東以最高權力的名義發佈命令,重新調整過去的權力格局,那些渴望權力的人,在這一變動中尋找著,「文革」的奪權活動,不過是一種非常規的權力博弈,表面看「文革」混亂,混亂中卻有某種清晰的指向。

　　毛澤東是眞正的政治家,他要做大事,完成一個千年的夢想,他認爲自己「曲高和寡」,不必跟誰商量,或者得到誰的許可。一九六六年八月八日通過的《關於無產階級文化大革命的決定》中這樣描述:「我們的目的是鬥垮走資本主義道路的當權派,批判資產階級的反動學術『權威』,批判資產階級和一切剝削階級的意識形態,改革教育,改革文藝,改革一切不適應社會主義經濟基礎的上層建築,以利於鞏固和發展社會主義制度。」〔註116〕除非是沒有這樣一種制度供其去鞏固和發展,否則他眞的是對的。

　　毛澤東是反權勢化的權勢。由於長期的個人威望,「文革」開始之後多方面因素製造的權力崇拜,集於一人之身,造就了他本人最大的權勢,這使他於官僚主義和權勢階層的打擊變得遊刃有餘,同時亦非常可疑。革命,曾經令人怦然心動的理想,到頭來弄成了一場人事。國家的興亡成敗,維繫於少數個人之間的權力較量,實爲可悲。而男人似乎最害怕別人瞧不起自己,寧可使人畏懼,亦不能忍受輕蔑,在看得起與看不起的感覺和判斷上,人們通常是準確的,不會有什麼誤解。「文革」的複雜性或許在於,是思想分歧,還是人際較量,透過意識形態話語的迷霧,似乎才能看到眞實的政治鬥爭。若把它放在較長的歷史時段中看,君權與相權在明清兩朝的激烈對抗,彷彿述說著歷史慣性的強大。新文化運動,新在哪裏,難道眞的白忙一場麼?毛澤東於劉少奇的勝利,只不過是重複了千年的把戲——不受約束的君權再次戰勝了相權的制衡企圖。

　　馬克思加秦始皇,看似相反,其實相成。中國似乎又回到了自身,排除了一切外來的影響,變成了歷史的自我循環,帝國主義和外來侵略終於退去,歷史依然圍繞著一個自身特有的軸心旋轉,這個軸心不論怎樣修飾打扮,還是看得出其君權的實質。

　　新政權對於新文化的舊式需求,爲它後來的內部衝突埋下了禍根。這再

〔註116〕《學習十六條手冊》,人民出版社 1966 年版,第 2 頁。

次說明標新容易立異甚難。政權天然地站在舊文化的一邊。舊文化是既得利益者的文化，既然取得了政權，已是既得利益者。所謂剝削階級的意識形態，不過是統治階級的意識形態罷了，換個說法而已。文化大革命在打破社會等級區別的意義上是了不起的，他大概想起自己「糞土當年萬戶侯」的勇氣，在各地的造反英雄當中，發現一個身影，一個天才，他想通過海選，找到一個政治上的繼承人，但他失望了，在病榻上他說，國家若是交給王洪文，人民會餓肚子的。

假若我們不以成敗論而論，毛澤東是真正意義上的文化英雄。「文革」的失敗，不能簡單說是他的過錯，他始終沒有放棄自己的文化理想和烏托邦衝動，一個沒有等級的社會真的不可能嗎？一九四九年至一九七六年，是中國有史以來貧富差距最小的時代，也是權勢階層規模最小最收斂最低調的時代。他一人雖擁有帝王般的權勢，但拒絕與朝臣分享，他限制了他們的大部分特權，始終拒絕做特權階層和官僚主義的代理人，他試圖通過有意製造天下大亂來達到天下大治的政治實驗。至少他在世之時，人民有目共睹的是，官僚主義和特權階層始終沒有揚眉吐氣過。

毛澤東晚年犯了嚴重的錯誤，依照官方的說法，這錯誤是思想認識上的判斷失誤，特別是對於階級鬥爭形勢的估計出現了偏差。似乎沒有人能懷疑他的動機和道德上的清白。自古國人就有為尊者諱的美德，儘管其他美德喪失，避諱的美德卻光大。

還是做過副統帥和接班人的林彪直言不諱，毛主席念念不忘的乃是「權」字。為了個人的「生前權力身後名」，不惜發動一場全國性的動亂。劉少奇的罪名是「叛徒、內奸、工賊」，又稱「中國的赫魯曉夫」，這後一個稱謂說得再明白不過。為了避免蘇共二十大上的揭發斯大林黑幕的報告出臺，先把這一有可能出現的報告的真實起草人從肉體上加以消滅。封建帝王活著的時候，花費巨資營造其陵墓寢宮，毛澤東卻苦心孤旨地預防身後名譽受損。

劉少奇在《論共產黨員的修養》一書中說，「一個共產黨員，在任何時候、任何問題上，都應該首先想到黨的整體利益，都要把黨的利益擺在前面，把個人的問題、個人利益擺在服從的地位。黨的利益高於一切，這是我們黨員的思想和行動的最高原則。根據這個原則，在每個黨員的思想和行動中，都

要使自己的個人利益和黨的利益完全一致。在個人利益和黨的利益不一致的時候，能夠毫不躊躇、毫不勉強地服從黨的利益，犧牲個人利益。爲了黨的、無產階級的、民族解放與人類解放的事業，能夠毫不猶豫地犧牲個人利益，甚至犧牲自己的生命，這就是我們常說的『黨性』或『黨的觀念』、『組織觀念』的一種表現。這就是共產主義道德的最高表現，這就是無產階級政黨原則性的最高表現，這就是無產階級意識純潔的最高表現。」〔註117〕

毛澤東是一大代表，老資格的共產黨員，卻未能約束自己，把個人的權力欲望和對於身後名的追求，凌駕於黨的利益之上。君權猶如魔戒，帶在誰的手指上，將誰變成爲「魔」，那些試圖爲「文革」辯護的努力，有多少是爲尊者諱的陋習。

劉少奇的悲劇在多大程度是被動地遭受迫害，多大程度屬於高尚的自我犧牲，由於資料的缺乏，無法準確地判斷。在一個外國觀察者看來，「有一點似乎是明顯的：如果說擊敗一個無人領導的反對派活動都花了兩年時間，造成了空前動亂，要是劉選擇了積極領導這場據說是以他爲首的反對活動（如像毛處在相似地位時曾威脅著要這樣幹那樣），他可能已經把他的國家陷入公開的內戰之中，造成了毀滅性的後果。一九六六年夏天，這種選擇曾經擺在他的面前。他拒絕了這種行動方針，面對大規模的公開咒罵，他把集體利益置於個人利益之上，這樣做他實踐了他自己在『修養』一書中樹立的理想，同時也使他那史詩般的政治上的毀滅，成爲他的生涯中帶有諷刺意味的頂峰。不管人們對他所主張的政策怎麼看，劉少奇爲受到攻擊的持不同政見的人樹立了正直和令人崇敬的典範，就像歷史上海瑞的範例那樣。」〔註118〕

中國文化既然善於培養毫無約束的「君權」，與之配套的便少不了忠臣烈士無畏犧牲的美德。君君臣臣，也算湊齊了。

秦始皇是中國歷史的上聯，毛澤東是下聯，始於秦而終於楚，歷史的這一大回合，告一段落了。降臨在國人頭上的，將會是何種命運？

九

白話文運動之興起，原本以追求語言文字的功用爲旨歸。毛澤東創造了二

〔註117〕劉少奇《論共產黨員的修養》，人民出版社1962年版，第37～38頁。

〔註118〕〔美〕洛厄爾・迪特默《劉少奇》，蕭耀先等譯，華夏出版社1989年版，第105頁。

十世紀的語言政治，把語言文字的功用，發揮至如此地步，大概連胡適本人也始料未及。胡適說過，共產黨裏邊，毛澤東的白話文是做得最好的。就文章事功而言，不可能有人超過他。

毛澤東的文章和著述，在一九四九年之後，逐步變成一種體制化的力量，研究這個過程，是頗爲有趣的事情。一九五○年六月，郭沫若在文章中提到，當時的《人民日報》只能銷售九萬份，這是一個很小的數字。《毛澤東選集》第一卷，已在編纂還未出版。

我們來看幾篇早期對於毛著閱讀之後有所領悟的文章。那時期一切都在方生方死之間，新舊雜陳，甚至新舊難辨。

廢名一九四九年寫出《一個中國人民讀了新民主主義論後歡喜的話》（此文未發表，作者曾託董必武轉呈最高當局。）廢名此文，雖然用了許多舊語彙，但他實在相信一個全新的政權在中國終於出現了。其中第八節，標題是「從爲人民到爲君」，廢名認爲，「秦以前是爲人民，秦以後是爲君，我分這麼一個界限，確乎是不錯的。」「歷史本來是如此，即是秦以前的君也是爲人民的，秦以後的君則是做皇帝。」〔註119〕廢名相信新中國眞的到來了，秦始皇開創的萬世基業，已經亡了。

馮友蘭一九五一年寫就《〈實踐論〉──馬列主義底發展與中國傳統哲學問題底解決》，收入新建設雜誌社出版的《學習〈實踐論〉》第一輯。馮友蘭以專業哲學史學者的功夫，從王陽明講到王夫之，經過一番論證和梳理，得出的結論是，「《實踐論》這樣就把中國哲學提高了一步。它是以馬列主義的內容，表現於中國的民族形式，這種表現是馬列主義的發展，同時也是中國哲學的提高。」〔註120〕馮友蘭的《中國哲學史》前後寫過三次，第二次未完成，變化相當大，他曾以兩句詩爲自己這種風派行爲辯解，「若驚道術多變遷，請向興亡事裏尋」。話說的比較含蓄，實際上這樣的學術八股，可以不作的，從文章落筆第一字起，還未立論，結論就已先有了，中國革命的勝利這個最大的實踐已經取得政權，還需要從學術上去論證麼？成王敗寇，侯門仁義，史不絕書，哪裏還是學術研究，顯然是中國新哲學研究會的頌聖實踐。

〔註119〕王風編《廢名集》第四卷，北京大學出版社 2009 年版，第 1982 頁。
〔註120〕《學習〈實踐論〉》第一輯，新建設雜誌社 1951 年版，第 74 頁。

　　程千帆一九五一年寫就兩文，也具有類似的作用。《〈實踐論〉對於文藝科學幾個基本問題的啓示》、《〈實踐論〉是理論文崇高的規範》，後者有一個副標題——「爲迎接《毛澤東選集》出版而作」。他說，「深刻的思想性，高度的概括力，和生動活潑新鮮有力的、精粹的語言，乃是構成一篇優秀的理論文的最基本的條件。而這些條件，則是要在不斷的實踐中才能創造才能具備的。因此，《實踐論》以及毛主席的全部著作之所以偉大，是和毛主席一生的革命工作分不開的。這樣才使得這些著作不僅在思想史上永遠是崇高的規範，在文學史上也同樣永遠是崇高的規範。」〔註121〕三位教授皆爲飽學之士，決非曲學阿世的小人，對於毛澤東的文章，可以看出來是眞心佩服。不同尋常的倒是，毛澤東所獲得的至高無上的地位，這一地位非常奇特，不是皇帝，但卻比皇帝的權威還厲害。他甚至不需要做任何事情，就得到了這種信任。

　　馮友蘭在《三松堂自序》中回顧了他與毛澤東交往的經過。

　　　　我同毛主席的第一次直接接觸是在一九四九年十月。當時有許多人向毛主席寫信表態；我也寫了一封，大意說：我在過去講封建哲學，幫了國民黨的忙，現在我決心改造思想，學習馬克思主義，準備於五年之內用馬克思主義的立場、觀點、方法，重新寫一部中國哲學史。

　　　　過了幾天，有一個解放軍騎著摩托車來到我家送來了一封信，信封上的下款是中國人民解放軍總部毛。我知道，這是毛主席派專人給我送回信來了。信的原文是：

　　「友蘭先生：

　　　　十月五日來函已悉。我們是歡迎人們進步的。像你這樣的人，過去犯過錯誤，現在準備改正錯誤，如果能實踐，那是好的。也不必急於求效，可以慢慢地改，總以採取老實態度爲宜。此覆。

　　　　　　　　　　　　　　　　　　　　毛澤東

　　　　　　　　　　　　　　　　　　　　　　十月十三日。」

　　　　我不料毛主席的回信來得如此之快，並且信還是他親筆寫的，當時頗有意外之感。

〔註121〕程千帆《文學批評的任務》，中南人民文學藝術版社 1953 年版，第 25 頁。

信中最重要的一句話「總以採取老實態度爲宜」，我不懂。而且心中有一點反感，我當時想，什麼是老實態度，我有什麼不老實。

經過了三十多年的鍛鍊，我現在才開始懂得這句話了。我說我要用馬克思主義的立場、觀點、方法，在五年之內重寫一部中國哲學史，這話眞是膚淺之至，幼稚之極。學習馬克思主義，掌握馬克思主義的立場、觀點、方法，談何容易，至於要應用它到哲學史的研究工作中，那就更困難了。要想眞正應用它到實際工作去，那就非把它化爲自己的思想的一部分不可。

可是那個時候，就說出那樣的話，明眼人一看就知道是大話、空話、假話。夸夸其談，沒有實際的內容，這就不是老實態度。

現在回想起來，如果我從解放以來，能夠一貫採取老實態度，那就應該實事求是，不應該嘩眾取寵。寫文章只能寫我實際見到的，說話只能說我所想到的。改造或進步，有一點是一點，沒有就是沒有。如果這樣，那就是採取老實態度。就可能不會犯在批林批孔時期所犯的那種錯誤。〔註122〕

馮友蘭晚年能夠坦誠地把這件事寫下來，其道德勇氣值得敬佩。不過他事後的看法卻依然書生之見。他沒有看到，在他自己的「不老實」裏藏著眞正的「老實」，他以不老實的方式表達出來的老實，已經得到了認可，這是後來還能繼續再犯錯誤的前提。馮氏哲學，根底在宋學程朱一脈，他說自己不是照著講而是接著講，其精神氣質確實是延續下來了。宋學雖重在講道統，保留了君權的至尊地位，馮友蘭的《新理學》得到過國民黨重慶政府頒發的最高獎勵及萬元獎金，如今像前朝舊臣一般表達對於新政府的效忠，儘管話說得不老實，態度是老實的，這是知識分子的底色。他的假馬列眞宋學，毛澤東眼明心亮，但宋學未必就不能幫上共產黨的忙，這或許是馮友蘭未必悟到的。胡風是眞馬列，簡直化爲身上的一部分了，而且從氣質上得了魯迅的眞傳，說「沒有絲毫的奴顏媚骨」，怕也當得起，他的三十萬言書，講的是老實話，結果怎樣，二十五年的鐵窗生涯，株連了多少無辜者。馮氏的《中國哲學史新編》能站住腳的，是骨子裏的宋學基本信念，要是下決心照著講，成績或可更大一些，黏上去的那些馬克思主義新名詞，並不值得他後來費力去剪裁。

〔註122〕馮友蘭《三松堂自序》，生活・讀書・新知三聯書店 1984 年版，第 156～158 頁。

十

毛澤東說話口音重，成年之後，雖然生活過許多地方，但湖南方言一生未改。與外賓交談時不得不配備兩名翻譯，其中一名負責把湖南話翻爲普通話，或是一名懂得湖南方言的外語人才。寫起文章來，無論白話還是文言，都得心應手。把生動鮮活的口語引入書面表達，毛澤東取得的成就幾無人比。他的語言，無論敘事、議論，還是說明，均有強烈的口語色彩。

「我曾經說過，人長了個頭，頭上有塊皮。因此，歪風來了，就要硬著頭皮頂住。」〔註123〕這樣的近乎荒誕口語，不是一般的人能說出來。

事功的漢語寫作傳統，在毛澤東的文章中不僅得到繼承，亦且發揚光大。籠罩著白話文運動始終的，是這一事功的氛圍，當代漢語早已不知純粹的美文爲何物。

周作人的文章也強調事功，晚年把道義之事功化，人性之自然化作爲兩項最主要的主張和目標提出來。他認爲道義之事功化，必須以自然人性論爲前提，但在毛澤東那裏，恰好缺乏這樣的前提。

毛澤東是道德人性論的有力主張者，他於人性的設想，是一種理想化的形態，他看重人道德高尚的一面，這一點與宋儒沒有什麼不同，陽明說滿大街皆是聖人，毛詩中有云「六億神州盡舜堯」，毛澤東有辦法做成事情，所以他相信自己有辦法改造人性。

毛澤東認爲一輩子做了兩件事，一是新中國的建立。從戰亂中統一中國，毛澤東是五四運動個人主義思潮的傑出人物，但他終生不是自然人性論者。自然人性論的觀念，在新文化運動中沒有得到傳播，而宋儒的道德人性論，卻成爲許多自以爲與儒家學術毫不相干的人的基本信念。毛澤東於孔子和儒家思想，始終沒有好感，晚年還拿法家的理論和主張批判儒學，但道德人性論卻是他的一個重要的出發點。

第二件事是發動了文化大革命，對於「文革」的複雜性和憂慮本書始終實無以釋懷，似乎只有把「文革」當作道德人性論在社會改造運動中的超常性實踐來看待才能夠去理解。毛澤東並不相信後世儒家修齊治平那一套主張和邏輯

〔註123〕中央文獻研究室編《毛澤東傳（1949～1976）》下，中央文獻出版社 2003 年版，第 1393 頁。

順序，也不認爲把知識分子養在書齋裏完善自己的修養，就能有益於社會，他寧願相信下放到偏僻的農村去參加勞動，使他們丟掉不切實際的想法，與民眾結合，是知識分子應走的道路。他的唯物主義信念告訴他，想改變一個人的思想，最好的辦法是改變他的個人生存狀況，哪怕是強迫他們到群眾中去，勞動的磨練和現實生活的考驗，對於小資產階級的清高和傲氣，應是一劑良藥，這樣培養的知識分子，按理說應該有大的出息。

他企圖另闢蹊徑，以革命的手段和方式——暴風驟雨式的群眾運動，改造人的主觀世界，他幻想建立所謂社會主義的革命的新文化，來取代舊式的根深蒂固的封建文化和資產階級文化。

道德的移植何其難矣，舊的道德已被打碎，新的道德無從建立，「文革」後的中國面臨的道德困境，即是如此。政治和意識形態並不能取代道德，強行取代的結果，是傳統道德被徹底打碎，意識形態失效之後，是普遍的政治冷漠和道德上的麻木不仁，恢復起來有多麼艱難！

「文革」中的四大——大鳴大放大字報大辯論，有一個未經反思的前提，即相信通過語言或運用語言能夠澄清一切，明辨是非，區分眞理和謬誤。其時流行著一句話：道理越辯越明，這說的只是表面現象。因爲大道理管著小道理，最大的道理，管著一切道理，而那個最終的道理，卻既不是毛選的思想方法、文本或某種抽象的理念或者理想，亦不是在閱讀毛選中產生的不同理解，而是活著的毛澤東本人。權力之間的辯論，通常是戰爭。文鬥延伸，必然武鬥，「文革」雖然宣布結束了，但此種暴力語法，並沒有絕迹。

「整風－反右－文革」三部曲，貫穿其間，是以權力改造人的思想，唯意志主義和法家的信念，而且惟我獨尊，毛澤東深信，制度於人性的塑造是厲害的，儒家單純依靠教育，空想的成分居多，從早年的墨家信徒，晚年成爲法家的信奉者，起根本作用的是手指上那枚魔戒。

毛澤東下筆論述他的問題，常常無與倫比，但他似乎更相信權力的力量。古人云，民不畏死，奈何以死懼之，但中國的這把刀，似乎對豪傑有冤仇，至今我們仍生活在這一慣性之中，時時感到的不是奮進向上的鼓勵與美好，而是促使墮落的各種世故的斑斑劣迹，放棄或一再地委屈眞精神和眞信念。

辛亥革命推翻了帝制，五四運動打倒了道統，皇帝倒了，孔聖沒了，但並

不見得只剩下無法無天這一條路。無法無天的範例雖被實施，卻難以成就自我的法與天。

革命的權利來自哪裏？特別是「文革」意義上的所謂革命？「有學問的革命家」章太炎，強調以國粹激動愛國熱腸，在文化上即使要批判傳統，第一步需要先瞭解傳統。整理國故的道理端在於此。

現代新白話新文藝的品格當中，有某種無法無天的氣質，某種破壞性，暴力傾向，強權的品格，霸道的邏輯，雄辯的文風，極富戰鬥性和攻擊力，效果強烈，語言的線性目標明確，缺少蘊藉含蓄體貼同情，缺少審美上的足夠價值，語言和行動之間的關係太緊密了，功利性強，讀之立不安臥不寧。標語口號古文裏沒有，它最能體現新白話的品格，清楚明白，簡短適用，同時又有強的針對性。如果離開那個具體的語境，事情就顯得十分荒謬。若欲發明出實用於全民，超越具體環境，長遠有效的理論話語和概念範式，須先越過白話的語境去思考和尋找。如果憲法的條款有重寫的可能，先要脫離這個意識形態的語境，至少不宜如黨章似的。標語口號是需要不斷更換的，因為任務和形勢在變化，但是製造標語口號的方式始終不變，因為語言和現實之間的捆綁式關係不變。

《毛澤東選集》經中共中央專門的委員會編輯加工和修訂之後，出版定本，象徵著不容動搖的話語秩序。毛澤東話語，既是實用主義的論述，又是政治全能主義的文本。紅寶書裏有一個意志，它的目的不是激發別的意志，普遍喚醒沉睡在每位讀者身上的個人意志，而是催眠所有的意志，讓你以書裏那唯一的意志為意志，思想的權利讓渡了，剩下了服從的權利和行動的權利，毛澤東思想的本質內涵，變成毛澤東一人替我們去思想，所以，與一九五四年頒布的憲法相比，毛選是真正的憲法。它不僅規定大家如何行動，尤其規定大家如何思想。

現代漢語的思考力尤其是反思能力有限與此相關，國人少有思考力，莫說一般行文，哲學社會科學論著，也少能對所論述的主題或對象有真正的反思。現代漢語的反思性似乎只限於翻譯文本中，毛澤東的五篇哲學著作，同樣缺乏這樣的精神，以哲學家著稱的艾思奇，也沒在其文字中提供反思的維度。

蔡元培曾有以美育代宗教的設想，毛澤東後來實行的是以政治代宗教。以一種革命化的政治，取消了傳統道德和習俗對於人際的規範作用，於家庭和人倫這些社會基本的組織，以政治的名義無情地毀壞。一旦全能主義的政

治消失，留給人心的便是巨大的荒蕪與無助。

《毛澤東選集》和推廣毛選的文化大革命，對於舊風俗、舊習慣和傳統習俗的清除，產生了極大的作用，說破壞殆盡亦不爲過。以政治代替道德和宗教維繫社會運轉，建立政教合一的國家體制，是它的目標。在削弱社會的傳統道德和民間宗教影響力上，毛澤東用力甚勤。社會的重建，一句空話而已，全能主義政治退場之後，被壓抑的道德勢力和宗教勢力自行回到了現實之中，首先回來的，或許與曾經提倡的內容正相反。美好的情感，需要精心培育，醜惡事物，卻能四處孳生。

郭沫若《十批判書》中於法家的論斷，毛澤東很不贊成。

法家思想的核心是三個字：法（普遍主義的賞罰規定）、術（通過分權制衡駕馭群臣的權術）、勢（嚴刑峻法形成的高壓）。商鞅有「不貴義而貴法」之說，韓非子亦有「息義學而明法度」的話。在韓非子的學說中，術是居於中心地位的，一部《韓非子》，談的主要是術。「術者藏之胸中以偶眾端而潛御群臣者也。故法莫如顯，而術不欲見。」（《難三》）「國者君之車也，勢者君之馬也，無術以御之，身雖勞猶不免亂，有術以御之，身處佚樂之地，又致帝王之功也。」（《外儲說右下》）

《韓非子》認爲，「以妻之近與子之親而猶不可信，則其餘無可信者矣。」「人生之患在於信人，信人則制於人。」「故明主者，不恃其不我叛也，恃吾不可叛也。不恃其不我欺也，恃吾不可欺也。」（《外儲說左下》）造成一種人爲之勢，使臣民不得不順從其意志去行動，不得不在其權威下屈服。晚年的毛澤東，在權力鬥爭中保持不敗，直至去世，在人民心目中具有崇高的威望，這威望卻是由「法、術、勢」的配合營造出來的。

「這種人設之勢要比自然之勢複雜得多也重要得多。它不是每個君主所必具的，不能光靠自己所處的地位來施賞行罰就算完事，而必須老謀深算，諳練權詐，只有這樣，君主才能爲自己創造出這樣一個並非現成的勢來。」[註124]

一個理想主義的信奉者，變得多疑，冷酷，悲觀厭世，他在品味人生的苦酒。早年的理想色彩，已經蕩然無存。問題是這樣的影響，已被擴散至漢語白話當中，莫要小看那些小冊子。

〔註124〕王元化《韓非論稿》，傅杰選編《韓非子二十講》，華夏出版社 2008 年版，第 173頁。

　　心理醫生朱建軍說,「法家精神如同強心針或者興奮劑,它的確可以給你暫時的好表現,但是,它必定會損耗你的元氣。」新文化運動,以批評儒家始,提倡法家終,可說正好走完一個輪迴。「法家的核心精神,重實效而輕道德,把成功當作唯一的目標,可以說是不惜一切去追求成功。在手段上,靠的無非是獎勵和懲罰這兩種基本方法。不僅如此,法家在影響成功與否的因素上,所重視的法、術、勢三者,也就是獎懲之法、欺詐之術、以及地位權勢。法家對天道和仁愛都不尊重,也不信任,認為人可以戰勝天道,仁愛則虛幻不可信。」〔註125〕法家這一思想和信念,在社會上的廣泛傳播,帶來的人性上的災難性後果,是可以感知的。「卑鄙是卑鄙者的通行證,高尚是高尚者的墓誌銘」(北島語),不過是這一道德困境的極端寫照。假如在一個社會裏選擇高尚無異於自殺,為了活命不得不卑鄙屈從,還有什麼道德理想可言?歷史以這般殘忍的方式考驗國人的道德勇氣,明末甲申之後,在留頭與留髮之際,男人進行過一次艱難的選擇,失去了多少頭顱,江陰女子城墻題詩云,「雪齘白骨滿疆場,萬死孤忠未肯降。寄語行人休掩鼻,活人不及死人香。」〔註126〕

　　周作人說:「中國政教,自昔皆以愚民為事,以刑戮懾俊士,以利祿招黠民,益以儒者邪說,助張其虐。二千年來,經此淘汰,庸愚者生,佞捷者榮,神明之冑,幾無孑遺。種業如斯,其何能減,歷世憂患,有由來矣。」〔註127〕

　　中國社會的常態是儒道互補,變態時則墨法互補。受佛教出世思想的影響,道德理想普遍懸繫過高,對於普通人的道德標準過於嚴酷。

　　秦暉說:「事實上在帝制中國的兩千多年中,雖然也有短時期儒家吏治觀比較落實的情形,如東漢後期至南朝這一段,但從秦至清的整體看,中國吏治的傳統主流是『儒表法裏』,即說的是儒家政治,行的是法家政治;講的是性善論,行的是性惡論;說的是四維八德,玩的是『法、術、勢』;紙上的倫理中心主義,行為上的權力中心主義。」〔註128〕

〔註125〕朱建軍《中國的人心與文化:對中國傳統文化的心理學分析》,山西人民出版社2008年版,第7頁。

〔註126〕江陰女子《題城墻》,《清詩選》,人民文學出版社1984年版,第26頁。

〔註127〕鍾叔河編《周作人文選》卷一,廣州出版社1995年版,第22頁。

〔註128〕秦暉《西儒會融:解構「法道互補」》,哈佛燕京學社編《儒家傳統與啟蒙心態》,江蘇教育出版社2005年版,第106頁。

王夫之有言，「其上申韓者，其下必佛老。」人們以申韓之術待下，以老莊之道待上，以申韓之權求治，以老莊之滑處亂。在上者指鹿爲馬，在下者不得不「難得糊塗」。

毛澤東把儒表換爲洋表，儒表知者眾，不能想怎麼說就怎麼說。

蔣介石也是王陽明的信徒，嗜讀《曾文正公全集》，熟悉韓非子的法術勢，做大事情的志向也終身如一。在軍政之間、左右兩種勢力之間、新舊觀念之間，擅長折中平衡，逢源左右，但與毛澤東比起來，他既不夠舊，同時亦不夠新。蔣介石雖長毛澤東六歲，但舊式文人的能事掌握得不很地道，作詩填詞，未有佳篇供一時之誦，他古文寫得甚好，《哭母文》《先妣王太夫人事略》及《孫大總統廣州蒙難記》（孫中山爲之序），俱可稱道，但究竟沒有雄文四卷那樣的文字功力。書法，有剛勁有力的正楷，與毛澤東揮灑自如的狂草或可一比。在讀書上，毛澤東的涉獵之廣，許多治國史的學者也無法相比。蔣介石一九二三年以「孫逸仙博士代表團」成員身份赴蘇俄考察，見過托洛斯基和加里寧，後來使其長子蔣經國留學蘇聯，但他只願意學習紅軍組織和管理軍隊的經驗，而不接受列寧主義的政治和意識形態。連他時常流露的獨裁意識，和毛澤東掩飾不住的帝王霸氣比起來也略遜一籌。傳統文化對毛澤東而言，始於墨而終於法，不是門面上的裝點，早期執著理想，晚年沉迷權力，讚揚秦始皇之時亦不掩飾。

毛澤東出身於新文化運動左翼，置身於北大的新潮中濡染（蔣介石曾在一九○二年參加奉化的「童子試」未中），組織過新民學會，曾積極助人留學（蔣介石畢業於日本振武學校第十一期，學的是炮兵，曾在日軍中見習，但未入日本的士官學校。），創辦過雜誌報刊（蔣介石亦創辦《軍聲》雜誌並撰寫文章），使用輿論工具與湖南舊軍閥鬥爭，他的第一次婚姻是自由戀愛的結果（蔣介石十四歲時在母親的安排下與比他大五歲的毛福美結婚），擅長寫各種文體的文章，能與社會上三教九流的人打交道，既是中共一大代表，又是國民黨一大候補中央執行委員，長期身處逆境而矢志不渝，七十多歲還橫渡長江，對西方輸入的馬克思列寧主義，不排斥，不盲從，以自己獨特的理解和體會，創造性地靈活運用到中國革命的實際之中。

不過，毛澤東的新和他的舊，始終難以統一起來，王學主張的知行合一，在毛澤東看來可能是太天眞了。一旦有這樣的主張，就把自己的知和行，交與天下人去評判，也就失去了行不顧言、言不顧行的自由，毛澤東的兩套標準，

兩種說法，出入自由而隨心所欲。

　　一個社會最大的危險，在於社會內部的分裂，自古以來，上層對下層的長期壓制而導致的反叛，經常被用以爲改朝換代的工具，階級鬥爭的學說，恰逢中國的亂世，自然成爲農民革命的理論依據。三民主義和新民主主義，實際上並沒有太大的差別，關鍵在於誰來實行。所以國共之爭，與其說是主義之爭，不如說是權力之爭。而權力之爭是無法妥協的，只能見之於刀兵事情弄到這地步，當然不是語言的過錯，但語言文字卻也會承受同樣的後果。

　　顧城說，「我覺得一個民族的文化在這點上你倒是不用擔心的，這個民族跟這個語言它對勁兒，這個語言就能活下去。」〔註129〕哪個民族會跟自己的母語不對勁兒呢？現代漢語，或許有點兒，本書還不敢立刻下此結論，說根子就在白話文運動那裏。尼采認爲，「這裏到處都是病態的語言，這種難以置信的疾病的壓力就壓在整個人類的發展之上。由於語言必須繼續攀升到對它來說可達到的東西的最後枝條，以便盡可能遠離它原初以所有的質樸所能夠適應的那種強有力的情感衝動，來把握與情感相對立的東西，即思想的王國，所以它的力量就由於這種過度的延伸而在近代文明的短暫的時間裏耗盡了：以至於它現在再也不能提供那種它本來唯獨爲之存在的東西了，即爲了在最簡單的生活困窘之上使受難者們相互理解。人在自己的困窘中再也不能憑藉語言使人認識自己，因而不能眞實地傳達自己：鑒於這種模糊地感覺到的狀態，語言到處都成爲對自己的一種暴力，這種暴力就像用妖怪的手臂一樣抓住人們，並把他們推到他們眞正說來並不想去的地方。」〔註130〕

第四節　舊詩與新詩

一

　　艾略特在《詩歌的社會功能》一文中說，「詩歌的最重要的任務就是表達感

〔註129〕顧城《與光同往者永駐——1992年答德電臺華語記者問》，《顧城文選》卷一，北方文藝出版社2005年版，第220頁。

〔註130〕尼采《不合時宜的沉思》李秋零譯，華東師範大學出版社2007年版，第375～376頁。

情和感受。與思想不同，感情和感受是個人的，而思想對於所有人來說，意義都是相同的。用外語思考比用外語來感受要容易些。正因爲如此，沒有任何一種藝術能像詩歌那樣頑固地恪守本民族的特徵。」〔註131〕

漢語詩歌恪守其偉大的傳統，頑固至晚清民初。胡適當初在美國醞釀白話文運動之時，就是對白話不能作詩不服氣，於是有了《嘗試集》中的那些作品，以及整個白話文運動。

夏曾佑、譚嗣同、黃遵憲，曾倡導「詩界革命」。主張用俗話作詩，所謂「我手寫我口」，同時試用新思想和新材料，所謂「古人未有之物，未闢之境」入詩。這些主張，其實與胡適等人的主張差不多，俗語入詩，和白話寫詩，意思恐怕很接近，差別在於對於所寫之詩的看法上。黃遵憲要寫的是中國詩，胡適他們打算寫的卻是「外國詩」。朱自清認爲，「這回革命雖然失敗了，但對於民七的新詩運動，在觀念上，不在方法上，卻給予很大的影響。」〔註132〕民國七年，即一九一八年《新青年》四卷一號上刊出詩九首，作者三人，胡適、沈尹默、劉半農，是爲新詩運動之開端。

陸厥《與沈約書》云，「質文時異，古今好殊，將急在情物，而緩於章句。」〔註133〕就「急在情物」而言，古今未有甚於民七之時，這「章句」一緩，就放了一百年，至今還是既少章亦缺句。

白話詩已經嘗試了百年，迄今還沒有走出嘗試的階段。標誌是除了寫白話詩的人之外，很少有人願意讀它們，不論詩歌圈子裏講話多麼雄辯，多麼熱鬧，喜歡詩的人，還是多數選擇讀中國古詩。閱讀古詩，或可治療欲寫新詩的衝動。

白話詩人兼古典文學教授林庚，曾在大學裏教授「歷代詩選」課，他說，「在我的詩選班上，有過很多學生，他們本來都會寫新詩，並且都很有希望把新詩寫好，讀了一年詩選之後，他們的新詩寫不出來了，問他們爲什麼，

〔註131〕〔英〕艾略特《詩歌的社會功能》，《西方現代詩論》，花城出版社 1988 年版，第87頁。

〔註132〕朱自清選編《中國新文學大系·詩集》導言，上海文藝出版社影印良友公司 1935年版，第1頁。

〔註133〕轉引自蔡鍾翔、黃保眞、成復旺《中國文學理論史》第一卷，北京出版社 1987年版，第212頁。

則笑而不答，一打聽，原來他們在做舊詩了。」「除了這部分學生之外，還有一部分學生他們仍然自命是新詩人，可是詩寫得愈來愈舊，什麼『孤雁』啊，『斷腸』啊，『一腔熱血』啊，『白髮蕭蕭』啊都漸漸地來了，我想他們遲早也是要做舊詩的，正如過去許多寫得非常白話的前輩詩人都漸漸又寫了舊詩一樣，這文化的遺產真有著不祥的魅力，像那希臘神話中的 Sirens，把遇見她的人都要變成化石嗎？」〔註 134〕寫這番話是在一九四三年。廢名在寫新詩之前，於李商隱和溫庭筠的許多作品，有很深的心得，古詩不僅沒有治愈這個北大外文系畢業的奇才，反而激發了他要寫新詩的衝動。廢名的新詩，存世九十一首，不含五十年代末寫的幾首民歌體。廢名也是古典文學教授，抗戰前在北大講授過新詩課程，他懂得語言和文學的血肉關係，在討論舊詩與新詩的時候，應特別留意他的意見。

林庚於八十八歲之際，回顧了自己寫詩讀詩和研究詩的經驗：「新詩壇在經過自由詩的洗禮後，正在呼喚著新格律詩的誕生，這乃是不以人們的意志為轉移的。」〔註135〕

林庚的看法似未引起寫新詩的人在意，嘗試新格律的運動，大概停止了吧。新詩人確有自己的意志，依然順著當初追求自由和解放的思路，寫自己跟漢語傳統不相關的「新詩」，寫得好的那些段落，像是從外國某詩人的集子裏譯過來的，說它有意思可以，承認其為中國詩則使讀者猶豫。新詩的成功主要是體制上的成功，有國家刊物登載新詩，有隸屬於作家協會的職業新詩人與現當代文學專業下能授予高級學位的研究機構，但這不能保證當代詩歌本身的閱讀價值，也未必能為作品增加藝術性。

六十年來語言體制的影響，使人幾乎忘記寫舊詩也是一種選擇，所謂格律詩難學，青年中不提倡，倒也並沒有禁止，寫舊詩缺少出路，既沒人教，也少人懂，會寫古詩懂得古詩的老人已紛紛謝世，詩藝是否失傳就看興趣是否還在了。毛澤東詩詞曾掀起古典詩詞熱潮，並沒有培養出像樣兒的詩人，風雅不作，風流焉能獨存？

二〇〇二年六月，北京大學創刊了一份不起眼的繁體字印製的內部刊物

〔註134〕林庚《新詩的格律與語言的詩化》，經濟日報出版社 2000 年版，第 26 頁。

〔註135〕同上，第 16 頁。

《北社》，約半年刊出一期，不足百頁，工本費六元，展示一些學生們自己創作的舊體詩詞和辭章，雖鮮爲人知，也顯得很有自己的想法，比如「從辭章入手而進入義理之衢，發掘我國文字的美和美的文字，並推而化之」，在別處似沒有見過這樣明確的主張。與一九一九年創刊的《新潮》比起來，反響上自然小得多。《北社成立凡例》云，「『北社』者，取夫子『北辰居其所，而眾星拱之』之意。爲學以德，爲文以德，則不動而化，不言而信。所守者至簡，而能持萬變；所處者至靜，而能制群動。清風朗月，蘭臭緇衣，七星以氣衡，八風以調和。發皇言象，陰陽有奔命之勤；吐屬宮商，球磬無遺音之區。爽籟入懷，鼓萬物以含和；回庭接步，分天章而奪麗。『無偏無陂，皇建有極』，《洪範》之義也；『每依北斗望京華』，杜公之詩也。然『北社』者，亦此之謂耶？」其宗旨爲，「敦人品，講士節，命體達用，轉移風氣，陶鑄一世之人物；務躬行，重學識，風雅性情，經世致用，擔當舊邦之新命。」

與當年的《新潮》有一個顯著的共同點，就是逆潮流而動。百年前紹介歐風美雨，力倡文藝復興，以中國社會入世界潮流之先導自任，《新青年》呼之於前，《新潮》應之於後，推波助瀾，共同造就新文化運動，並以此思路改造中國社會，使其得到文化上的更生，其功效之成敗姑且不論。百年之後，詩惟新體，文必白話，並非擇善而從，實乃抱殘守缺。《新潮》發刊旨趣曾言，「群眾對於學術無愛好心，其結果不特學術銷沉而已，墮落民德尤爲巨。」〔註136〕白話淺易，搖筆即來，文言艱深，苦費思量，新詩易成，爲年輕人誤把生命力當才華開方便之門，舊詩難工，莫談創造，模擬已煞費苦心，合轍協律，決非輕舉妄動者可製。北社諸君知難而進，逆潮流而起。

北社《凡例》將其結社之用心，概括爲五端：「吟詠古製，陶冶性情，有正乎人心古義者，此其一；言志懷抱，接響風騷，有化乎人性之美者，此其二；罔旨詩教，脈續文統，言情而不失其眞，體物而會當乎雅，有成乎傳統承繼事業者，此其三；兩千年文章，集千古文法詩法於一身，奧府淵蘊，花木獨秀，通乎古變乎今，爲當世文藝之建設有大意義者，此其四；肇乎三才，文德文心，波瀾委化，匠心獨運，詩文之本以立，趨衢之由以明，而後得立言之大義，無如天下之泛濫者，綱紀簡明，萬物不遺，有進乎立言之不朽者，

〔註136〕阿英編選《中國新文學大系・史料・索引》，上海文藝出版社影印良友公司 1935 年版，第 59 頁。

此其五。」〔註137〕《新潮》同仁，當年數不足二十，學生加之教員職員亦不過兩千，鬧騰起來卻造成了那麼巨大的聲勢。如今之大學生數以百萬計，卻岌岌遑遑以求職就業爲務，讀書種子已少見，矢志於詩道者，能有幾焉，舊邦新命，可託付於此三三兩兩保有舊情懷之新新青年麼？

二

喬納森・卡勒認爲，「一首詩既是一個由文字組成的結構（文本），又是一個事件（詩人的一個行爲、讀者的一次經驗，以及文學史上的一個事件）。既然詩歌是由文字建構的，那麼意義與語言的非語義特點之間的關係便成爲一個主要的問題，比如聲音和韻律之間的關係。語言的非語義特點是如何發揮作用的？它們（不論是有意識的，還是無意識的）具有什麼樣的效果？可以在語義的和非語義的特點之間期待什麼樣的相互作用？」〔註138〕

以此標準衡量漢語新詩，其一，它們仍然是以漢字寫的，多分行排列；其二，對於漢字的非語義特長平仄、韻律（包括寬韻）、節奏等，基本上沒有利用，或說未懂得使用，因此，其三，於新詩而言，閱讀的人不必期待它能在語義之外表達出什麼別的意味，曉得其大概想說什麼，就已經了不起了。閱讀這樣的文字，類似一種創傷性的經歷。

「中國當代詩人在德語國家成功的原因之一在於他們和中國傳統基本上沒有關係，他們的背景是西方思想史的。比方說要瞭解王家新的話，應該先瞭解古代希臘的荷馬等人的作品。」〔註139〕顧彬講的此兩個問題大致是中肯的，中國白話詩人，多數未通古文也未通外文，依靠中文翻譯閱讀外國詩人的作品，從中領會到什麼比較可疑。詩通常是語言之中那些無法翻譯的因素，即非語義特點包括韻律，依靠譯文接觸那些屬於語言的血肉有多少可能呢？極端一點來講，檢驗藝術的標準甚至可以提供譯本的觀察，好的藝術應是在給翻譯出難題，什麼是語言的藝術，至少是反對實用模式的，藝術不是爲了翻譯，是爲了翻譯不成。

〔註137〕柳春蕊執筆《北社成立凡例》，《北社》第 11 期，丁亥孟夏，2007 年 6 月。

〔註138〕喬納林・卡勒《文學理論入門》，李平譯，譯林出版社 2008 年版，第 78 頁。

〔註139〕馬鈴薯兄弟《詩人更需要對語言的責任——顧彬訪談錄》，《新詩評論》2009 年第 2 輯，北京大學出版社，第 227 頁。

早期的新詩作者，大抵是瞭解古典詩歌傳統下寫新詩的，無論鍾情於溫李抑或元白，皆有自己的閱讀、感受、體會和心得，對於舊詩怎麼寫，他們多少是清楚的，有一些甚至可寫出很好的舊詩來。新詩與古詩形式可以不同，藝術性是一致的，體驗過古詩的藝術，就新詩而有了經驗，今天的新詩作者，已不大清楚舊詩的傳統、舊詩的藝術、詩的藝術了。早期的新詩作者，在創作的時候有一種影響的焦慮，他們想法子擺脫傳統的束縛，忘記傳統，為此不惜貶低自己的傳統，以域外的傳統取代它。今天的新詩作者，不知道傳統藝術為何物，他們在以閱讀外譯的經歷寫詩，又有意回饋出一種對外漢語而討生活。多數新詩作者，不能以外語讀懂外國詩歌，正如不能用漢語讀懂古詩，而只能乞助於此兩種失去了藝術的翻譯，這是奇特的一代人，任何國家的歷史上沒有過這種現象。蒙滿兩族入主中原，曾努力習漢文，新中國的一代人，實在新得不成樣子。古人有亡國與亡天下之辨，如今國未亡而天下怎樣，在中國的土地上，在中國人身上，能充分找到中國的教養嗎？

喬納森·卡勒認為，「通過韻律的組織和聲音的重複，達到突出語言，並使語言陌生化的目的，這是詩歌的基礎。因此，關於詩歌的理論便設想出不同類型的語言組織——韻律類型的、語音類型的、語義類型的、主題類型的——之間的關係，或者用最概括的方式說，就是語義和非語義的語言範疇之間的關係，詩歌說些什麼和怎麼說之間的關係。詩歌是一種能指的結構，它吸收並重新建構所指。在這個過程中它的正式風格對它的語義結構產生作用，吸收詞語在其他語境下的意義並使它們從屬於新的組織，變換重點和中心，變字面意義為比喻意義，根據平行模式把詞語組合起來。」〔註140〕

詩歌理論或說詩歌的原理，是可以跨語際傳播的，閱讀這段從英文翻譯過來的語言，同時以漢語詩歌的構造方式來驗證其有效性也存在問題，作者可能精通西方多種語言，但通常不懂漢語，漢語詩歌獨特的表現形式和表達效果，某種程度在其知識和經驗之外。

漢語古今最大的變化，單音詞為主變成了雙音詞為主。但漢字仍然一字一音，且有大量的同音同義字供選擇，意義相同或相近，聲音不同，如何選擇，不能不考慮協律。古詩的要求很明確，押韻、平仄，白話詩則沒有要求，沒有

〔註140〕〔美〕喬納林·卡勒《文學理論入門》，李平譯，譯林出版社2008年版，第83頁。

要求其實比要求嚴格更難，千篇一律，容易做到，千篇千律，則非有天才不可。表面看自由詩無律，實際乃是自律，每詩自創一格，自成一律，有此成就，可稱之為詩。放任自流，隨意塗抹，與詩何干？明朝詩人謝榛曰：「凡字異而意同者，不可概用之，宜分乎彼此，此先聲律而後意義，用之中的，尤見精工。然禽不如鳥，翔不如飛，莎不如草，涼不如寒：此皆聲律中之細微。作者審而用之，勿專於義意而忽於聲律也。」〔註141〕

三

　　古典詩歌的語言日益成熟，與日常言語逐漸分離，這一過程起始於二謝和沈約，完成於唐代。一旦形成之後，大體固定下來，成為寫詩的人必須領悟的一種獨特的語言模式。啟功有很形象的說法，唐以前的詩是長出來的，唐人的詩是嚷出來的，宋人的詩是想出來的，再後來的詩，就都是仿出來的。〔註142〕古典詩歌的語言與日常語言差別到底在哪裏？葛兆光這樣概括：

敘述視角：由於代表敘述主題的主語的消失，多元交叉轉換的視角
　　　　　取代了日常語言中的固定不變視角。

描述過程：由於語序的省略與錯綜，平行呈列的共時性凸現取代了
　　　　　日常語言中的直線排列的歷時性描寫。

時空關係：由於標識時空的虛詞的消失，感覺構架取代了邏輯構
　　　　　架。

語言形式：各句各聯乃至全詩的勻稱構造及雙重對位式排列取代了
　　　　　日常語言或散文語言的散漫形式。〔註143〕

這種定型的語言形式，既是唐代偉大的成就，也是於後來繼續寫詩嚴重的束

〔註141〕謝榛《四溟詩話》卷三·七三，《四溟詩話·薑齋詩話》，人民文學出版社1961年版，第95頁。

〔註142〕參見趙仁珪、章景懷編《啟功雋語》，文物出版社2009年版，第95頁。啟功《論詩絕句》曰：「唐以前詩次第長，三唐氣壯脫口嚷。宋人句句出深思，元明以下全憑仿。」

〔註143〕葛兆光《漢字的魔方：中國古典詩歌語言學札記》，復旦大學出版社2008年版，第195頁。

縛。首先面對這一雙重遺產的是宋人，於是唐詩而外，又有了宋詩。元明清人們的詩歌觀念，或說詩歌語言觀念，又回到唐人那裏，因爲認同唐詩，所以批評宋詩，以文入詩，以議論入詩，以學問入詩，那曾是宋詩著名的罪狀。「凡多用虛字便是『講』，『講』則宋調之根。」「宋人作詩，欲人人知其意，故多直達。」〔註144〕

宋人的改弦更張，既是時代風氣不同造成，也是被逼出來的。

翁方綱認爲，「談理至宋人而精，說部至宋人而富，詩則至宋而益加細密。蓋刻抉入理，實非唐人所能囿也。」又說，「宋人精詣，全在刻抉入理。而皆從各自讀書學古中來，所以不蹈襲唐人也。然此外亦更無留與後人再刻抉者。」〔註145〕

然而宋詩的聲譽卻始終籠罩在唐人的蔭翳中，甚至於如清人葉燮所言，「苟稱其人之詩爲宋詩，無異唾罵。」

繆鉞說，「就內容論，宋詩比唐詩更爲廣闊；就技巧論，宋詩較唐詩更爲精細。然此中實各有利弊，故宋詩非能勝於唐詩，僅異於唐詩而已。」

錢鍾書也認爲，「整個說來，宋詩的成就在元詩、明詩之上，也超過了清詩。」

《宋詩紀事》載作家三千八百餘，《宋詩紀事補遺》又增補三千餘，除去重複計算者，也比唐人多得多。《全唐詩》收錄詩人兩千三百餘家。就個人創作數量或存世作品而言，宋人也爲唐人不及。陸游一人留詩萬首，蘇軾、楊萬里皆超過四千首，梅堯臣兩千九百，王安石一千六百，黃庭堅一千五百，相比之下，李白九百餘，杜甫一千四百，白居易三千餘。宋代雖以詞名世，但與宋詞相比，宋代無論是詩人還是詩作要多得多。《全宋詞》收錄的詞作者只有一千三百三十一人。〔註146〕

吳小如認爲，中國古典詩歌「源於《詩》《騷》，興於漢魏，盛於唐，變於宋，衰於元，壞於明，迴光返照於清」〔註147〕。清朝後期，越來越多的人認識

〔註144〕吳喬《圍爐詩話》卷一，《清詩話續編》，上海古籍出版社 1983 年版，第 473 頁。

〔註145〕翁方綱《石洲詩話》卷四・五，《談龍錄・石洲詩話》，人民文學出版社 1981 年版，第 119、120 頁。

〔註146〕數據引自房開江《宋詩》，上海古籍出版社 1991 年版，第 1 頁。

〔註147〕吳小如《古典詩文述略》，山西教育出版社 1991 年版，第 129 頁。

到宋詩的價值，由宗唐至宗宋，是清代詩歌變化的走向，從朱彝尊、查初白始以宋爲宗，袁枚、趙翼、蔣士銓號稱三家，未出宋人之範，同光體更是力摹江西詩派，桐城派古文的幾位代表人物在詩歌創作上也推崇宋詩。

宋詩的影響所及，還不限於寫詩的人，連選詩的人也採取了宋詩的立場，影響大者《千家詩》，也是宋詩眼光下的產物，衡唐退士編選《唐詩三百首》詩，有意要糾正其錯謬可以說明這一點。

詩之唐宋，正如學之漢宋，雖不免門戶之見，卻也各有所主。唐詩毫無疑問是古典詩歌的主流，宋詩的支流地位是逐漸獲得認可的。葛兆光認爲白話新詩的革命性主張，不過是宋詩散文化的一種實行而已，是一種打破格律束縛的現代「宋詩運動」。周作人認爲新文學運動乃是明末公安派文學主張的復活，這是就散文而言，若就詩歌來說，宋詩主張之所以二度登場，因爲它的事業沒有完成。

中國近代的思想啓蒙運動，假若不考慮外來的影響，是陽明學的發揚光大，而王學直接來源於朱子——宋學。宋學在學術思想上的影響，至民國而不衰。馮友蘭的《貞元六書》，秉承宋學的問題意識，以他自己的話來說是接著講。中國的文化自成一體，從語言到思想制度，自根自源，近代以來固然受到西學的衝擊，影響一定是有的，但若以爲徹底偏離了自己的路子，徹底的改弦更張，則不切實際，甚至是一時之誤解。需要聲明的是，這是指一九四九年之前的狀況。

以新詩來說，既然白話新詩依然是漢字寫就，它不能不受漢字的制約，一切與漢字相關或者由漢字生發出的種種修辭手段，不可能完全不利用，硬要模仿外國詩的種種，既難以成功，也不值得全部嘗試。覺悟到新詩革命的宋詩性質，回到與傳統對話的路上，才可能作出恰如其分的成績。漢字分平仄，宛若人之有男女天地分陰陽，是基本的事實，作新詩的人不正視它，當它如不存在，只能限制了自己的修辭手段。

「我國造字，原本象形，後世孳乳，音義代有變遷。夫殊方異言，古今異解，不通訓詁則古書不易卒讀，且申說事理，必賴夫詞。人事日蕃，詞亦愈夥，詞富則意易達，詞窘則意常窒。而詞之基本爲字，不通字學則文不精切，不能行遠，吾儒所以貴博學而多識也。後進頹廢，不務博習，不究字義，學殖荒落，文章讕陋，所由來也。」〔註148〕

〔註148〕張宗祥《清代文學》，《中國大文學史》下冊，上海書店出版社 2001 年版，第 856 頁。

四

中國的詩以漢字寫成的《詩經》之前的作品，多沒有傳下來。《尚書》《周易》的一些斷章，可靠性較大，但很難以詩稱之，爻辭中的韻文也未能例外：「鳴鶴在陰，其子和之。我有好爵，吾與爾靡之。」（《中孚九二》）「明夷于飛，垂其翼。君子于行，三日不食。」（《明夷初九》）另外一些像詩或歌的文字，《擊壤歌》《卿雲歌》之類，難於確定其年代。

唐人於中國詩的貢獻，便是齊梁開始的律詩運動結成正果，五七律、絕句以及排律，稱爲近體詩，與古體或古風比起來，是名副其實的「新詩」。律體之成型，大體有四定，即定字，定韻，定對，定聲。定字，由雜言趨於齊言。定韻，由轉韻趨於連韻。定對，由散行趨於駢儷。定聲，由聲氣趨於聲調。篇幅一定，每句字數通篇一律。必用平聲韻，不准換韻，押韻的位置固定。平仄調配也有一定。某些句子，比如說中間的兩聯必須對偶。絕句是從律詩當中截取四句，所以又稱截句。排律是律詩的任意延長，除開頭結尾各兩句可以不對偶外，其餘皆是偶句。韻數用整。

從古詩演爲近體，是沿著漢語漢字的特性而充分地加以利用。特色是在比較中產生的，於四聲的覺悟，明顯受到佛教傳播所帶來的印歐語系語言的影響，陳寅恪曾說，「中國當日轉讀佛經之三聲又出於印度古時聲明論之三聲也。」

漢語因爲音節少，且以單音節爲主，故以聲調區分意義就異常重要，聲調與字形配合，使漢語能以有限的音節表達豐富的意義，直至今日這一特性依然突出。

有聲調是語言本身的事實，但爲聲調命名卻是另一件事。平上去入四聲，是中國語言文字存在的內在因素，它的被發現並應用於詩文當中，是在南北朝時期，沈約宣稱那是他個人的獨得之密，相傳曾著《四聲譜》，此書已佚。平上去入四聲，常與自古就有的宮商角徵羽五聲相混淆，後世的研究者多有附會，陳寅恪《四聲三問》說得明白：

> 宮商角徵羽五聲者，中國傳統之理論也。關於聲之本體，即同光朝士所謂『中學爲體』是也。平上去入四聲者，西域輸入之技術也。關於聲之實用，即同光朝士所謂『西學爲用』是也。蓋中國自古論聲，皆以宮商角徵羽爲言，此學人論聲理所不能外者也。至平

上去入四聲之分別，乃摹擬西域轉經之方法，以供中國行文之用。
其『顛倒相配，參差變動』，如『天子聖哲』之例者，純屬於技術之
方面，故可得而譜。即按譜而別聲，選字而作文之謂也。然則五聲
說與四聲說乃一中一西，一古一今，兩種截然不同之系統。」〔註149〕

近體詩之形成，正是此「中體西用」結出的碩果。陳寅恪此言大有深意。行得
通與行不通，有時在於行者。歷來論四聲，分辨標準並不一致。

平聲哀而安，上聲屬而舉，去聲清而遠，入聲直而促。

其重其急，則為上為去為入；其輕其遲，則為平。

平聲長空，如擊鐘鼓；上去入短實，如擊土木石。

平聲四拍以上，上聲三拍，去聲二拍，入聲一拍或半拍。

明朝人編《審音歌》流傳很廣，《康熙字典》亦曾沿用：

平聲平道莫低昂，

上聲高呼猛烈強，

去聲分明哀遠道，

入聲短促急收藏。〔註150〕

以今天的標準衡量，語音的高低、升降、長短構成了漢語的聲調，其中高低
和升降是主因。以普通話的四聲為例，陰平聲是高平調，陽平聲是中升調，
上聲是低升調，去聲則是高降調。王惠三曾編寫《標準調值口訣》：「陰平聲
浪高而平，陽平聲浪升而揚，上聲聲浪沉而曲，去聲聲浪遠而墜，舊入聲浪
短而促。」〔註151〕

　　古代漢語的四個聲調——平上去入，與普通話裏的四聲並不完全一樣，差
別主要在入聲字上。今天有漢語拼音，講四聲無須贅言，小學生可以懂得，古
人卻沒有這樣的方便。齊梁時代，它可能是一門高深莫測的學問。梁武帝蕭衍
乃博學之士，卻不知何為四聲，一日問周舍（一作朱異）什麼是平上去入？答
曰：天子聖哲（一作天子萬福）。四字既是稱頌，又舉例作答。辨別四聲的辦法
是找例字，王鑒仿照「天子聖哲」，曾作四聲纂句，以四字成語代表四聲，方便

〔註149〕陳寅恪《四聲三問》，《金明館叢稿初編》，上海古籍出版社 1980 年版，第 340～
　　　　341 頁。

〔註150〕李玄深《古典詩歌常識》，百花文藝出版社 1962 年版，第 7～8 頁。

〔註151〕王惠三《漢語詩韻》，中華書局 1957 年版，第 48 頁。

了初學者。

趙元任編寫國語教材也用過這個法子，他所編不是古人的平上去入，是今天的陰陽上去，四聲成語計三十六句如下：

中華語調	高揚起降	開門請坐	分別長幼	三民主義	深謀遠慮
災情很重	要求免稅	修橋補路	生財有道	諸承指教	非常感謝
說完好話	偏來打岔	張王李趙	專門搗亂	葷油炒肉	偷嘗兩塊
酸甜苦辣	希奇古怪	雞鳴狗盜	飛簷走壁	七俠五義	青龍寶劍
三國演義	英雄好漢	爹拿椅坐	缺乏筆墨	偏旁寫錯	斯文掃地
登樓遠望	天晴雨過	山明水秀	非常好看	陰陽上去	諸如此類

〔註152〕

對於四聲——平上去入，大概唐人辨別起來也不易，所以乾脆以平仄兩分法處理。運用到近體詩當中，調理平仄，是相當重要的。

什麼是平仄？詩人把四聲區分為平仄兩類，平是平聲，仄即是上去入三聲，簡單說就是四聲的二元化。仄，意即不平。

為什麼分為平仄兩類呢？因為平聲是沒有升降的，且比較長，其他三聲有升降，且較短，從聲音的物理屬性上，自然形成兩大類型。啓功在《詩文聲律論稿》中說，「方音差別的情況，有些地方，平上去入四聲各分陰陽，甚至可多到九聲、十聲，但無論各有幾聲，都可以概括地分為兩大調，即『平』（包括陰平和陽平）和『仄』（或稱『側』，包括平以外的各聲）。可以說平和仄（揚和抑）是漢語聲調中最低限度的差別，也可以說是古典詩文聲律中最基本的因素。」
〔註153〕

此種二分也許令人聯想到國人傳統的陰陽觀念，甚至於八卦中的兩種符號，以及二進位制的計算機語言。

《宋書·謝靈運傳論》云：「夫五色相宜，八音協暢，由乎玄黃律呂，欲使宮羽相變，低昂互節，若前有浮聲，則後須切響；一簡之內，音韻盡殊；兩句之中，輕重悉異。妙達此旨，始可言文。」〔註154〕

〔註152〕趙元任《新國語留聲片課本·乙種·國語羅馬字》，商務印書館1935年版，第7頁。

〔註153〕啓功《詩文聲律論稿》，中華書局1977年版，第7頁。

〔註154〕轉引自蔡鍾翔、黃保真、成復旺《中國文學理論史》第一卷，北京出版社1987年版，第217頁。

在律詩之中，平仄在本句中是交替的，在對句中是對立的，如：「池塘生春草，園柳變鳴禽」。「金沙水拍雲崖暖，大渡橋橫鐵索寒」：平平仄仄平平仄。仄仄平平仄仄平。

饒孟侃認為，平仄事實上是單音文字特有的「保障」，「它在舊詩裏的音節裏，位置占得最高，差不多格調，節奏，韻腳，都成為它一種音節上的附屬品；換一句話來說，即它把音節上可能性一齊概括在它的範圍以內。」「這種巧妙的作用是我們文字裏面的一種特色，在任何外國文字裏都沒有。」〔註 155〕

南社詩人柳亞子一九四二年斷言，「平仄是舊詩的生命線，但據文學上的趨勢看起來，平仄是非廢不可的。那末五十年以後，平仄已經沒有人懂，難道再有人來做舊詩嗎？」〔註 156〕七十年過去，的確是平仄沒有人懂，舊詩也乏人寫了。

今天我們怎樣辨別平仄呢？

首先要知道什麼是四聲？今天的普通話裏陰平、陽平、上聲、去聲；前兩個是平聲，後兩個是仄聲，若是這樣就簡單了。語音在歷史上是有變化的，我們讀古詩，得依照古人寫詩之時字的平仄去理解，才不誤解古人，押韻也如此。漢字的平仄演化，其中最大的一項變化，是入聲字在普通話裏的消失。入聲字本是仄聲，消失歸化到平上去三聲當中，有的仍歸入仄聲，古今一致，有的卻歸入平聲，則古今相反了。

全國約一半的方言中是有入聲字的，如果母語方言裏有入聲字，可將普通話裏的讀音還原成方言讀音，再判其平仄，將入聲字歸入仄聲。

古代的入聲字在普通話裏，多數變成了去聲，還有一部分變成了上聲，去聲和上聲，都是仄聲，所以這兩部分入聲字可以不管它。

只有那些原來是入聲字，在普通話裏變成了平聲字（陰平、陽平），造成了辨別平仄的困難。要解決這個問題，只有一個法子，記住一些常用的入聲字。王力《詩詞格律概要》裏列舉了一些常用的入聲字，且標示了那些在普通話裏

〔註 155〕饒孟侃《新詩的音節》，沙似鵬編《中國文論選‧現代卷上》，江蘇文藝出版社 1996年版，第 488 頁。

〔註 156〕柳亞子《新詩和舊詩》，王永生主編《中國現代文論選》第一冊，貴州人民出版社1982 年版，第 207 頁。

變成了平聲的入聲字，尤其需要記得：

一屋：屋竹服福熟族菊軸逐伏讀犢粥哭幅斛僕叔淑獨禿孰

二沃：俗足曲燭毒鵠督贖

三覺：覺角捉卓琢剝駁雹濁擢學鐲

四質：出實疾一壹吉七虱悉侄茁漆膝

五物：佛拂弗屈

六月：骨發伐罰卒竭忽窟歇突勃筏掘核日蝎

七曷：曷達活鉢脫奪割葛撥豁掇喝撮咄

八黠：點轄札拔猾滑八察殺刷

九屑：節絕結穴說潔缺決折拙切轍訣傑哲鱉截跌揭薛噎碣

十藥：薄閣爵約腳郭酌託削鐸灼鑿著泊勺嚼桌礴昨

十一陌：石白澤伯迹宅席籍格帛額柏積夕革脊擲責惜擇摘藉胳翮瘠昔

十二錫：錫擊績笛敵滴鏑檄激翟析狄荻剔踢滌戚

十三職：職國德食蝕極息值得黑賊則殖植值棘織識即逼唖

十四緝：緝輯集急濕習十拾什襲及級揖汁蟄執汲吸楫

十五合：合答雜匝闔鴿盍拉

十六葉：帖貼接牒蝶疊捷頰協諜挾輒

十七洽：狹峽匣壓鴨乏劫脅插押狎柙夾浹俠 〔註157〕

一九八一年，年近九旬的趙元任回國訪問，胡喬木專門拜訪，並致信請教平仄的問題。他在信中解釋自己「為什麼要重視這個似乎不那麼重要的問題」時說，平仄「這種習慣遠不限於詩人文人所寫的詩詞駢文聯語，而且深入民間。過去私塾裏蒙童的對對子並不需要長時間的訓練，巧對的故事也不限於文人。民歌中常有大致依照平仄規律的，如著名的：山歌好唱口難開，桃紅柳綠是新春，赤日炎炎似火燒，月子彎彎照九州等。甚至新詩中也有教我如何不想她，太陽照著洞庭波這樣的名句。」〔註158〕

胡喬木會寫舊體詩詞，一九六五年第十一期《紅旗》雜誌，刊發過他《詩詞二十六首》，其中有「如此江山如此人，千年不遇我逢辰。揮將日月長明筆，

〔註157〕王力《詩詞格律概要》，北京出版社 1979 年版，第 24～27 頁。本書只選取了轉入陰平和陽平的入聲字。

〔註158〕轉引自蘇金智《趙元任學術思想評傳》，北京圖書館出版社 1999 年版，第 39 頁。

寫就雷霆不朽文」。這些詩合轍押韻固然沒有問題。他能看到民歌和新詩當中存在對平仄的暗合或講究，乃其過人之處。

五

古詩，又稱古風，篇幅可長可短。句子有的整齊，有的不整齊。韻可用平聲，也可以仄聲，並且可換韻。句中平仄不固定，可自由調配。五古和七古是最主要的兩種古體詩。

詩之聲音節奏，漢魏古詩，重在聲氣，文情語意，一氣流轉，自成節奏。所謂「清濁通流，口吻調利」，多暗合於心，而非出於意匠。自齊、梁之後，有意以聲調爲詩，將魏晉以來的聲韻研究成果運用於作詩，講究四聲，迴避八病。平仄聲律，由四聲八病化來，成爲律體之支柱。

律詩第一句第二字稱做「起」，若是仄聲，便叫仄起，若是平聲，便曰平起。唐人五律，仄起式多於平起式，故仄起式是正格，平起式算偏格。七律則相反，以平起式爲正格，仄起式爲偏格。平仄變通的口訣是：一三五不論，二四六分明。五言則一三不論，二四分明。

押韻的作用，把許多渙散的音聯絡貫串起來，成爲一個完整的聲調，使詩歌的節奏更明顯更和諧。押韻的重要性，比調平仄可能還要大些。唐韻二百零六個，唐初許敬宗奏議，把二百零六韻中鄰近的韻合併來用，實際上是百一十二個；宋代又合併爲一百零七，就是著名的平水韻，唐人用的實際上是平水韻。元末《韻府群玉》爲一百零六，延續明清。具體至四聲，平三十、上二十九、去三十、入十七，計一百零六韻。

近體詩押韻規則：律詩、絕句不論五七言，一律押平聲韻，且一韻到底，不得換韻。押韻位置是固定的，偶數句末。換言之，只准兩句一押韻，不押韻的單數句末一字，須是仄聲。一定要用本韻。絕對不允許有重複的韻腳。

律詩的八句，兩兩成對，構成四聯，分稱首聯，頷聯，頸聯與尾聯。近體詩的對偶規則是：

一、律詩八句四聯，其中頷聯和頸聯必須對偶。首聯和尾聯可對可不對。絕句的情況，看截取的是哪二聯，決定是否對仗。

二、意義對偶，最高要求是同類事物相對，其次是鄰類相對，最低限度是詞性相對。

三、要避免重複：避合掌，避用同字相對。同一個字不允許出現在出句和
　　　對句之中。

　　讀詩而不通詩律，必不懂詩的好壞，不通詩律而強解詩，必是廢話連篇，
談詩僅從內容從意義發揮，越講離題越遠。〔註159〕

　　古人作詩的基本工具，乃是韻書，現存最早的一部詩韻是《廣韻》。《廣韻》
的前身是《唐韻》，《唐韻》的前身是隋代陸法言的《切韻》，宋朝劉淵曾著《壬
子新刊禮部韻略》，金代王文郁著《平水新刊韻略》，前者一百零七韻，後者一
百零六韻，兩部書合起來，是明清兩朝文人作詩用韻的標準——平水韻的來歷。
由於詩韻的普及，後來把凡是分成一百零六韻的韻書稱作「平水韻」了。清朝
官家的韻書《佩文詩韻》，亦以平水韻藍本編定。一九四一年雙十節，民國政府
公佈《中華新韻》，以朱印白紙大本，頒行各省，但那只是仿前朝成例，實用的
價值已幾近於無。

　　一九五七年中華書局出版王惠三編著《漢語詩韻》，一九六四年中華書局
還出版過《詩韻新編》，分為十八部，在每一韻部中，還著重分清了平聲和仄
聲。在體例上，首先按音分列，同聲字按常用罕用分先後排列，作為每一韻
部各字的編排次序，字下還有例詞，生僻的詞語，還有簡略的解釋。其出版
說明曰，「押韻之於詩歌，是從聲韻方面來增強藝術效果的一種手段，它不但
在我國文學歷史中是一種悠久的民族形式，而且和我國的語言文字有著不可
分割的血肉聯繫。」〔註160〕

　　與文人使用的韻書相對應的，是流行於民間的「十三轍」，歷代的戲劇、曲
藝、皮簧、鼓詞等民間說唱藝人，稱之為十三道大轍，即中東、江陽、衣期、

〔註159〕1948 年初版的喻守真編注《唐詩三百首詳析》，選析五言古詩三十五首（另樂府
　　　　十一首），七言古詩二十八首（另樂府十六首），五言律詩八十首，七言律詩五十
　　　　首（另樂府一首），五言絕句二十七首（另樂府九首），七言絕句五十一首（另樂
　　　　府九首），計三百一十七首，每首詩先「注解」，次「作意」，再「做法」，每類作
　　　　品的第一首，詳列「聲調」，每首皆注明押的什麼韻，每字皆標出平仄，從詩律
　　　　角度解詩，此書後來多次重印，累計印數過二百萬冊。李玄深編著《古典詩歌常
　　　　識》偏重於講古詩的體制和格律，雖只六萬餘字，卻講得明白。劉永濟《唐人絕
　　　　句精華》和林東海《唐人律詩精華》，亦是行家之選，這些書堪稱自修近體詩的
　　　　門徑。

〔註160〕《詩韻新編》，中華書局 1965 年版，第 2 頁。

姑蘇、懷來、灰堆、人辰、言前、梭波、麻沙、乜邪、遙迢、由求，把文人十八韻當中韻腹相近的韻合併，分為十三類，信口唱出，流傳很廣。也許由於樣板戲的影響，勞動人民在創作戲曲、曲藝和民歌時的押韻需求，一時得到官方的認可，「文革」後期曾經編製過新的《十三轍同韻常用詞表》。〔註161〕

從「三百千千」，到《聲律啓蒙》《幼學瓊林》《龍文鞭影》，傳統的蒙學讀物，皆以韻文出之，不僅便於背誦，亦且培養了兒童對於聲韻調的語感，為將來讀詩和作詩打下了基礎。記誦大量名人事迹，歷史典故，格言警句，構成了詩文的材料儲備，加之熟讀詩詞，對詩律了然於胸，離自己作詩也只一步之遙，水到渠成了。大家多知唐詩宋詩，明清兩朝詩人之眾遠過前代，以清為例，據計清人詩歌別集在四千種以上，可謂浩如烟海。

清朝小學家兼詩人鄭珍《論詩示諸生時代者將至》曰，「我誠不能詩，而頗知詩意。言必是我言，字是古人字。固宜多讀書，尤貴養其氣。氣正斯有我，學瞻乃相濟。李杜與王孟，才分各有似。羊質而虎皮，雖巧肖仍偽。從來立言人，絕非隨俗士。君看入品花，枝幹必先異。又看蜂釀蜜，萬蕊同一味。文質誠彬彬，作詩固餘事。人才古難得，自惜勿中棄。我衰復多病，骯髒不宜世。歸去異山川，何時見君輩。念至思我言，有得且常寄。」〔註162〕

六

龔自珍一首七言為主的雜言古風《能令公少年行》，其序曰，「龔子自禱祈之所言也，雖勿能遂，酒酣歌之，可以怡魂而澤顏焉。」通篇七十七句，ong韻通押，形成一種有萬丈豪情卻發不出的壓抑感。「蹉跎乎公！公今言愁愁無終。公毋哀吟婭姹聲沉空，酌我五石雲母鐘，我能令公顏丹鬢綠而與少年爭光風，聽我歌此勝絲桐。……」此詩作於道光元年，即一八二一年，作者官內閣中書，時年三十。梁啓超二十七歲（一九〇〇年）著時文《少年中國說》，即源自於此（「吾嘗愛讀之，而有味乎其用意之所存」），梁文的結尾有四言贊語，其詞曰：

> 紅日初升，其道大光；河出伏流，一瀉汪洋；潛龍騰淵，鱗爪

〔註161〕參見魯允中《韻轍常識》，人民出版社 1978 年版。

〔註162〕錢仲聯編《近代詩鈔》第一卷，江蘇古籍出版社 1993 年版，第 293～294 頁。

飛揚：乳虎嘯谷，百獸震惶；鷹隼試翼，風塵吸張；奇花初胎，喬

喬皇皇；干將發硎，有作其芒；天戴其蒼，地履其黃；縱有千古，

橫有八荒；前途似海，來日方長。美哉，我少年中國，與天公不老！

壯哉，我中國少年，與國無疆！

時隔八十載，以梁氏之天分，令「少年中國」之說言出，由 ong 韻變成 ang 韻，終將這口氣吐了出來。「少年中國學會」成立於一九一九年，同時《少年中國》月刊創立。

不會寫詩，必然導致不會讀詩。不解一首詩的聲韻調，僅僅識字是不能把它讀出，尤其不能正確地讀出來的。對於古詩，古人到底怎麼讀的，不得而知。西周至春秋，以雅言為正音，漢唐的官話，可能以秦晉音為主，北宋大概是開封話，中原音逐漸抬頭，元明清三朝，北京話漸成官話。古典詩詞的吟誦，是正在失傳的藝術，口耳相傳的吟誦方式，命懸一線了麼？

傳統戲曲，特別是京戲，講究唱腔和念白字正腔圓。啟功認為那只是一個籠統的要求，並不能真正做到，他說「戲曲的腔要圓了，字的讀音就必須遷就這個樂腔而改變平仄聲調，平仄都要改變，字音如何能正？所以在很多時候是字正腔不圓，或者腔圓字不正。」〔註163〕

談及吟誦啟功認為：「從前文人誦讀文章，講究念字句有輕重疾徐。有人不但讀詩詞拿腔作調，讀駢散文章也是這樣。還有人主張學文章要常聽善讀的人誦讀，最易得到啟發。現在可以明白，所謂善讀文章，除了能傳出文中思想感情之外，還能把聲調的重要關鍵表現出來。例如把領、襯、尾和次要的字、句輕讀、快讀，把音節抑揚的重要地方和重要的字、句重讀、慢讀。哪一句、哪一組是呼，哪一句、哪一組是應，藉此表現出來。聽者不但可以從聲調的抑揚中領會所讀文章的開闔呼應，獲得更多的理解；又可在作文時把聲調安排得與內容相適應，而增強文章的藝術效果。只是從前提倡這種辦法的人和當時的讀者與聽者，都沒有具體地說出其中的所以然罷了。」〔註164〕這實際上是語法研究者所說的「相對輕重律」以及「後重原則」。

語音有長短、輕重、高低，這些特徵在同一句中，或相鄰的句子裏，有規

〔註163〕趙仁珪、章景懷編《啟功雋語》，文物出版社 2009 年版，第 102 頁。

〔註164〕啟功《詩文聲律論稿》，中華書局 1977 年版，第 189 頁。

律地重複、變化，與音樂的旋律構成道理相通。語言的音樂性，或許指的是這個。漢語是聲調語言，每個漢字有固定的聲調，聲調具有區分意義的作用，主要表現為音高特徵，誦讀之時，四聲和平仄是不能改變的，但每個語音的輕重和短長卻具有相當的彈性，據需要拖長、縮短、輕讀、重讀，甚至停頓，不會影響到意義的領會。

在一九八二年召開的全國唐詩討論會上，一些年長的教授以傳統的吟詩調吟誦唐詩，過去大家吟誦律詩，多是兩字一頓，「從實際情況來看，這個『頓』並不是真的停頓，只是每個雙音節之後有個間歇，形成語音的延宕。語音的延宕使得雙音節的後一個音節相對長些，與前一音節形成長短的對比；同時後一音節在延長過程中又必然加重念成一個重音，與前一音節形成輕重的對比。這樣的律詩每個雙音節內部形成相對的短與長、輕與重的對比，構成有規律的抑揚變化。」〔註165〕為什麼稱「相對輕重律」呢？因為這種雙音節內字音的抑揚並不是漢字固有的特徵，在特殊的文本中，受節奏模式的制約，人為地拉長調子而產生，一旦離開這一節奏模式，這種對比將不復存在。

相對輕重律雖然表現在吟誦上，但其依據卻是出自於詩律。近體詩當中的「一三五不論，二四六分明」的原則，即逢雙必究，「因為單數字置的音節，往往不在節奏點上，所以可以不論，雙數字置的音節在節奏點上，所以需要分明。」

「後重原則」在古代詩詞當中，是一種突出的音韻現象。「比如押韻是利用不同音色韻母的對立構成的，由於漢語韻母結構較整齊，而聲調又主要附著於韻母，所以古代詩歌押韻就有更豐富的內涵，除了音色的對立，還講究聲調平仄的對立及韻尾（陰、陽、入）的對立。從我國詩歌發展來看，押韻的後重原則集中體現在主韻落在一聯的後句句末，即通常所謂偶句押韻。早在《詩經》裏，偶句押韻的傾向已非常突出，而後詩歌一直遵循這個傳統，漢武帝時曾流行過一種句句押韻的『柏梁體』詩，但很快就消失了，沒有為大家所接受。」〔註166〕

也許與古希臘語、拉丁語詩律中的既有「抑揚格」又有「揚抑格」相較，漢語詩律中的「後重原則」更為分明。

〔註165〕吳為善《漢語韻律句法探索》，學林出版社 2006 年版，第 16 頁。

〔註166〕同上，第 20～21 頁。

據吳爲善的研究，不僅詩詞當中存在明顯的「後重原則」，在普通的漢語節律當中，重讀音節的自然傾向也落在後一個音節上。

七

李健吾認爲新詩「最引人注目的，就是聲律的破壞」。詩人寫詩，使用語言文字，使用前人所用過的詩體、格律、修辭方式，受限制被束縛是一定的，在這樣的前提下，言人所未曾言，道人所未曾道。黃遵憲的革新，是詩人的革新，是詩歌內部的創造力，激勵他寫下《人境廬詩草》那些篇章，梁啓超是他的知音，至少有這麼一個讀者，懂得他詩的好。胡適的介入詩壇是革命性的，是詩歌外部的破壞力，推動他寫下《嘗試集》中的文字，他稱之爲新詩。替白話詩開拓出道路來的第一位探路者，竟然不是一位詩人。新詩從誕生的那刻起，首先是一個事件而不是一個文本，且是一個革命事件，文學革命的標誌性事件。

事件到來的時候，一些人懼怕，一些人激動，鼓吹革命的人，不必是詩人，革命事件之成立，亦不必以詩歌文本的成功爲限，亦不會被詩歌文本的成就所限。

胡適的功與過可以不論，他也沒有把自己當作詩人看待。在《〈嘗試集〉自序》中，胡適說，「若要做眞正的白話詩，若要充分採用白話的字，白話的文法和白話的自然音節，非做長短不一的白話詩不可。這種主張，可叫做『詩體的大解放』。詩體的大解放就是把從前一切束縛自由的枷鎖鐐銬，一切打破：有什麼話，說什麼話；話怎麼說，就怎麼說。這樣方才可有眞正白話詩，方才可以表現白話的文學可能性。」〔註167〕

「詩體的大解放」是個從未有過的說法，漢語詩歌的發展，從四言至五言，每句增加一字，已是了不起的改變了，再到七言，以至長短句，數百年變動一次，猶如造山運動，古詩到近體，需要多項條件具備才有可能，如四聲和平仄的自覺意識，並不是誰人的忽發奇想。

詩體是成熟的藝術形式，是詩人創造性成就的積纍，也是寫詩的人共同遵循的基本範式，乃文字藝術最高成就的集中體現。「詩體的解放」是什麼意思，

〔註167〕《胡適學術文集·新文學運動》，中華書局1993年版，第381頁。

且還「大解放」，解放的前提是被束縛和被限制，從枷鎖爭脫出來獲得行動的自由，這樣的說法比附詩歌創作上的詩體革新並不恰當。章太炎說，「必謂依韻成章，束縛情性，不得自如，故厭而去之。則不知樵歌小曲，亦無不有韻者，此正觸口而去，何嘗自尋束縛耶？」〔註168〕

藝術是非常困難的事，擺脫它卻容易。假若在藝術上不滿於現有的成就，表明面臨著更大的困難。想寫別人未寫過的詩，同時認爲可以不受任何限制，不必面對各種複雜的修辭手段和語義關係，不必苦心經營，不必克服太多的困難，只能說明不懂得詩。漢語和漢字，也不鼓勵人這樣去寫和想。

什麼是「一切打破」，什麼又是「有什麼話，說什麼話；話怎麼說，就怎麼說」呢？人學會說話，就一直這麼說，但說話歸說話，寫詩歸寫詩，區別是不言而喻的。聞一多認爲，「凡是詩，都是有韻律的（Rythme）。因爲有了韻律，才是可吟的東西，否則就只成爲可看的東西了。」以說話的方式寫詩，實際是取消了寫詩。通過取消藝術來改進藝術，這很有些強詞奪理，這是藝術外部力量所能有的最大作爲了。九十年之後，仍有人在重複胡適當年的意思：

> 然而無論如何，在近千年的因襲與禁錮之後，漢詩首先需要的是自然和自由。而正是白話－自由詩潮及其詩學主張所掀起的這場詩歌革命，爲漢詩寫作開啓了自由解放之路，這一偉大的歷史功績是不容抹殺的。至於單是自然和自由並不必然有好詩，那的確也是個大問題、大難題。對這個難題，白話－自由詩論者雖然有所意識，卻無力解決且未能避免極端自然和自由的流弊。但話說回來，一切革命其實都只能完成爭自由、爭解放的任務，而一切爭自由、爭解放的革命幾乎都難免極端的弊端——事實上迄今爲止的人類歷史裏還從未發生過沒有流弊的革命。就此而言，對白話－自由詩潮及其詩學主張，也就無須苛求了。〔註169〕

〔註168〕章太炎《答曹聚仁論白話詩》，轉引自陳子展《中國近代文學之變遷‧最近三十年中國文學史》，上海古籍出版社 2000 年版，第 301 頁。

〔註169〕解志熙《漢詩現代革命的理念是爲何與如何確立的——論白話－自由詩學的生成轉換邏輯》，《摩登與現代——中國現代文學的實存分析》，清華大學出版社 2006 年版，第 354 頁。

自己並不寫詩，不懂如何寫詩，卻能替寫詩的別人爭到自由和解放，令他們在寫詩的道路上開出新的格局。這樣的論調竟然能持續百年，還有人去重複它。魯迅為什麼禁止自己的兒子做空頭文學家，這實是成本小收益大的行當，一部中國現代文學史，多是各色空頭文學家的活動史。胡適是務實而閒不住的人，所以他很快就整理國故去了。

一九一八年任叔永寫給胡適的信，很有說服力，胡適似乎沒有聽進去：
〔註170〕

> 實在講起來，古人留下來的詩體，竟可說是『自然』的代表。什麼緣故？因為古人作詩的時候，也是想發揮其『自然』的動念，斷沒有先作一個形式束縛自己的。現在存留下來的，更是經了幾千百年無數人的試驗，以為可用。所以我要說，現在各種詩體，說他們不完備不新鮮，則可，說他們不自然，卻未必然。……若要是創造文學的產品，我倒有一句話奉勸：公等做新體詩，一面要詩意好，一面還要聲調好，一人的精神分作兩用，恐怕有顧此失彼之慮。若用舊體舊調，便可把全副精神用在詩意一方面，豈不於創造一方面更有希望呢？〔註171〕

即便是以舊體舊調，顧此失彼也是難免的。明朝詩人謝榛說，「走筆成詩，興也；琢句入神，力也。句無定工，疵無定處：思得一字妥帖，則兩疵復出；及中聯愜意，或首或尾又相妨。萬轉心機，乃成篇什。」〔註172〕只有自己寫過詩的人，才能體會到此種困難。

俞平伯一九一九年曾說：

> 依我的經驗，白話詩的難處，正在他的自由上面。他是赤裸裸

〔註170〕《嘗試集》出版後，胡先驌曾費一月之力，寫成兩萬多字長文《評嘗試集》發表於《學衡》第1、2期。文凡八章：一、緒言，二、《嘗試集》詩之性質，三、聲調格律音韻與詩之關係，四、文言白話用典與詩之關係，五、詩之模仿與創造，六、古學派浪漫派之藝術觀與其優劣，七、中國詩進化之程序及其精神，八、《嘗試集》之價值及其效用。

〔註171〕《附：任叔永原書》，轉引自《胡適學術文集·新文學運動》，中華書局1993年版，第364頁。

〔註172〕《四溟詩話·薑齋詩話》，人民文學出版社1961年版，第77頁。

的，沒有固定的形式的，前邊沒有模範的，但是又不能胡謅的：如果當眞隨意亂來，還成個什麼東西呢！所以白話詩的難處，不在白話上面，是在詩上面；我們要緊記，做白話的詩，不是專說白話。白話詩和白話的分別，骨子裏是有的，表面上卻不很顯明；因爲美感不是固定的，自然的音節也不是要拿機器來試驗的。白話詩是一個「有法無法」的東西，將來大家一喜歡做，數量自然增加，但是白話詩可惜掉了底下一個字。〔註173〕

掉的那個字，恰是關鍵字。打算以白話寫詩的人，首先應當清楚上述困難的處境，自由比束縛更爲沉重，要讓自己設法明白「白話詩和白話的分別」，「骨子裏」的，而不是表面上的。

怎樣去明白呢？古詩中經常間雜一些白話，與散文比起來，歷代的詩歌作品中，容納有更多的口語。但是，以古詩能明白白話詩和白話的分別嗎？

白話詩，指的是什麼呢？大量號稱白話詩的集子裏，只是一些白話，掉了那個關鍵字，使詩意無存。百年來有轟轟烈烈的新詩運動，有聲名卓著的新詩人和新詩流派，有不斷涌現的新詩集，有大量的新詩評論和研究，有多種新詩發展史和新詩理論，我們缺少的是眞正的新詩，或說白話詩。據漢語韻律的後重原則，那最後的一個字，才是最重要的字。詩最難，所以少，含糊不得，湊合不了。有一首算一首，有一句，算一句。

李思純發表於《學衡》第十九期的《與友人論新詩書》，頗能抓住要害，雖爲質之於當年之新詩，同樣發今人之深省：

> 竊以文學所本，在於文字。吾國舊詩之所以有平仄音律五七言，蓋本於漢字之特質而來。今苟有人提議廢漢字，而用拼音文字，且於此拼音文字之下，更爲拼音文字之詩，則吾決不作一語以反對之。若夫在單音獨體之漢字下，而強用之以造作拼音文字式之詩，則其去常識已遠。夫以蠶絲爲原質而織之則成錦緞，以牛羊毛爲原質而織之則成呢絨。其所以相異者，非織機之不同，工役之不同，而原質之不同也。今以蠶絲爲原質而欲織成呢絨，與以單音獨體文字爲

〔註173〕俞平伯《社會上對於新詩的各種心理》，《俞平伯全集》第三卷，花山文藝出版社1997年版，第511頁。

原質而欲成拼音文字式之詩，吾誠不能知其所異者何在。〔註174〕

八

據廢名的體會，每一首詩的創作，是作者「悟得體裁」的結果。揚長避短，錘鍊文字，無中生有，稍有不愼，便成敗筆廢墟，誰也不能保證自己的這一次實驗成功。人們喜說古詩不易做，格律不易掌握，豈不知白話詩更不易，因爲作者需要爲每一首詩發明出一種形式來。沒有形式，焉能以詩稱之。

這是廢名寫在一首短詩《籠》後面的文字，發表於一九三〇年三月十六日北平《華北日報副刊》，抄在下面，去掉了前面的詩。在詩之前偶有短序，古已爲之，爲詩寫後記、爲一首只有八行的短詩寫了這麼長的後記頗爲罕見。廢名的文字向來晦澀難解，這篇卻寫得眞切，直抒胸臆：

我是不能做詩的，偶爾做出一首詩來，因而想說幾句話。這首詩，來得極快，而是夜半苦口吟成，自己很是愛惜。我相信牠是一首新詩，嚴格的新詩。

中國的新詩，如果要別於別的一切而能獨立成軍，我想這樣的一種自由的歌唱，是的。原來牠有牠的氣候呵，自然與散文不同。然而我只有這一回。這決不是自己想誇口，有什麼可誇口的呢？生命的偶爾的衝擊。自己簡直想不發表，講閒話則簡直對不起自己呵。

做詩的人（這是說新詩，從來的舊詩人似乎又不同，那簡直不別於散文的）實在要看他過的一種生活，這是無可如何的，我因爲知道自己是非詩人，所以向來就不妄想做詩。

其次，做詩也還是運用文字，首先當然要學會作文，這並不是一件容易事呵，古之詩人似乎都有這副本領，所謂「得失寸心知」也。這當然又不是截然的兩件事，每每是互相生長，到得成功，自然有一個從心所欲不逾矩。

對於文字的運用懂得辛苦的人，每每悟得體裁，各樣體裁各有其長短，而當初的創造者我們眞可以佩服他，他找得了他的範圍，

〔註174〕李思純《與友人論新詩書》，轉引自陳子展《中國近代文學之變遷‧最近三十年中國文學史》，上海古籍出版社 2000 年版，第 298 頁。

就在這裏發展，避其所不及，用其所長，結果只成就了他的長處了，成爲一時代的創作，所以中國文學史上有詞做得極古怪，決不是以前的詩之所有，而其人也曾做詩，待現在我們看來，顯有高下之別，這是一件有意義的事的。

——這一説眞不曉得説些什麼東西了，然而我關心於中國的新詩，巴不得牠一下得到了牠的眞正的領土，牠要是完全是創造的，要有牠的體裁，牠的文字，文學史上的事實可以證古人多不「舊」，而我們每每是舊的了，弄得牛頭不對馬嘴，一座荒貨攤。糟蹋了新詩這顆好種子且不説，看著古人一代一代的創造的成績，我們眞好自己是奴才哩。或者這個奴才又站在西方聖人之前。

然而最要緊的自然還是生命，生命的洪水自然會衝破一切，而水也自然要流成河流。我因爲不會做詩，而眞眞的是愛牠，不由己的亂説一陣，實在沒有説得好。如果是我一時發了狂，那不久我也一定知道，天下詩人幸莫怪我。　三月五日〔註175〕

抄到這裏，《籠》的原詩也還是抄在下面爲好，省得好奇的讀者再費力查找原書。

> 我把我自己鎖了起來，
>
> 僥幸我的愛情是最結實的了。
>
> 我聽得樹上的鳥兒叫得怪好聽，
>
> 原來這是獵人裝就的一隻籠呵。
>
> 我要飛出去我已經是個奴隸，
>
> 我再哭也不肯哭了。
>
> 關死了我我不要緊，
>
> 可憐我身上還背了一個愛情呵。

九

劉半農《教我如何不想她》（一九二〇）

〔註175〕王風編《廢名集》第三卷，北京大學出版社 2009 年版，第 1499～1500 頁。原文未分段，係引者所分。

天上飄著些微雲，

地上吹著些微風。

啊！微風吹動了我的頭髮，

教我如何不想她？

月光戀愛著海洋，

海洋戀愛著月光。

啊！這般蜜也似的銀夜，

教我如何不想她？

水面落花慢慢流，

水底魚兒慢慢游。

啊！燕子你說些什麼話？

教我如何不想她？

枯樹在冷風裏搖，

野火在暮色中燒。

啊！西天還有些殘霞，

教我如何不想她？

劉半農曾說，「作詩本意只須將思想中最眞的一點，用自然音響、節奏寫將出來便算了事，便算極好。」這話，是說到了家了。

魯迅一九三五年九月信札中提出對新詩的看法是，「詩須有形式，要易記，易懂，易唱，動聽，但格式不要太嚴。要有韻，但不必依舊詩韻，只要順口就好。」〔註176〕

依魯迅的標準，《教我如何不想她》大體具備。此外，每四句爲一節，相當於近體詩的首聯和頷聯，每節尾句的這七個字，仄仄平平仄仄平，是七律中最常用的一種句式。四節共用一個結句，《詩經》和民歌中尤爲常見。「要有韻，但不必依舊詩韻，只要順口就好」這韻，可以很嚴格，也可以是寬韻。

〔註176〕《致蔡斐君》，《魯迅書信集》下卷，人民文學出版社 1976 年版，第 883 頁。

十

穆旦的詩《冬》（節選）：

　　我愛在淡淡的太陽短命的日子，

　　臨窗把喜愛的工作靜靜做完；

　　才到下午四點，便又冷又昏黃，

　　我將用一杯酒灌漑我的心田。

　　人生本來是一個嚴酷的冬天。

　　我愛在枯草的山坡，死寂的原野，

　　獨自憑弔已埋葬的火熱的一年，

　　看著冰凍的小河還在冰下面流，

　　不知低語著什麼，只是聽不見。

　　人生本來是一個嚴酷的冬天。

　　我愛在冬晚圍著溫暖的爐火，

　　和兩三昔日的好友會心閒談，

　　聽著北風吹得門窗沙沙地響，

　　而我們回憶著快樂無憂的往年。

　　人生本來是一個嚴酷的冬天。

　　我愛在雪花飄飛的不眠之夜，

　　把已死去或尚存的親人珍念，

　　當茫茫的白雪鋪下遺忘的世界，

　　我願意感情的激流溢於心間，

　　人生本來是一個嚴酷的冬天。〔註177〕

─────────────

〔註177〕《詩刊》1980 年第 2 期。《穆旦詩全集》收錄的是另一版本，參見李方編《穆旦
　　　　詩全集》，中國文學出版社 1995 年版，第 362～363 頁。《蛇的誘惑》收錄的也是
　　　　另一版本，參見曹元勇編《蛇的誘惑》，珠海出版社 1999 年版，第 162～163 頁。
　　　　差別主要在每節的最後一句。

這首長詩發表於一九八○年《詩刊》第二期，據作者手稿收入詩集時有改動。此詩作於一九七六年十二月，詩人五十八歲，兩個月之後，因心臟病發辭世。一九七七年一月三日寫給朋友的信中，穆旦說，「同信附一詩是我寫的，請看後扔掉，勿傳給別人看。我對於秋冬特別有好感，不知你在這種季節下寫了什麼沒有？」〔註178〕這裏指的可能是《冬》。

全詩四段，六十四行，相當於杜甫《秋興》八首的篇幅，上面選錄的是該詩的首段。王佐良稱「它的情調是哀歌式的」，十年浩劫，換來的不過是「人生本來是一個嚴酷的冬天」。以季節的自然形態，寄寓主觀的情懷，乃是中國詩的舊途，詩人在信中說，「不知你愛秋天和冬天不？這是我最愛的兩個季節。它們體現著收穫、衰亡，沉靜之感，適於在此時給春夏的蓬勃生命做總結。」〔註179〕

在新詩人中，穆旦向以對形式和技巧的追求著稱，景語情語的融合，此詩的後三段明顯不如第一段，情緒未盡，而意象超支，不僅措語難工，且心有餘悸，似可作未成品看待。

《聽說我老了》是一首完整的藝術品。

詩歌是穆旦一生重於泰山的事業，以他的稟賦才情，應寫出更多更好的詩，「文革」的厲害，還不在於它作為政治風暴引發的系列變動，製造的人間悲劇，它幾乎摧毀了成年詩人對於詩的信念，這是最可怕的。與杜甫《秋興》八首相比，穆旦的《冬》剛剛起了一個頭，便匆匆煞了尾。杜甫窮愁潦倒，歷經戰亂敗亡，未見得比二十世紀輕少，國家不幸詩家幸，杜詩是唐朝的靈魂，二十世紀中國究竟發生了什麼，讓它的詩人失魂落魄至於此——「不知哪個世界才是他的家鄉」。

穆旦此詩，另有一個遺憾。本書引本是穆旦原稿和《詩刊》一九八○年第二期發表時的原貌，但這一版本卻不易被讀者讀到。易見的此詩主要出自三書，杜運燮編《穆旦詩選》，李方編《穆旦詩全集》，曹元勇編《蛇的誘惑》，此三書所收《冬》，皆出自於杜運燮，在他的建議下穆旦修改了本詩的第一段，即每節的末一行疊句「人生本來是一個嚴酷的冬天」，分別修改為（一）多麼快，人生已到嚴酷的冬天。（二）呵，生命也跳動在嚴酷的冬天。（三）人生的樂趣也在嚴酷的冬天。（四）來溫暖人生的這嚴酷的冬天。這修訂稿出自於

〔註178〕穆旦《致郭保衛的信》，曹元勇編《蛇的誘惑》，珠海出版社 1997 年版，第 259 頁。

〔註179〕同上，第 224 頁。

詩人自己之手，卻是由於杜運燮批評作者的疊句「太悲觀」而作出的更改，並非作者的初衷。

巫寧坤認爲，「他這是忍痛割愛，因爲他接著又說：『若無疊句，我覺全詩更俗氣了。』爲什麼呢？他又一針見血地指出，『這是葉慈的寫法，一堆平凡的詩句，結尾一句畫龍點睛使前面的散文活躍爲詩。』」他說，「若是穆旦活到一九八六年，親自編選《穆旦詩選》，他會採用砍掉疊句的更『俗氣』的『訂正』稿呢，還是採用有『畫龍點睛』的疊句的原稿呢？」〔註180〕可惜沒有編者採納巫寧坤的意見，亦即穆旦的原稿。

<h2 style="text-align:center">十一</h2>

有人認爲海子的不少詩不夠成熟，「他寫的《祖國，或以夢爲馬》……充滿了假的『慷慨激昂』（Pathos）」〔註181〕。

我們來看海子的另一首詩《熟了麥子》：

> 那一年
> 蘭州一帶的新麥
> 熟了
>
> 在水面上
> 混了三十多年的父親
> 回家來
>
> 坐著羊皮筏子
> 回家來了
>
> 有人背著糧食
> 夜裏推門進來

〔註180〕轉引自陳伯良《穆旦傳》，世界知識出版社 2006 年版，第 189～190 頁。

〔註181〕馬鈴薯兄弟《詩人更需要對語言的責任——顧彬訪談錄》，《新詩評論》2009 年第 2 輯，北京大學出版社，第 214 頁。

油燈下
認清是三叔

老哥倆
一宵無言

只有水烟鍋
咕嚕咕嚕

誰的心思也是
半尺厚的黃土
熟了麥子呀！〔註182〕

這首詩發表於《人民文學》一九八九年第六期，詩題作《麥子熟了》，詩的正文
與上文也有相當的差距：

那一年　蘭州一帶的新麥
熟了

在回家的路上
在水面上混了三十多年的父親還家了

坐著羊皮筏子
回家來了

有人背著糧食
夜裏推門進來

〔註182〕西川編《海子的詩》，人民文學出版社 1995 年版，第 12～13 頁。西川編《海子詩
　　　　全編》與《海子的詩》收錄此詩一字不差，均注明 1985 年 1 月 20 日所寫。

燈前

認清是三叔

老哥倆

一宵無言

半尺厚的黃土

麥子熟了〔註183〕

兩種文本的優劣是明顯的。其一，全編版本共八節，第一、二、八節各三行，其餘的五節兩行，凌亂不堪。雜誌版本共七節，每節二行，整齊悅目。其二，雜誌本的第四行是十七字組成的長句，與其他句子拉開了距離，更爲醒目，用「還家」與下行的「回家」略有差別，避免重複。其三，「燈前」比「油燈下」簡短，也更上口，鄧程在引用該詩時，第十二行「一宵無言」誤作「一宿無言」，以本書之見，「宵」若能改爲「宿」字要好得多。「宵」不如「宿」是聲音的差別，一平聲，一仄聲。其四，雜誌本結尾要好，全編本的結尾是敗筆，議論和感歎，屬畫蛇添足，「誰的心思也是」這樣的句子，頗爲幼稚。

鄧程評論說（他引的是雜誌本，有誤），「全詩厚重，渾成，語言老練、乾淨，而此處的『糧食』，『麥子』沒有象徵的意味。結尾，『半尺厚的黃土／麥子熟了』顏色搭配醒目，尤其扣人心弦。」〔註184〕他認爲《詢問》《答覆》《重建家園》等詩的麥地意象「表面上增加了麥地的內涵，實際上削弱了意象的具體性和豐富性」，本書同意他的判斷。

<h2 style="text-align:center">十二</h2>

顧城《佛語》：

我窮

沒有一個地方，可以痛哭

〔註183〕海子《麥地與詩人》，《人民文學》1989 年第 6 期。此標題下刊發海子短詩八首。1991 年南京出版社出版的由周俊、張維編《海子、駱一禾作品集》收錄這首作品時採用的是《人民文學》的版本。

〔註184〕鄧程《論新詩的出路》，中國社會科學出版社 2004 年版，第 222 頁。

　　　　我的職業固定的

　　　　固定地坐

　　　　坐一千年

　　　　來學習那種最富有的笑容

　　　　還要微妙地伸出手去

　　　　好像把什麼交給了人類

　　　　我不能知道能給什麼

　　　　甚至也不想得到什麼

　　　　我只想保存自己的淚水

　　　　保存到工作結束

　　　　深綠色的檀香全都枯萎

　　　　乾燥的紅星星

　　　　全都脫落〔註185〕

　顧城《我坐在天堂的臺階上》：

　　　　我坐在天堂的臺階上

　　　　我想吃點鹽

　　　　你想吃什麼，上帝

　　　　你是哪國人

　　　　天藍色的鬍子

　　　　你想表演雜技

　　　　我寫過詩

　　　　有罪

　　　　所以坐在這

〔註185〕顧工編《顧城詩全編》，上海三聯書店 1995 年版，第 576～577 頁。

坐吧，別可惜你的褲子

下邊還是人間
到那邊去看，有欄杆

春天在過馬路
領著一群小黃花在過馬路
剛下過雨
樹在發黴
有蘑菇，也有尼姑〔註186〕

佛和上帝，是外來文化中最龐大的事物了，但國人於他們的理解，不能不受制於漢語自身，佛和上帝，先得是漢語中的兩個詞，三個漢字。

顧城此兩首詩，與其說代表顧城本人對於西方二聖的看法，不如說那是漢語於外來神聖的固有態度和本原眼光。一切打量者，不得不面臨被打量的處境。

顧城是當代罕見的詩人。他認為自己「是在一片既沒有東方文化傳統又沒有西方文化世界營養的這樣一個情況下，這樣一個人類文化史上從來沒有過的文化空白中間，開始寫我的詩歌的」。他天性具有詩人的觀察力和感受力，「我想每個人來到這個世界上成為男人和女人之前，都作為河水、飛鳥，都做為千千萬萬種光芒生活過。當你有了眼睛看到世界，聞到春天的氣味，這記憶就會在你生命中醒來，使你穿越出生和死亡的墙壁，穿越語言，再現自身。」這話說得清晰，只有目光如炬者看得真切，講的分明。顧城和中國文化之間，具有天然的神秘聯繫，這使他的詩洋溢著中國人對於萬物和生命的感受。

顧城說，「對於我來說，我們古代的詩人就如同我的一個過去的兄弟，我們是從同一塊雲上落下的雨滴。不同的只是有的在兩千五百年前就落下來了，有的晚一些。有的落在大海中間，有的落在樹葉中間，有的落在沙漠裏。我有些不幸，落在一片沙漠中間。但是在我降落的時候，我依舊能夠想起，

〔註186〕顧工編《顧城詩全編》，上海三聯書店 1995 年版，第 563～564 頁。

我和他們在一起時的生活。」〔註187〕

「另一方面，我又是被扭斷傳統的小孩，在荒地上長大，我不能放棄快樂和任性。」一切的外來影響，須先進入漢語當中，被語言接納之後，才能因漢語而進入國人的心裏，顧城認為，「這是一種天然對立的心態，你既不能存在，又不能不存在。我潛入自我意識，想判明自身，但每次忽然升起的光明，都把我帶入更深的黑暗，這種悖論嚴酷地體現在文字上。詩人的對象是文字，敵人也是文字。中國文字非常久遠，如玉如天，它要你服從它，而不是它服從你。我感到沒有辦法，感到一些事兒不對。『我努力著／好像只是為了拉緊繩索』，各種文化事物有聲有色地在我身上重演，我變成了燈光舞臺。」〔註188〕在新詩人中，懂得跟意義周旋的人不多，懂得在稱謂上流連的人不多。「茶盤問花，你是茶壺嗎？我想。花說：不對。茶盤說，噢，我知道了，你是茶杯。」〔註189〕茶盤詩人們，多半是這樣寫詩的，顧城在這裏的戲仿，將時下詩人們的主觀性和一廂情願式的思維模式揭露出來，幽默風趣。

為了徹底從詩裏放逐「意義」，顧城寫下了《滴的裏滴》，作者曾解釋過這首由七個短章構成的詩：「滴的裏滴，這不能算語言，就是這麼個聲音。它是個魔鬼的精靈，它被裝到一個瓶子裏了，它想出來，就跟孫悟空想從鑔裏跑出來一樣，他一會兒放大自己，一會兒縮小自己，在這個過程中呢，語言和現實的場景都給破壞了。這個掙扎一直掙扎到疲倦：『滴──』這個聲音疲倦的時候呢，希望也就放棄了：這時忽然呢，他知道了這個掙扎本身就是世界的一部分，而他呢，其實不必掙扎，因為他跟這個世界原來是沒有關係的──他就沒有在那個瓶子裏。」

「真正在夢裏聽到這個聲音：『整個下午都是風季／你是水池中唯一躍出的水滴／一滴』這時候這個『滴的裏滴』在這句話之下，一下子就安靜下來，成為了一滴水，它找到了自己的形式，魂也就附體了，從而也就一下安寧了下來。」

「這時候世界便遠離了，原來那不可征服的，跟你攪作一團的亂七八糟的

〔註187〕《我們是同一塊雲朵落下的雨滴──1993年2月23日於西班牙講話並答問》，《顧城文選》卷一，北方文藝出版社2005年版，第323頁。

〔註188〕同上，第922頁。

〔註189〕顧城《茶盤問花》，顧工編《顧城詩全編》，上海三聯書店1995年版，第763～764頁。

世界中的觀念都脫開了你，變成了什麼呢？——盤子講話：盤子盤子盤子——我就聽見國家還在那講話：國家國家國家；藝術講著藝術，詩人喋喋不休著詩人，市場嘮叨著市場，都是一樣，而你呢，是水池中唯一躍出的水滴，你舒一口氣——你並不在裏邊，——門開著，門在輕輕搖晃——你仍然面臨著未知。」〔註190〕

顧城沒有說他的七章對應於《聖經·創世紀》中的七日，他或許不想賦予一首詩任何意義，可還是禁不住透露了他於那使一切意義成爲可能的開端之處的興趣，誰若讀懂了這首幾乎是無法閱讀的詩，或許有望成爲「水池中唯一躍出的水滴」。

顧城也因寫下這首詩而能夠任性地說，我走到了詩歌的盡頭。比他年輕的詩人海子也說過類似的話，「我走到了人類的盡頭」，在反覆的述說中，兩個年輕的生命，一前一後，以極端殘暴的方式，毀滅了自身，以及活在他們身上的漢語詩歌。

當一隻鳥沿著河岸飛走的時候，我就變成了它的幻影。（顧城）

十三

當代對於新詩的認識和理解，有待於得到未來的詩人和詩作的驗證，我們和漢語一起期待著。

迄今爲止，當代漢語新詩尚未形成公認的、可以傳授的「法度」，這是新詩尚不成熟的一個標誌。只有以「法度」爲標準，我們才能看到：那些標榜自己是「自然流露」的作品，不過是在偷懶，它們迴避了嚴格性的考驗，通過訴諸「感動」來自欺欺人（在詩的諸多技巧中，製造「感動」的技巧是最容易學的——大眾的感情可以方便地被三流詩人如同被政客利用）；而許多自以爲「技術高明」的作品，其實也缺少真正的嚴格性，因爲它們不是在工作，使機智服務於一種客觀性的要求，而只是在遊戲（在這個詞的普通意義上），使詩服務於展示自身的主觀性和智力。

技藝是對詩人真誠性的考驗。

〔註190〕《與光同往者永駐——1992 年答德電臺華語記者問》，《顧城文選》卷一，北方文藝出版社 2005 年版，第 222 頁。

　　在度過磨練技藝的學徒期後，最終是詩歌中包含的經驗的活力、純度和深度決定了詩歌品質的高下。

　　對瞬間和事件這兩個層次經驗的書寫練習是詩人每日的必修課。

　　書寫暴力說到底就是在進行解剖。但是毫無顧忌就是惡，因為它不知道節制。更重要的是，毫無顧忌也未必就能得到事情的全部真實，那種最根本的真實恰恰是要在對看的欲望（看本身就是一種欲望）的克制中才能為人所獲。那是一種傾聽，一種由傾聽而來的訴說，亦即傾訴。與我們的靈魂靠得最近的真實是隱藏的，它們拒絕顯露給自以為是的智性和意志。〔註191〕

詩人顧城說得更直截了當，「我反對使用語言」，「人有什麼樣的目的就有什麼樣的邏輯，你一定要寫一首詩的時候你才面對語言。」語言是在你真正想要寫一首詩的時候，才到來的，它只對少數個人現形，它無聲無息地秘密地降落在詩人的無形的機場上。

　　我相信冥冥的震動產生萬物的聲音，只要在產生的一剎那是合適的，它就必有非如此不可的奧妙。〔註192〕

〔註191〕一行《詞的倫理》，上海書店出版社 2007 年版，第 8、78、90 頁。

〔註192〕顧城《睡眠是條大河》，江蘇文藝出版社 2012 年版，第 151 頁。

第五章　漢語文脈的斷與續

第一節　漢字與文言

　　漢字是獨一無二的文字系統，從甲骨文算起，距今至少有四千年的歷史。在公元十五世紀之前，用漢字書寫、記錄和印刷的文獻，比世界上用其他一切文字留下的文獻總和要多。日本、朝鮮、越南曾借用漢字記錄他們的語言，形成漢字文化圈。二十世紀初，在西方拼音文字的對照之下，被目爲落後，稱之爲方塊字，與周邊國家的「去漢字化」浪潮相呼應，國內試圖將漢語拼音化，廢除漢字。究其實，不過是打字和排版、發電報、編製索引、查字典等方面的不便，教與學、認和寫上的所謂「困難」，加之一些人認定漢語漢字天然缺乏嚴密的邏輯，不利於科學觀念的傳播，不擅長表達高深的思想和複雜的情感。

　　二十世紀七十年代出土的公元前三世紀的秦始皇兵馬俑，擁有七千眞人大小的陶製武士，在技術落後的時代能夠製造出來，在一名德國漢學家看來，是因爲國人發明了以標準化的零件組裝物品的生產體系。零件大量預製，且以不同的組合方式迅速裝配在一起，從而以有限的常備構件創造出變化無窮的單元。中國人那麼早有零件組裝的思路，是長期書寫漢字的緣故。雷德侯認爲，「漢字可以說是人類在前現代發明的最複雜的形式系統，而且也是模件

體系的完善典範。漢字的五萬個單字全部通過選擇並組合少數模件構成，而這些模件則出自相對而言並不算龐雜的兩百多個偏旁部首。」〔註1〕

　　既然以「言文一致」爲目標，白話文運動注定了不會止於廢除文言，還要進一步廢除漢字，如今拼音化進程停了下來，漢字是保住了，但實際上今日的漢字，已非昔日的漢字，時下受過高等教育的人包括作家，也未必能夠把漢字當作漢字來認識。今日奢談文化復興者眾，殊不知文化復興的前提是文字之復興。

　　一九五三年編輯出版的《新華字典》，收錄約萬餘常用漢字，解釋了三千五百個複音詞，「主要供中小學教師和學生使用」，「中等文化程度以上的讀者」也可參考，是一部小型語文工具書。它的特點，就是差不多將文言剔除乾淨，好像歷史上從來不曾有過，事實上，這萬字中的每一字，皆是出身文言文的。一九五六年開始編纂，二十年後完成出版的《現代漢語詞典》，收錄字、詞、詞組、熟語、成語，五萬六千餘條，是一部中型語文工具書，「供中等以上文化程度的讀者使用」，在對文言的區分和摒棄上，執行的政策和標準與《新華字典》如出一轍。此兩部發行最廣的語文工具書，猶如一道蜿蜒曲折的長城，將文言文與古代文化盡可能隔絕於長城之外，使生活在現代漢語中的年輕人，不知有漢，無論魏晉。

　　文言白話既有區別又有聯繫，有時直接是書面語和口語的差別，深淺、雅俗，不一而足。選擇的標準，是一些字、詞（或其義項）是否還在使用，這個選擇卻帶有編者濃厚的意識形態色彩，加之社會生活和思想信念上的單一化，持續了數十年之久，爲政治需求而刪去的字詞和義項，比焚書還要厲害。大量不合時宜的字詞義項，這樣無影無蹤了，反過來加劇了白話文語境中的歷史虛無主義傾向。古人修築長城，爲防止游牧民族的襲擾，今人建造壁壘，主動表示與自己的歷史文化盡可能劃清界限。一九七五年出版的《新華字典》，甚至明確表示該字典是「爲一定的階級服務的」，代表了語文工具書政治化的極端，固然不足爲訓，但這種傾向卻是三十年裏持續的和普遍的國家文化政策，即便恢復起來，也非一時可以奏效。「古漢語字典、詞典」的專門化，等於把過去屬於

〔註1〕　〔德〕雷德侯《萬物：中國藝術中的模件化和規模化生產》，張總等譯，生活・讀者・新知三聯書店 2005 年版，第 4 頁。

全體文化人的通識人爲地變成了專門的知識和學問，強令大批公共詞彙和術語，以及與之相關的理解力和感受力，退出大衆生活的視野，成爲一種少數人鑽研的內容。在語言文字修養上的先天不足，難道不是白話文運動的題中之義麼？

汪德邁（L. Vandermeersch）認爲，「漢字系統與蘇美爾和埃及文字的重大區別是，蘇、埃文字僅僅是一種書寫系統，而漢字則兼有書寫系統和眞正的獨立的語言系統的雙重功能。」〔註2〕作爲符號的漢字和作爲語言的漢字，是統一在一起的，假若不能成爲漢語的符號，漢字決不可能沿用至今。對於漢語的研究，自古就集中在漢字上，以音韻、訓詁和文字學的傳統延續下來，二十世紀之後，隨著西方語言學的傳播而大爲改觀。自從索緒爾將文字定義爲語言的書寫符號，確立了語言和文字在語言學研究中的主從關係之後，漢語語言學就從無到有地發達起來，語言學上的眞正建樹可以捫心自問，二十世紀末符號學在西方的興起，漢語符號學亦熱鬧起來，能把乾嘉學派在文字聲韻上的積纍和符號學的現代眼光結合起來的研究似乎還未見到。

索緒爾多處談到符號學，「我們可以設想有一門研究社會生活中的符號生命的科學」，「它將告訴我們符號是由什麼構成的，受什麼規律支配。因爲這門科學還不存在，我們說不出它將會是什麼樣子，但是它有存在的權利，它的地位是預先確定了的。語言學不過是這門一般科學的一部分，將來符號學發現的規律也可以應用於語言學，所以後者將屬於全部人文事實中的一個非常確定的領域。」〔註3〕既然明確把語言學定位在符號學之下，那麼批評他語音中心主義就未必妥當，德里達的《論文字學》，與其說是對索緒爾的反叛，不如說是對索緒爾的繼承。

微雕藝人輕鬆地把一首唐人七律五十六字鐫刻在米粒大的象牙上，並非依賴超常的視力與放大設備。法國漢學家白樂桑認爲，長期書寫漢字，可以培養中國人對於空間的感受能力，一些中國眼科醫生，在儀器遠不如西方的條件下，可以成功地實施某些手術，得益於其空間感受力。白樂桑曾在法國教授學齡前兒童學習漢語，他讓他們練習以聲調區分意義，以此訓練孩子們的聽力。他對

〔註2〕　〔法〕汪德邁《新漢文化圈》，陳彥譯，江西人民出版社 1993 年版。

〔註3〕　〔瑞士〕索緒爾《普通語言學教程》，高名凱譯，商務印書館 1999 年版，第 38 頁。

於漢語和漢字的理解，爲許多國人所不及：

中國文化異質性的「根」在於他的符號文字：它勾畫出意義而不是聲音。組成漢字的符號是借助於圖像而不是字母來書寫的，並且在東亞國家打下了它的烙印。

西方文化和中國文化之間不可忽視的差別在於它們書寫系統本質的不同：讀一個漢字就像辨認一個面孔，然後和一個名字對上號；而讀一個由拼音字母組成的詞，相當於宣布一個名字，這個名字或許會讓人聯想起一個面孔。

漢語和拉丁語、斯拉夫語、阿拉伯語、西伯來語、甚至日語的假名不同，它是惟一不分析語音的文字，它連綴的是個部分意義以及隱晦的謎一樣的部件。

如果從語言背景出發，勾勒中國文化環境的輪廓，我們可以揉出三條主線：意義的尋求、視覺空間的聯繫以及模糊的邏輯。〔註4〕

《周易‧繫辭》云，「上古結繩而治，後世聖人易之以書契，百官以治，萬民以察。」治和察均以書契爲始，此可見文字之重要。所謂語言研究中的「字本位」觀，實指文字研究，也只能是文字研究，與古希臘、古印度和古代阿拉伯的語言學傳統及其研究根本不同，這是必須申說明了的，否則錯謬不止、夾纏不清。

《荀子》的《正名篇》，大概是今日所知漢語文獻中最早討論語言文字的文章。秦一統天下，研究文字的專著開始問世。《爾雅》《方言》《說文解字》《釋名》先後誕生，文字學和訓詁學的建立，順理成章。圍繞漢字的形音義，尤其形和義的研究，非常發達。公元一二一年許慎的《說文解字》，可視爲中國最早的字典，也是世界上最早的字典之一。收錄九千三百五十三個漢字，以偏旁歸納爲五百四十個部首。部首的排列「始一終亥」，受到漢代陰陽五行家觀念的影響，認爲「萬物生於一，終於亥」。爲了講明字形，每字皆用小篆書寫，其編寫體例爲先講字義再談字形，附說字形與字義、字形與字音間的關係。唐李陽冰自以爲李斯之後最懂篆字者，對《說文解字》妄加修改，使後人無法恢復其本

〔註4〕〔法〕白樂桑《再見了，中國：我的70印迹》，東方出版社2007年版，第103～104頁。

來面目。今天看來，《說文解字》的不足在於對漢字的歷時性重視不夠，把字平鋪在共時的平面上，以六書的條例分析，有時不免附會。每一漢字要尋求它的演變過程，需有地下出土器物銘文作證據與線索，許慎的缺陷清末孫詒讓有所補救，甲骨文適時被發現，為孫詒讓的研究提供了難得的材料，探索文字縱向歷史蹤迹的研究方法，引入對《說文解字》的闡釋。

漢語獨特的言文關係，使它發展出兩種書面語系統——文言和白話。其中尤能體現漢字本性的，乃是文言——可以說，漢字實為文言而創生。

漢字與拼音文字的不同，正在逐步得到認識。漢字是自源性的表意文字，以語義為核心，重視覺，它與意義之間的聯繫建立在字形上，因此，它本身就是符號，而不是「符號的符號」，因此有人把以漢字為載體的中國文化概括為「重文輕言」。徐通鏘認為，漢語和西方語言的根本區別，在於各自的基礎單位及其編碼規則不同，印歐語系的「碼」是約定性的「詞」（word），漢語的「碼」是有理據的形音義三位一體的「字」〔註5〕。西方語言可稱為「音本位」，漢語則是「字本位」。

正因如此，歐洲從拉丁文分化創生各自的民族語言，具有必然性，可以說，從採用腓尼基字母拼寫自身的語言起，歐洲語言就注定了要走上分化。自空間上說，五百公里以外，語言不同，文字既然隨語言變，自然亦不同；從時間上講，五百年前後，語言、文字差別亦極大。英、法、德、意，各有其語，今天的英國學生閱讀莎士比亞困難，根源於此。

漢字是獨立的符號系統，從開始就不專是口語語音的記錄。漢字書面語——文言，也不是口語的記錄，所以獨立於任何方言之外並以此而歷數千年，不曾亦不會發生大的變化。真正具有漢語閱讀能力的人，讀《莊子》《史記》從道理上應沒有障礙。

漢字不以表音而以表意為基本取向，文言不記錄口語，漢字與文言是般配的，或說漢字天然具有文言化的傾向，適合成為文言文的載體，文言文在中國能夠高度發達並無窮地精緻化的原因在此，並不是什麼歷代復古主義思潮使然，亦不是文人「普遍保守」可以解釋。汪曾祺舉過《老殘遊記》的例子：「一路秋山紅葉，老圃黃花，不覺到了濟南地界」，這是文言，還是白話？

〔註5〕　徐通鏘《語言論》，東北師範大學出版社 1998 年版，第 33 頁。

他說，「只要我們說的是中國話，恐怕就擺脫不了一定的文言的句子。」此乃識者之言。文言力求簡潔，刻寫之難，是今人須爲古人設想的原因之一，阮元《文言說》云：「古人無筆硯紙墨之便，往往鑄金刻石，始傳之遠；其著之簡策傳事者，亦有漆書刀削之勞，非如今人下筆千言，言事甚易也。」「古人以簡策傳事者少，以口舌傳事者多，以目治事者少，以口耳治事者多。故同爲一言，轉相告語，必有愆誤，是必寡其詞，協其音，以文其言，使人易於記誦，無能增改，且無方言俗語雜於其間，始能達意，始能行遠。」〔註6〕這是十分眞切的。中國社會自古注重以目治事，輕視口耳之學，上智下愚，上行下效，與金字塔式的社會結構是配套的，天不變，道亦不變。

迄至近代，天崩地解而神州陸沉，爲有史以來所未見，在社會秩序的大解體中，白話文驟爾被人爲地抬至高位。漢字雖被簡化得盡失尊嚴、美感和斯文，最終還是渡過難關，只要「字」被保留下來，漢字本身的文言化「基因」仍會悄然發揮作用，潤物無聲。從較長的歷史時段觀察，只要教育普及，文化發達，書面語一定程度的文言化是必然、亦是顯然的。使用漢字，不大可能脫盡其歷史影響，差別只在自覺與未覺，有意識與無意識。硬以白話反對文言，無異操斧伐柯，買櫝還珠。章太炎云，「今通行之白話中，鄙語固多，古語亦不少，以十分分之，常語占其五，鄙語、古語復各占其半。古書中不常用之字，反存於白話，此事邊方爲多，而通都大邑，亦非全無古語。」此乃醒察之言。又說，「要之，白話中藏古語甚多，如小學不通，白話如何能好？」〔註7〕他認爲作白話比作文言要困難得多，須定統系，明格律，識字有過於昌黎者，才能寫得「正」，否則「動筆即錯」。這「動筆即錯」一句，誠說盡今日泱泱白話文的通病：「余謂須有顏氏（之推）祖孫之學，方可信筆作白話文。余自揣小學之功，尚未及顏氏祖孫，故不敢貿然爲之，今有人誤讀『爲絺爲綌』作『爲希爲谷』，而悍然敢提倡白話文者，蓋亦忘其顏之厚矣。」以太炎先生的小學修養，尚不認爲自己有資格作白話文，這是對漢語眞誠嚴謹的態度。

由於西方語言觀念造成的錯會與誤導，人們至今認爲「文言的形成歷程可以說是書面語逐漸脫離口語的歷程」，並且判斷「周秦時代書面語和口語基本上

〔註6〕 郭紹虞主編《中國歷代文論選》第三卷，上海古籍出版社 1980 年版，第 586 頁。

〔註7〕 張昭軍編《章太炎講國學》，東方出版社 2007 年版，第 136～138 頁。

是一致的」。〔註8〕這至少是事實不足、證據不清。《左傳》《論語》《孟子》《老子》《莊子》《韓非子》等著述的出現，正是文言作爲漢語最早的書面語系統——文言臻於成熟的標誌。這些著作中的文字，不是口語的記錄。《論語》雖爲語錄體，卻非孔子言論的筆錄，與同代其他非語錄體著作在文字上的一致，明證其非口語。

自漢以降，書面語的寫作，首先是對前代書面語典範作品的學習和模仿。說成是復古風氣，實爲今人的無知。臨池弄筆，必以臨摹碑帖起步，吟詩填詞，首當熟讀唐宋名家。漢語發展史上，語法、修辭、邏輯從未單獨列爲一科，在體會那些世代相傳的典範作品中，同時學會了一切。

郭錫良認爲，「口語和書面語是一種語言的兩種變體，兩者當然有自己的特點，有某些差異。差異產生的根本原因是，口語是通過口耳相傳的耳治語言，往往是隨口而出；書面語是讓人閱讀的目治的語言，往往是經過認眞思考才寫出來的。」「總體來看，兩者的關係只是加工和未加工的區別，就語言系統來說，應該是一致的。其差異主要是修辭表達、言語風格方面的，是屬於語言系統以外的東西。」〔註9〕

五四人相信甚至迷信進化論，認爲漢字長期停滯於表意階段，不能發展出拼音字母，是落後的表現。這種認識是把西方語言的演進過程錯爲一切語言的普遍規律了。愛切生認爲，「並無迹象可以說明有語言進化這回事」，「語言跟潮汐一樣漲漲落落，就我們所知，它既不進化，也不退化。破壞性的傾向和修補性的傾向相互競爭，沒有一種會完全勝利或失敗，於是形成一種不斷對峙的狀態。」他引用葉斯帕森的話說，「能用最少的手段完成最多的任務這種技藝方面做得越好，這種語言的級別也越高。換句話說，也就是能用最簡單的辦法來表達最大量的意思的語言是最高級的語言」。〔註10〕

文言正是這樣的語言：言簡意賅。文言超越地域方言，也超越朝代，是眞正意義上的「立言」，文言一旦成爲文本，不再被時間侵蝕，也不受空間阻隔，進入近乎恒定的狀態。有人說，人類各語種的平均壽命約五百年，漢語

〔註8〕 徐時儀《漢語白話發展史》，北京大學出版社 2007 年版，第 7～8 頁。

〔註9〕 徐時儀《漢語白話發展史》，北京大學出版社 2007 年版，第 10 頁。

〔註10〕 〔美〕愛切生《語言的變化：進步還是退步》，語文出版社 1997 年版，第 281～282頁。

文言，三千載一夕矣。一字一句讀古文，字義字形，明晰而穩固，似可以觸摸永恒本身，優美的文言經得起一讀再讀，代代傳誦，而經典之謂，意指反覆閱讀的必要。漢語語境的核心部分由文言經典構成，文章同時即是文獻。常年浸淫其中，極有利於寫作。著述，歷來被稱為名山事業，因漢語寫作本身，下筆即意味著永久流傳與反覆誦讀，沒有文言，不能想像《世說新語》《昭明文選》《聊齋誌異》，也同樣不能設想《紅樓夢》與《儒林外史》。

林紓與白話文運動諸賢的分歧，並不在顯揚白話，而是在是否需要打倒文言上。文言從來不是白話的對立面，毋寧說它是白話的高級階段。

張中行從個人學習文言白話的感受出發認為，「文言和現代漢語有傳承關係。這種關係很微妙，你說是截然兩種嗎？不對；你說不是兩種嗎？也不對。勉強說，是藕斷絲連，異中有同，同中有異。異中有同顯示易學的一面，就是說，可以以今度古，望文生義；同中有異顯示難學的一面，就是說，望文生義，常常會誤解。」〔註11〕

徐時儀的觀點是，「文言與白話作為漢語這同一語言在發展演變過程中的兩種不同表現形態，既有彼此的交融與借鑒吸收，表現為你中有我，我中有你，粗有涯界卻又難以截然劃分，又各循其話語規則而發展」。〔註12〕這裏使用的「話語」規則，不知他在什麼意義上使用這個概念的，是否就是英文 discourse 的對等詞，把文言和白話看作兩種不同的「話語」，實是一種創見，話語理論也許會因為這樣的創見而大為改觀。

中國文化中的大小傳統，亦復如此。四書是文言，科舉考試的教科書，進身仕途的必修課，朱注四書雖不好讀，但不怕困難者代不乏人。四大奇書是白話，地位不高，它的故事不脛而走，老少咸知，其影響力不在四書之下，魯迅說中國社會有三國氣、水滸氣，猶如李卓吾批評士大夫有道學氣與頭巾氣。

西周春秋是貴族社會的黃金時代，從制禮作樂，到禮崩樂壞，完成第一個輪迴，其間文言成立。漢魏六朝，門閥世族強大，藝術渾然天成，王右軍父子乃中國藝術的靈魂。從漢賦到駢文，可說到了文章的極致，外加前四史，後人未可企及。唐以降，科舉制度興起，庶族勢力通過精通文言寫作而加入統治集

〔註11〕張中行《文言津逮》，福建教育出版社 1984 年版，第 2 頁。

〔註12〕徐時儀《漢語白話發展史》，北京大學出版社 2007 年版，第 12 頁。

團，但畢竟是少數，同時白話文發展起來，供多數人騁目寓懷，文化中的大小傳統之分立，與書面語上的文白之分立，大約是同步的。

大傳統的延續主要依靠王權，伴隨頻繁改朝換代，獨尊的王權走向衰落，古文運動，若不能得到科舉制度的響應，斷難延續下來。小傳統卻伴隨經濟的發展，城市的繁榮，市民文化的興盛，得到迅速的成長，而且似乎越來越壯大。白話章回體小說及戲曲文，明代已有人與《史記》《莊子》等量齊觀，大傳統的衰落與民間社會的成長，同步而行。在政權上，宋亡於蒙古，明亡於滿清，是漢族精英政治無可起救的徵象。元末紅巾軍、清末太平天國和義和團，充分顯示了民間勢力日益坐大，而小傳統往往扮演改朝換代的工具，一朝定鼎，以君權爲核心的大傳統的重建是遲早的事。歷史的治亂循環似乎很難打破，兩個傳統時而看似對立，實則相輔相成。

二十世紀，科舉廢除在前，清廷覆亡在後，戊戌變法成爲傳統精英主義政治的天鵝之歌，排滿與革命，遂成一時之風潮。後來的黨派之爭和軍閥混戰，仍可歸結爲兩大勢力：沒落的精英和正在興起的民間勢力。辛亥革命後，三民主義的權威政治沒有能夠建立起來，從封建意識形態向資本主義意識形態的過渡，以失敗而終。階級鬥爭理論，遂成爲中國社會最具解釋力而通俗易懂的大眾哲學，民粹主義的勢力沸反盈天。白話文運動以消滅文言爲旨歸，以白話書面語取代文言的地位，乃是語言文字上的大革命，五四運動反對的是大傳統，在王權垮臺之後，將道統掃地出門，所謂砸孔家店之謂也。小傳統之中本來就深深浸透著封建主義的毒素，共產黨從成立之日起，面對著廣大農民的非無產階級思想，從延安整風到社教運動，收到過改造的效果，甚而取得了不小的成功，但沒有根本上解決這個問題，至少在毛澤東看來沒有。毛澤東的個人權威，如果不借助封建主義君權的殘餘，不可能那麼迅速而順利的建立起來，但他是一個徹底的革命家，所以以文化大革命的方式，對五四運動未能觸擊的小傳統進行攻擊，以政權的力量和意識形態熱情橫掃民間社會，同時使權威主義的政治威風掃地。文言文基本上銷聲匿迹之後，仍然存在著舊道德、舊風俗、舊習慣和舊思想，大小傳統均遭蕩滌，其中的精華不幸淹滅，而相反的成分卻頑強地生存下來。破舊立新後，我們面臨更多的古今中外的糟粕。

漢字仍在使用，文言的根脈卻已斷絕，漢字漢語成爲被任意驅使任意解釋

的臨時性工具，使用者毫不珍惜，不明就裏，不知尊重，不識好歹，得過且過，廢墟瓦礫，所以今天隨處隨時會遭遇語言文字上的尷尬和羞辱。聲音總是太喧鬧、太錯誤、太套路、太粗鄙，人在沉默中，或許曉得語言意味著什麼，不願說話或接話，但又不得不被迫傾聽，不留神聽到的一些話，經常爲漢語言而無地自容。有時想一想那些被錯用的字和詞，又似乎什麼也沒有發生，不過是幾句話，不過一段文字，可這卻又實在是眞正的傷害！

網絡中興起借漢字表方音的狂潮，中學生作文出現這樣的句子：「偶 8 素米女，木油蝦米太遠大的理想，只稀飯睡覺、粗飯，像偶醬紫的荣鳥……」（譯文：我不是美女，沒有什麼遠大的理想，只喜歡睡覺、吃飯，像我這樣的新手……）〔註13〕諸如這類「火星文」的肇因，一是對乏味無趣的白話極度厭倦，一是對話語霸權的搗亂式反叛，在目前語言泥沼的生態中，無意識尋求語言中表音的層面，做出即興發揮。

作家格非說，「對於一部分沉湎於網絡的年輕人來說，不用說方言，即便是標準的普通話本身似乎也成了一種繁瑣的『方言遺存』。他們覺得很有必要發明出一系列更經濟、更簡便、更前衛的符號，對普通話進行某種滲透和改造。這些符號容納了英文、港臺地區的口語、計算機編碼、生僻的古漢語詞彙等等，從而試圖搭建一個新的交流平臺，創建一個新的語言共同體。」〔註14〕

汪德邁的《新漢文化圈》法文版問世於一九八六年，陳彥譯成中文，一九九三年江西人民出版社出版，印了兩千冊，這本具有重要文化價值的著作，他的深思值得我們注意：

> 中國表意文字的文典，無論是碑銘還是史學，無論是經學還是回憶錄，無論是書信還是詩詞，從其性質上來講總是具有意識形態色彩的。瞭解這一點，對於當時還無文字的中國四鄰採納漢字後便受到深深的漢化的事實就不會感到驚訝了。從中國的世界觀看來，由漢字所載乃爲事物的深層意義，隨漢字而完全滲進四鄰民族精神中去的正是這種意義。

> 中國文言文隨著漢代殖民於公元二世紀初傳入越南、朝鮮，又

〔註13〕轉引自潘文國《危機下的中文》，遼寧人民出版社 2008 年版，第 37 頁。

〔註14〕格非《文學的邀約》，清華大學出版社 2010 年版，第 261 頁。

隨朝鮮移民潮流於公元三世紀再傳至日本。在這三個國家，文言文
經過三個世紀才紮下根來。漢字發音隨本國方言的發音體系變化，
於是產生了越南漢語、朝鮮漢語、日本漢語，這些語言除分別按越
語、朝語、日語發音外，其他則同中國漢語完全一樣。這三種發音
不同的漢語，一直到十九世紀末都是這些國家撰擬政治、行政公文
的主要工具，也是最爲高雅的文字表達工具，在長達一千多年的時
間裏，給遙遙領先的差不多在各方面都處於統治地位的漢文化的傳
播提供了一條理想的通道。

作者認爲在消化漢文化上日本第一，朝鮮第二，越南第三。後來的去漢字化浪
潮中，越南走得最遠，朝鮮次之，日本又次之。今天日語詞彙中仍有七至八千
個漢字。他的看法是，

　　日本人認爲，近代意識與科學思想之所以能在日本如此迅速地
傳播，就是因爲有漢字作爲傳播工具，得力於漢字詞義的高度明
晰。在這裏我們從一個爲人所不料的角度又一次發現了漢字語言的
天才的邏輯性。

　　在越南，漢字的棄置確然使其知識階層一下子從各種文化傳統
的束縛中解放出來了。然而，結果並不是整個國家都向先進國家前
進了一大步，而是僅僅給越南知識精英開闢了一條吸收西方文化的
道路，使他們一個一個從其階層中脫穎出來。在法國殖民時代，沒
有任何殖民地像越南一樣產生了如此多的出類拔萃的文化適應人
才，然而這些人才卻是完全脫離其民族土壤的。

把百年來中國的白話文運動和漢語拼音化運動放在漢字文化圈這個語境中看，
或許會更爲分明些。若說日本、朝鮮、越南是從一種外來影響脫離，向另一種
外來影響靠攏的話，國人自己的去漢字化努力則無疑是文化上的自殺行爲。對
於漢字的優長，這位法國人看得清楚：

　　任何認識漢字的讀者即使他沒有受過任何專門訓練而毫無西方
科學技術方面的素養，在第一次遇到大腸杆菌病、熱力學、對數、
無影燈、無抵押、光合成等術語時都可以發現這些術語與寄生蟲學、
物理、數學等的關係。他絕不至於將比利港同一個人混爲一談。對
什麼語言我們可以如此說呢？而且從這類舉不勝舉的例子中，誰會

看不到漢字對普及來自另外世界的知識的雄厚力量呢？〔註15〕

下面這段文字出自法國另一位漢學家白樂桑，他以中文這樣寫道：

> 將來，中國人會成為具有表音和表意兩種文字系統所培養的能
> 力的人，這種建立在中國文化基礎上的文字復興，會在我們剛剛描
> 述過的世界中產生影響，給未來帶來一個嶄新的模式，而我們只能
> 依稀看到它的輪廓。〔註16〕

漢語不僅表意，同時表音，書寫漢字培養了空間感受力，以聲調區分意義的四聲使國人對於音調敏感，國人得到了雙重訓練，或許還有別的，傳統中的這些素質，對於未來可能會更為重要。

第二節　古文運動與科舉

孫中山一生所倡五權憲法，除立法、司法、行政三權借鑒於西洋外，另外增加了考試權和彈劾權，他把自己獨創的五權憲法，作為四十餘年致力於中國革命和研究各國政治得失，「獨自想出來的」「一部大機器」。

在關於五權憲法的演講中，孫先生明確提出，「中國的考試制度，就是世界中最古最好的制度。」

他說起的這個制度，實際是當時臭名昭彰的科舉。科舉在一九〇五年宣布廢除，新的考試制度一時無從建立。那時只見科舉的種種弊端，棄之如弊敝屣，中山先生以政治家的眼光，看到歷史的脈絡和政治的趨向，不為同代人所理解。今天的人們逐漸認識到，所有的政治，必須植根於社會習俗和宗教傳統，不能憑空產生，在孫中山看來，中國的專制時代也是有憲法的，且是三權分立，只不過是不成文憲法。考試權、彈劾權與君權（集立法、司法、行政於一身）的並立，不僅歷代延續而且根深蒂固。科舉考試，向來是國家大事，考試出身，為做官的正途（明代宰輔一百七十餘人中翰林出身者十之有九）；而唐朝的諫議大夫和清朝的御史，是專司彈劾的官吏。由三權到五權，乃是憲政之中國化。

以考試選拔人才，被當作天經地義的事，已深入人心，科舉雖然取消了，

〔註15〕〔法〕汪德邁《新漢文化圈》，陳彥譯，江西人民出版社1993年版，第104頁。

〔註16〕〔法〕白樂桑《再見了，中國：我的70印迹》，東方出版社2007年版，第110頁。

但派往各國的官費留學生，卻是通過考試選拔的，一時不少才俊經由考場登上開往異國他鄉的客輪。國內多種西式學校雨後春筍般建立起來，但前提是入學要經過考試。儘管國家處在戰亂當中，莘莘學子亦可以通過考試尋到求學之所，這大約是那個混亂時代裏相當突出的社會正義的體現。

一九四九年後，最重要的全國性考試莫過於高考了，實行無產階級專政的新政府採取的考試政策並非全民平等，出身剝削階級家庭和有歷史問題的子女，在不同的年份裏獲得的考試權與被錄取權有限而偶然。「文革」開始後，高考被取消，改為由貧下中農推薦，人才選拔制度一時越過唐宋元明清，退至漢代的「舉孝廉」，由此，權力的介入和腐敗的滋生幾乎是必然的。

有考試，就有考題。八股文是科舉時代最通行的一種考試方式，即命題作文，而且只考此一科，題目來自朱注四書，字數在五百左右，不能過七百字，考試時間是一日，黃昏交卷，如若沒有寫完，發蠟燭三枝，燭盡未完成者，就要被扶出場了，這與時下分秒必爭、門數眾多的高考相比，實在是悠閒，相當於語文一科當中的作文。明清兩朝科舉，皆分鄉試（三年一次，於子、卯、午、酉年八月初九、十二日、十五日舉行），會試（三年一次，於丑、辰、未、戌年二月初九、十二日、十五日舉行），和殿試（皇帝親自擔任主考）三級進行。一般是連考三場，每場之間隔兩日休息。入考場搜身，每名考生由一名號軍監視，防止作弊，交卷後，有專人用朱筆謄錄其文，經過彌封、對讀後送主考、同考評閱。每份考卷有八名讀卷官打分，清代的讀卷標識，有圈、尖、點、直、叉（○、△、丶、｜、×）五種，代表五個等級，相當於今天的五級記分法。

科舉制度始於隋，興於唐，盛於明清，延至清末，存在一千三百餘年。唐雖取締以門第取人的九品中正制，但門第觀念依然很深。憑門蔭入士者，不僅得官便易，品級較高，數量也遠多於科舉。科場競爭激烈，存在諸多問題。安史之亂後，唐改革科舉的呼聲漸沸，反對進士科以詩賦取士，批評明經科以章句為學，提出學習經典，應「深達奧旨，通諸家之義」，並實施過考問經義的方法。這項改革，可以視作儒學由專習章句轉變為精通義理，由注重制禮作樂轉向講求道德性理的風氣，日後成為古文運動的先聲。

科舉取士，唐宋分常科和制科兩類。考試內容，則唐宋為帖經、墨義（北宋神宗後以經義代之），策問、詩賦等，自明憲宗成化年間（一四六五～一四八七），始盛行所謂「八股文」。

八股文在正式出現之前，有逐漸演化的過程。一般認為八股源於經義，創自北宋王安石。清劉熙載《藝概·經義概》云：

> 經義試士，自宋神宗始行之。神宗用王安石及中書門下之言定科舉法，使士各專治《易》、《書》、《周禮》、《禮記》一經，兼《論語》、《孟子》，初試本經，次兼經大義，而經義遂為定制。其後元有《四書疑》，明有《四書義》，實則宋制已試《論》、《孟》、《禮記》，《禮記》已統《中庸》、《大學》矣。今之「四書文」，學者或並稱經義。〔註17〕

八股文亦稱「時文」、「制藝」或「制義」。每篇由破題、承題、起講、入手、起股、中股、後股、束股八部分組成。「破題」是用兩句話將題目的意義打開，「承題」是承接破題的意義而說明之。破題論及聖賢諸人須用代字，如堯舜須稱帝，孔子則稱聖人；承題則與此相反，可直呼其名，不再避諱。「起講」為議論的開始，首二字用「意謂」、「若曰」、「以為」、「且夫」、「嘗思」等字開端。「入手」為起講後入手之處。下自「起股」至「束股」是正式議論，以「中股」為全篇重心。在四股中，每股又有兩股排比對偶的文字，合共八股，故名「八股文」。一篇八股文的字數，明初《四書》義每篇二百字以上，《五經》義三百字以上。清順治定為每篇不得超過五百五十字，康熙時增至六百五十字，乾隆四十三年後一律改為七百字為準，「違者不錄」。

八股文注重章法與格調，本是說理的古體散文，與駢體辭賦合流，構成新的文體。這種文體要求以古人的思想口吻，代聖人立言，不得越雷池一步；格式和字數嚴格到近於填寫，不能任意發揮。金克木《八股新論》說道：「八股有特色。一是命題作文。二是對上說話。三是全部代言。四是體式固定。就體式說，又可有四句。一語破的。二水分流。起承轉合。抑揚頓挫。這四句中：一是斷案。二是陰陽對偶。三是結構，也是程序。四是腔調，或說節奏，亦即文氣。《四書》八股，一以貫之。從秦至清，其揆一也。」〔註18〕

因出版《天演論》而名滿天下的嚴復，典雅不讓晚周諸子古文，翻譯英人

〔註17〕 參見褚斌傑《中國古代文體概論》，北京大學出版社 1990 年版，第 473 頁。周作人引此文曾作《時文歎》。

〔註18〕 啟功等《說八股》，中華書局 2000 年版，第 165 頁。

著述，受到桐城派重鎮吳汝綸的稱許，但參加科舉卻屢試不售。章太炎曾批評嚴復的古文有八股氣，在考官看來，可能八股氣還遠遠不足。

乾隆時期，朝廷有奏摺反對八股，稱「今之時文則徒空言而不適於用。且墨卷房行，輾轉鈔襲，膚詞詭說，蔓衍支離，以為苟可以取科第而止，實不足以得人」。顧炎武的態度更為激烈：「八股之害，等於焚書，而敗壞人才，有甚於咸陽之郊所坑者四百六十餘人也。」〔註19〕

批評八股敗壞人才，說八股不足以得人，乃膚淺之見。「八股之道正是為官之道。一切都在『聖旨』裏，盡在上峰的『明鑒萬里』和『明察秋毫』的『洞鑒』之中了，只需要照著講就是。朝廷需要的官就是這樣的人。官依上司旨意，吏照主管官說的話辦成公文，這正是八股的命題作文的軌道。『多磕頭，少說話』，說話必須有分寸，合規格，萬不可出了『聖人之言』的範圍。這是八股妙訣，也是為官之道。」〔註20〕

蒲松齡屢試不第，撰四百餘篇精妙文言短篇小說，可算作科舉制度的副產品。文言是文言，八股是八股。和魯迅一同參加過紹興鄉試的周作人說，他的文言，是向蒲留仙學的。制藝之不足體現蒲氏的文言才分，所以另覓自由的天地，當初，韓柳嘗試以文言作小說的未竟之業，至清代而有《聊齋誌異》出，號稱「異史」遙對《太史公書》。

八股文於文人的傷害如此之大，《儒林外史》以范進中舉的刻畫相回報，吳敬梓並不是一名落榜者，曹雪芹也不是，而《紅樓夢》還是把科舉於士人的傷害，曲折地表達出來了。抨擊科舉，實際是以隱蔽的方式抨擊王權。一八四三年再次科場失意的洪秀全，打碎了塾中供奉的孔子牌位，創立拜上帝會，建立太平天國，以暴力來挑戰王權。

周氏兄弟在紹興參加科舉考試，雙雙落第，之後不久，科舉被廢除，二人

〔註19〕顧炎武《日知錄》，清徐靈胎（徐大椿）作過一首道情俚曲《刺時文》曰：「讀書人，最不齊；爛時文，爛如泥。國家本為求才計，誰知道變作了欺人技。三句承題，兩句破題，擺尾搖頭便道是聖門高弟。可知道三通四史是何等文章，漢祖唐宗是那一朝皇帝？案頭放高頭講章，店裏買新科利器。讀得來肩臂高低，口角噓唏。甘蔗渣兒嚼了又嚼有何滋味？辜負光陰昏迷一世，就教他騙得高官，也是百姓朝廷的晦氣。」

〔註20〕金克木《高鶚的八股文》，《文化卮言》，中國人民大學出版社 2009 年版，第 156 頁。

先後入礦路學堂、水師學堂，繼而相繼考取官費留學日本，開始別立新宗、別求新聲的文章之道。他們從翻譯外國文學作品入手，使用一種與八股大異其趣的文言，走向漢語寫作，成為後起的白話文運動不期而至的最重要的文體家。

中唐德宗、憲宗年間的古文運動與千二百多年後的白話文運動，不無呼在前而應在後的隔世痛感。它的反對駢文，提倡儒學，一如後來的反對古文，提倡新學。韓愈主張文從字順，不平則鳴，也類似胡適的須言之有物，不作無病之呻吟等，連韓愈的道統觀念、力挽狂瀾的使命感，也與胡適「文學的國語──國語的文學」遙相對應。雖說「汲汲於富貴，以救世為事」，但韓愈生不逢時，「孤寒棲遲」，仕途坎坷，文章充滿窮苦愁思和失意憂憤，「文起八代之衰，道濟天下之溺」的美譽，已是身後二百多年的事了。

韓愈作文取法甚廣，《文選》不收的經、子、史，皆為其採擇。韓愈為文強調「氣」，他說，「氣盛則言之短長與聲之高下者皆相宜」，這裏的氣，是自然的語氣，自然的音節，他用散行的文字換掉排偶的句子，任其參差錯落，不求整齊劃一。朱自清說，「他還不能跳出那定體『雅言』的圈子而採用當時的白話；但有意地將當時白話的自然音節引到文裏去，他是第一個人」。〔註21〕明確主張「文以載道」的韓愈，雖然滿腦正統思想，甚至以孟子之後挽狂瀾於既倒者自任，但他的文風卻明顯地離經叛道，或許由於他追求高古奇崛所致。

韓愈留下三百餘篇古文，包括雜著、書信、序文、碑誌等，柳宗元的古文超過四百篇，以論說、傳記、寓言、遊記為主，韓柳的這七百篇古文，繼先秦諸子、兩漢史傳之後，成為漢語散文的第三個高峰。既能議論敘事，又能抒情言景，所謂「沉浸醲鬱，含英咀華」（韓愈語），「漱滌萬物，牢籠百態」（柳宗元語）。連不喜八大家的章太炎也承認，韓柳的文章能「別開生面」：「韓柳二人，最喜造詞，他們是主張詞必己出的。」又道：「韓才氣大，我們沒見他底雕琢氣，柳才氣小，就不能掩飾。」〔註22〕韓柳的成績，是將魏晉以來屬於詩賦的主題──個人的情懷、志向、幽憤──引入散文，創造出富於文學性的新文體。「在唐朝以前，一般習慣於以詩歌體裁抒陳個人對自然界和人世間的感受，但自韓愈及柳宗元開始，用散文形式來表現這些題材的傾向已

〔註21〕朱自清《文學的標準與尺度》，山東文藝出版社2006年版，第31頁。

〔註22〕張昭軍編《章太炎講國學》，東方出版社2007年版，第108頁。

鑄定型——在柳文中更著。」〔註23〕令人驚異的是，韓愈的《毛穎傳》《石鼎聯句詩序》，柳宗元的《宋清傳》《梓人傳》《李赤傳》，以傳記的形式在做小說。難怪《毛穎傳》被人攻擊之時，柳宗元爲它辯護。韓柳並稱，已成習慣，二人之間，差別卻極大。我們不必同意章太炎才大才小的判斷，從思想淵源到才能類型文章風格，兩人適成對照。羅根澤認爲，「唐代古文的有韓柳，猶之先秦儒家的有孟荀。」和韓愈的孔孟正統比起來，柳宗元的歷史批判眼光和理性主義態度，的確更接近荀子，他的《封建論》在二十世紀七十年代儒法路線鬥爭中，被當做法家的言論，因毛澤東的重視而廣爲人知。〔註24〕連他爲屈原的《天問》而寫的《天對》也一時被注釋和出版，得到從未有過的廣泛閱讀。

　　韓愈的影響及身而沒，學生李翺、皇甫湜、沈亞之等之後，古文倏而衰弊。晚唐舉出名字的有劉蛻、孫樵、杜牧三人。韓愈所反對的駢文，始終佔有相當的勢力。初唐以四傑爲代表，盛唐張說、蘇頲，中唐陸贄，晚唐李商隱，直至唐末羅隱、徐鉉，可謂代不乏人。清代錢振倫認爲，唐代駢文「體雖沿乎舊制，才已引其新機，大抵丘壑易尋，而持論較正；枝條稍簡，而骨獨遒」。周作人說，「自韓退之文起八代之衰，化駢爲散之後，駢文似乎已交末運，然而不然：八股文生於宋，至明而少長，至清而大成，實行散文的駢文化，結果造成一種比六朝的駢文還要圓熟的散文詩，眞令人有觀止之歎。」〔註25〕

　　假若沒有歐陽修在韓愈去世二百年之後從舊書簏裏發現「韓集」，給予傳揚，吏部之文能否流傳到今日不得而知。歐陽修贊同韓愈者，乃六經聖賢之道，「修之於身，施之於事，見之於言，」但於韓愈追求的高古奇崛，乃以簡易通達易之。周作人在文章裏一向不留情面地批評韓愈，他說，「我對於韓退之整個的覺得不喜歡，器識文章都無可取，他可以算是古今讀書人的模型，而中國的事情有許多卻就壞在這班讀書人手裏。他們只會做文章，談道統，虛驕頑固，而又鄙陋勢利，雖然不能成大奸雄鬧大亂子，而營營擾擾最是害事。講到韓文，我壓根不能懂得他的好處。」〔註26〕

〔註23〕陳幼石《韓柳歐蘇古文論》，上海文藝出版社 1983 年版，第 83 頁。

〔註24〕毛澤東曾有《讀〈封建論〉呈郭老》詩。

〔註25〕鍾叔河編《周作人文類編》第三卷，湖南文藝出版社 1998 年版，第 116 頁。

〔註26〕鍾叔河編《周作人文類編》第二卷，湖南文藝出版社 1998 年版，第 667 頁。

古文運動，從思想史的角度觀察，是一場儒學復興運動。文以載道，從這「道」中，後世導出宋明理學，惠及明清兩朝。明人茅坤在編修文選時，稱「唐宋八大家」之後，立刻流行起來，使人把唐宋的古文運動，合在一處理解，其實兩者相差很大，章太炎說，「唐文主剛，宋文主柔，極不相同。歐陽和韓，更格格不入。」「三蘇以東坡爲最博，洵、轍不過爾爾。王介甫才高，讀書多，造就也多。曾子固讀書亦多，但所作《樂記》，只以大話籠罩，比《原道》還要空泛。」〔註27〕

南宋之後，文調更爲俗濫，開科舉文之端。明朝的前後七子、歸有光，清朝的桐城派，皆尙八大家，後起的文選派，越八大家直承魏晉文章，乃古文運動的一場反動。他們推崇的駢體文很難寫，從汪中到章太炎，要求作者具有淵深的語言造詣與學問積纍，非一般文士可及，更不消說普通百姓了。

韓愈之後的文章與制藝相結合，成爲正統古文的生產機制，漸生弊端，有些壞文章並非壞在文言，而是不知善待文言，使文言的好處給損毀了。

桐城派的文章，當然非一無可取。劉大魁關於作文的言論很可採納：「文人者，大匠也；神氣、音節者，匠人之能事也；義理、書卷、經濟者，匠人之材料也。」「古人文章，可告人者惟法耳。」「神氣者，文章最精處也；音節者，文之稍粗處也；字句者，文之最粗處也。然論文而至於字句，則文之能事盡矣。」「神氣不可見，以音節見之；音節無可準，以字句準之。」意思是「神氣」終究見於「字句」的功夫。「集字成句，集句成章，集章成篇。合而讀之，音節見矣；歌而詠之，神氣出矣。」〔註28〕這些話，是文章做法的經驗之談。

姚鼐《古文辭類纂》「序目」云，「凡文之體類十三，而所以爲文者八，曰：神、理、氣、味、格、律、聲、色。神、理、氣、味者，文之精也；格、律、聲、色者，文之粗也。然苟捨其粗，則精者亦胡以寓焉。」〔註29〕後兩句，是十分誠實體貼的文章訓誡。對韓愈的文章，一向有所批評的周作人認爲，「和明

〔註27〕張昭軍編《章太炎講國學》，東方出版社2007年版，第109頁。

〔註28〕郭紹虞、羅根澤主編《論文偶記‧初月樓古文緒論‧春覺齋論文》，人民文學出版社1961年版，第4～13頁。

〔註29〕姚鼐《古文辭類纂》，上海古籍出版社1998年版，序目第19頁。姚鼐大概想不到後來蔣湘南用「奴、蠻、丐、吏、魔、醉、夢、喘」八字形容桐城派。

代前後七子的假古董相比，我以爲桐城派倒有可取處的。至少他們的文章比較那些假古董爲通順，有幾篇還帶有些文學意味，而且平淡簡單，含蓄而有餘味，在這些地方，桐城派的文章，有時比唐宋八大家的還好。」

　　義理、考據、辭章，用在白話文寫作，依然有效。有論者認爲，「講究義理就是要求觀點正確，論據充分；講究考據就是要求材料準確；講究辭章，就是要求適合於內容的完美的形式。」〔註30〕這番總結，原不必當作教條的。

　　明清兩代古文大家幾乎沒有不是八股文出身。劉大魁乃雍正副榜，姚鼐是乾隆進士。古文影響到時文，時文又反過來影響古文。這一特點從唐宋以來至桐城派，非常明顯。八大家實際是八股文誕生之前，科擧考試的優勝者所寫的一些內容相當廣泛的文章，經過後人編選，體現了八股文的要求和走向，它是習時文的一個基礎。今天，八股文早已失傳，但八大家在漢語散文史上的地位牢固。明清時代的八大家，已被嚴重地八股化了，差不多成了制藝的教科書，所以在古文寫作上有抱負的人，需另闢蹊徑。蔣子瀟《遊藝錄》卷下有《論近人古文》，其中說：

　　　　八家者唐宋人之文，彼時無今功令文之式樣，故各成一家之法，
　　自明代以八股文爲取士之功令，其熟於八家古文者即以八家之法就
　　功令文之範，於是功令文中鈎提伸縮頓宕諸法往往具八家遺意，傳
　　習既久，千面一孔，有今文無古文矣。豪傑之士欲爲古文，自必力
　　研古書，爭勝負於韓柳歐蘇之外，別闢一徑而後可以成家，如乾隆
　　中汪容甫嘉慶中陳恭甫，皆所謂開徑自行者也。〔註31〕

可見白話文運動之前，古文內部求變革、求新意的意願，未曾稍歇。

　　八股文的出現，有其必然性。從文章的主旨上說，乃是由於王權的惟我獨尊。「作八股文的一個要點是『揣摩』。既要代聖人立言，給孔孟當義務秘書，那就必須揣摩他們說話的用意以至口氣，再用決不出格的另外的語言表達出來，這樣才能博得聖人點頭。這是作文之道，也正是做官之道。」〔註32〕只要

〔註30〕施東向《義理、考據和辭章》，《紅旗》1959 年第 14 期。

〔註31〕轉引自《周作人文類編》第三卷，湖南文藝出版社 1998 年版，第 484 頁。

〔註32〕金克木《高鶚的八股文》，《文化卮言》，中國人民大學出版社 2009 年版，第 157 頁。

王權在，文章多脫不出這個樊籬。

從文章的形式上看，八股文的對仗，來自漢文固有的修辭手段，此其一；八股文的破題技巧，得力於文人中流傳甚廣的「燈謎」訓練，此其二；而八股文對於聲調的講究，則與民間戲曲中對於唱腔的追求，密切相關。這三項，可說皆是從漢語漢字自身特點傳達出來的表現力。周作人說，「八股不但是集合古今駢散的菁華，凡是從漢字的特別性質演出的一切微妙的遊藝也都包括在內，所以我們說它是中國文學的結晶，實在是沒有一絲一毫的虛價。」

「八股是文義輕而聲調重」。〔註33〕此一語道斷玄機。由於漢語的詞語具有很大的彈性，在閱讀的時候區分音句和義句就不是無關輕重的。郭紹虞認為，「我嘗細究中國許多詞語，很難肯定地說某一語詞為單音或複音。我覺得中國語詞的流動性很大，可以為單音同時也可以為複音，隨宜而施，初無一定，這即是我們所謂彈性作用。」〔註34〕在具體的寫作和言語活動中，「盡有語言中的複音詞，待寫入文辭卻可以易為單音；也有本來是單音詞語，而在語言中必須強為湊合使成為複音。」文章的書寫「正能利用這種不協調性而使之協調。利用文字之單音，遂成為文辭上單音步的音節；利用語詞之複音，遂又成為文辭上二音步的音節。單複相合，短長相配，於是文章擲地可作金石聲了」。今時鮮有人會做八股文，但漢語詞彙的彈性作用，卻仍然被說話和寫作所利用，只是不如在八股文當中那樣自覺罷。

周作人說，「因為八股是中國文學史上承先啓後的一個大關鍵，假如想要研究或瞭解本國文學而不先明白八股文這東西，結果將一無所得，既不能通舊傳統之極致，亦遂不能知新的反動的起源。所以，除在文學史大綱上公平地講過之外，在本科二三年應禮聘專家講授八股文，每周至少二小時，定為必修科，凡此課考試不及格者不得畢業。這在我是十二分地誠實的提議。」〔註35〕一位白話文與新文學運動的健將提出這樣「誠實的建議」，我們不能不予留意。

最早將「八股文」名稱泛化的是吳稚暉，他有土八股、洋八股、黨八股之

〔註33〕周作人《論八股文》，《中國新文學的源流》附錄一，華東師範大學出版社1995年版，第66頁。

〔註34〕郭紹虞《語文通論》，開明書店1941年版，第2頁。

〔註35〕周作人《論八股文》，《中國新文學的源流》附錄一，華東師範大學出版社1995年版，第66頁。

論，後又增「幫八股」之名，說來都名實不符。所謂土洋黨幫的各自腔調，有是有的，但哪裏稱得上八股，差得太遠了。八股文是三百多年天下飽學之士刻意雕鑿的這麼一種精粹短文，豈是粗通文墨的「土洋黨幫」之流稍不留神弄出來的呢，倒是當今的作家，倘若用心習染八股的幾把招式，興許文章至少在字面可以簡淨一些。

　　長年的訓練，高度的技巧，短小的篇幅，無我的思想內容，嚴格的形式要求。八股文實乃漢語當中古已有之的所謂零度寫作。同時，對於寫得好的作者，當場給予獎勵，朝爲田舍郎，暮登天子堂，這是延續千年的中國夢，而八股文是夢想成眞的常規途徑，孫中山念念不忘考試權，他是以憲法保護中國人做中國夢的權利。

　　文言內部不是封閉板滯、一成不變的。駢文與散文的不同不和，姑且不論，從八大家到桐城派，明清文章的主流，固然受到制藝的影響，但尚有不少非主流的文章派別，突出者如明朝的公安派、竟陵派，清朝桐城派而外的文章，比如汪中，皆有完全不同的追求。周作人在一九三二年發表的《中國新文學的源流》中，把公安竟陵兩派視作五四新文學的源頭。

　　　　兩次的主張和趨勢，幾乎都很相同。更奇怪的是，有許多作品也都很相似。胡適之，冰心，和徐志摩的作品，很像公安派的，清新透明而味道不甚深厚。好像一個水晶球樣，雖是晶瑩好看，但仔細地看多時就覺得沒有多少意思了。和竟陵派相似的是俞平伯和廢名兩人，他們的作品有時很難懂，而這難懂卻正是他們的好處。同樣用白話寫文章，他們所寫出來的，卻另是一樣，不像透明的水晶球，要看懂必須費些功夫才行。然而更奇怪的是俞平伯和廢名並不讀竟陵派的書籍，他們的相似完全是無意中的巧合。從此，和更可見出明末和現今兩次文學運動的趨向是怎樣的相同了。〔註36〕

周作人說：「明末的文學，是現在這次文學運動的來源，而清朝的文學，則是這次文學運動的原因。」他是指白話文運動作爲清末八股文之反動而起，這是清晰的歷史見解。桐城派經曾國藩中興〔註37〕，文運漸衰，吳汝綸已在尋求革新

〔註36〕周作人《論八股文》，周作人《中國新文學的源流》附錄一，華東師範大學出版社1995年版，第28頁。

〔註37〕劉成禺《世載堂雜憶》，遼寧教育出版社1997年版，第30頁。此書載曾國藩服膺

了，他公然主張青年專讀「西書」，一切中國古籍皆可廢，但要留一部《古文辭類纂》以供習誦。阮元以「文筆之辨」背後攻擊桐城派，以韻偶為文，無韻散行為筆，謂唐宋八家皆筆也，非文也。同時反對理學，從道統與文統兩方面拆桐城派的臺。連曾國藩也承認，「古文之道，無施不可，但不宜說理耳。」

嚴復的《天演論》，甫一發表，產生了巨大的社會反響。林紓的翻譯小說，也風靡學界，正因為有不小的讀者群，他才能一部接一部地譯了百部。蘇曼殊二十七章的《斷鴻零雁記》在《太平洋報》連載，也曾轟動一時，文言在適應新形勢上的潛力，這裏可以見出。典雅的古文，無礙於表達西方的進化論思想，亦能自如地講述歐美的傳奇故事，而蘇曼殊一反當時寫小說皆用通俗白話的習慣，且還不止於此，章回小說重點是情節，曼殊小說則塑造性格，章回小說平鋪直敘，曼殊小說則講究結構，其旖旎之風情，令人耳目一新。

此三項文言翻譯和創作，處於白話文運動的前夜，特別意味深長，是舊瓶新酒的正解。瓶不在新舊，酒已醉人，當其時，廣為流傳，又成為適者（文言）生存（成功）的正解。它們的成功而非失敗，顯示三種文本的寫作難度與普及難度。曹植曰，「有南威之容，乃可以論於淑媛；有龍泉之利，乃可以議於斷割。」文言功底如林紓嚴復蘇曼殊，當得此言。從《世說新語》、唐傳奇，到明清兩朝的筆記體，文言所做小說，皆為短篇，沒有巨製，《斷鴻零雁記》卻是能夠長的。

胡適在《白話文學史》中把白話文學的傳統溯至唐代，以此否定韓愈之後千年不絕的古文正統。從八大家到桐城派，豈能一筆抹煞。白話文運動發起之初，革命的對象是十八妖魔（歸方姚劉加前後七子），這分明向我們透露了底細：文白之爭，表面上是新舊之爭、中西之爭，實則屬於漢語內部正統與非正統之爭，文學脈絡中主流與非主流之爭。胡適之適時利用了士大夫傳統的衰落和民粹主義思潮的興起，又正好趕上科舉制度的瓦解，故白話文運動趁其勢而能速其效，但他非常清楚：白話文若欲成為文章文學的正宗，必須見實績，不然宣布文言乃死語言，徒然口號而已。

五七言詩（律絕）、四六文、八股文，此三種是最具漢語特性的文體。在很短的篇幅裏展示自己高超的寫作才能，和對於漢語表達的高度技巧，必然發展

姚姬傳，臨文以桐城派為指歸。更擴姬傳之意，浸淫漢魏。據國藩日記所述，其生平作文用功處，以桐城派為體裁骨骼，以漢魏以上文增益其聲調奧衍。

出形式要求極端嚴格的律詩、駢文、制藝。形式本身既是一種表現力，同時也會因自身而失去表現力。宋詞、元散曲是對於五七言詩的打破，從整齊的詩行中解放出長短句，結果是豐富了漢語詩歌的種類和內涵。韓愈和唐朝的古文運動，延續到宋代，其餘緒遠達明清，是作爲對駢文的反動而出現，古文和駢文的並行不悖、同時互相滲透、融合的事實，使他們在主張上的針鋒相對變得無關緊要了。白話文運動興起之前，科舉制度已經廢除，八股文的錦繡前程，一去不返。梁啓超的新民體和迅速出現的報章相結合，成爲一時文章之勝。胡適之和陳獨秀嫌梁啓超走得不夠遠，於是新民體和八股的對立，被擴大爲白話與文言的生死存亡。

　　王朝崩潰、科舉廢除、現代教育制度、現代報刊雜誌、現代政治與現代律法、西方知識範型引進……這千載難逢的歷史機遇，使白話文運動未見實績而一路告捷，躍居正統，然而爲時太短，進程過速，新文學經典的付之闕如，尤顯突出，虧有二周的文字，否則白話文運動就太寒傖了，而二周的學養才具，哪裏得自白話文運動。胡適鼓吹白話文，策略是貶損文言，事功分明，事理偏執。百年過去，幾代人目擊文言的消亡與白話的百病雜陳，如若我們的認知與判斷仍未超越五四一代，則連白話文運動的良苦用心也白費了。

　　今天仍有一種強調所謂「現代漢語的獨特性」的傾向，煞有介事，似是而非，試圖割裂而非清理承續漢語的傳統，且指涉含混，詞語不通：究竟什麼才是「現代漢語」？如何定義它的「現代性」？從學術研究到教育政策的制定，類似謬見爲數甚夥，如《現代漢語與中國現代文學》一文中的觀點，如《請文言文退出基礎教育》的言論，亦屬此類。當年廢文言、廢漢字的文化激進主義，尚有時代的逼迫和歷史的合理性，如今仍有這樣的主張，使人感慨。

　　中學教英語教文言，學而習之，無非爲閱讀洋文與古書，但要閱讀自如，中學程度遠遠不夠，大學裏於是深造英語，兼施四六級考試，然而古文教育卻中止了。非文史專業的高校畢業生，大致終生不讀古書，文史專業的學生同樣未必通古文——我們可否說，不懂古文便是不懂中國語文，今天的職業文學家，患的是語言上的營養不良症，根源在不讀古書。

　　二十世紀之前，中國文獻的百分之九十九以文言記載。國人不能閱讀文言原典等於文盲，而口口聲聲的「中國文化」，不在文言之中又會在哪裏？本書建議，國家首先在人文學科試行文言測試，比照英語考試四六級，以現代國際流

行的考試模式促使國人重新面對文言文。現代書面語言的成熟過程，漫長而艱難，文言乃白話的根底，白話源出於文言。不識文言，優良的白話徒託空言。全民學英語，不過造就些許讀旅遊手冊的觀光客，重建古文的教育，民族文化的復興便可能不是說夢。胡適曾經說過，古文早在一千多年前就死了，是科舉挽救了古文，延續了它的衰亡。即使胡適說得對，存亡續絕不正是士大夫的天職嗎？今天談恢復科舉，無異於痴人說夢，但通過某種考試形式，提高全民的文言素養卻是可以期待和論證的。

自古文章與「大眾」無關。魯迅甚至認為，在大眾那裏，等於沒有文字。但是開科取士卻是一項鼓勵寫文章並崇拜文章的制度，它應當被視作偉大的文章普及運動，不論科舉有多少弊端，千年來是它直接塑造了中國的社會和心理，並成為一種民族習慣。文章本是達意之作，作者有想法要寫出來讓天下人知曉，後因科舉而變成富貴的敲門磚，達意的本旨反而不彰。方望溪云：「學行繼程朱而後，文章介韓歐之間，為得其正。」這裏的「正」是以科舉之道統御文章之道，古文於是縮小成為制藝。八股文的出現有其必然性，王權的專制要求，漢語漢文本身的特點，合起來成就了它。八股容不下的，仍需要有去處，於是有東坡小品、公安、竟陵、聊齋誌異與林譯小說、嚴譯名著，直至梁啓超的新民體，堅持達意為主。此可視作古文的非正統，但就延續達意的主旨而言，絕對不可忽略。白話文運動開始後，因痛恨八股而將古文一律打倒，自絕於深厚的民族達意傳統，反而給八股文進入白話敞開了方便之門。

第三節　駢文與散文

一

瞿兌之《駢文概論》首句寫道，「中國許多口語，是以駢體出之的。」雖出於為駢文辯護的目的，這卻是事實。

從《周易》裏的「雲從龍，風從虎」，到百姓口頭的「向天索價，就地還錢」，「明槍易躲，暗箭難防」，不勝枚舉，漢語最大的特點是單音，所以成就了駢偶這一特殊的修辭手段。簡單地說，充分發揮駢偶這一漢語特性寫成的文章，即為駢文。八股是一種特殊的駢文，卻正是它敗壞了駢文的聲譽。瞿兌之說，「普通所謂駢文，大概指兩漢以至初唐這一段盛行駢偶的文章，這一

段時期中，確曾出過不少的文學天才，確曾遺留不少的傑構。他們沒有什麼
義法的拘束。就是駢偶，也並不是每句非對不可，就是用典，也不是每篇非
用典不可，所用的典，也不是非叫人不懂不可。他們能細膩的親切的寫景；
能密栗的說理，能宛轉的抒情。能說自己要說的話；能說了叫人同情而不叫
人作嘔。這些都是駢文的好處，而近五六百年通行文體裏所不容易找到的。」
〔註38〕

　　他有更驚人之論，「凡是說理的文字，愈整齊愈有力量，愈反覆愈易明白。
整齊和反覆都是駢文擅長之點。所以駢文用在說理的文字——一是論說一是書
札——都最合宜。尤其是書札，必須於陳說事理透徹詳盡以外，更用妍美的色
澤聲調，來發揮他的情韻。」〔註39〕韓愈的說理文和毛澤東的說理文，都懂得
整齊和反覆助其論證，雖然他們寫的並不是駢文，而陳寅恪認為：

　　　　中國之文學與其他世界諸國之文學，不同之處甚多，其最特異
　　之點，則為駢詞儷語與音韻平仄之配合。就吾國數千年文學史言之，
　　駢儷之文以六朝及趙宋一代為最佳。其原因固甚不易推論，然有一
　　點可以確言，即對偶之文，往往隔為兩截，中間思想脈絡不能貫通。
　　若為長篇，或非長篇，而一篇之中事理複雜者，其缺點最易顯著，
　　駢文之不及散文，最大原因即在於是。吾國昔日善屬文者，常思用
　　古文之法，作駢儷之文。但此種理想能具體實行者，端繫乎其人之
　　思想靈活，不為對偶韻律所束縛，六朝及天水一代思想最為自由，
　　故文章亦臻上乘，其駢儷之文遂亦無敵於數千年之間矣。〔註40〕

陳寅恪推崇兩篇駢文，乃是《哀江南賦》和《隆祐太后告天下手書》（汪藻）。
瞿兌之認為《離騷》之後，庾信的《哀江南賦》是無雙的傑構。陳寅恪寫過《讀
〈哀江南賦〉》，認為，「蘭成作賦，用古典以述今事。古事今情，雖不同物，若
於異中求同，同中見異，融會異同，混合古今，別造一同異俱冥，今古合流之
幻覺，斯實文章之絕詣，而作者之能事也。」〔註41〕咸豐四年江南初亂之時，
清代詩人王闓運（王先謙《駢文類纂》收錄其七篇），曾模仿此文，並步其舊韻，

〔註38〕瞿兌之《駢文概論》，海南出版社 1994 年版，第 3 頁。

〔註39〕同上，第 47 頁。

〔註40〕陳寅恪《寒柳堂集》，上海古籍出版社 1980 年版，第 176 頁。

〔註41〕陳寅恪《金明館叢稿初編》，上海古籍出版社 1980 年版，第 209 頁。

亦寫了篇《哀江南賦》。對照去閱讀，是有趣的事情。

《隆祐太后告天下手書》不易見，且篇幅甚短，全文附錄於此：

> 比以敵國興師，都城失守。褻纏宮闕，既二帝之蒙塵；誣及宗
> 枋，謂三靈之改卜。眾恐中原之無統，姑令舊弼以臨朝。雖義形於
> 色，而以死為辭；然事迫於危，而非權莫濟。內以拯黔首將亡之命，
> 外以舒鄰國見逼之威。遂成九廟之安，坐免一城之酷。

> 乃以衰癃之質，起於閒廢之中。迎置宮闈，進加位號。舉欽聖
> 已行之典，成靖康欲復之心。永言運數之屯，坐視邦家之覆，撫躬
> 獨往，流涕何從？

> 緬惟藝祖之開基，實自高穹之眷命。歷年二百，人不知兵；傳
> 序九君，世無失德。雖舉族有北轅之釁，而敷天同左袒之心。乃眷
> 賢王，越居近服。已徇群臣之請，俾膺神器之歸。繇康邸之舊藩，
> 嗣我朝之大統。漢家之厄十世，宜光武之中興；獻公之子九人，惟
> 重耳之尚在。茲為天意，夫豈人謀？尚期中外之協心，共定安危之
> 至計。庶臻小愒，同底丕平。用敷告於多方，其深明於吾意。〔註42〕

《四庫全書總目》云，「宋汪藻，字彥章，饒州德興人，登崇寧二年進士，歷官
顯謨閣大學士，左太中大夫，封新安郡侯。事迹具宋史文苑傳。藻學問博贍，
為南渡後詞臣冠冕。其集見於晁公武《讀書志》者僅十卷。陳振孫《書錄解題》
始載有《浮溪集》六十卷。……統觀所作，大抵以儷語為工。其代言之文，如
《隆祐太后手書》《建炎德音》諸篇，皆明白洞達，曲當情事。詔令所被，無不
淒憤激發，天下傳誦，以比陸贄。說者謂其著作得體，足以感動人心，實為詞
令之極則。其他文亦多深醇雅健，追配古人。」〔註43〕

二

駢文所以能夠成立，乃因漢語中本有駢語的緣故。胡以魯在《國文學草創》
中說：

> 語意之引伸，非盡如抽絲剝繭，逐漸而起也。有相對相反對而
> 引申者矣。此在國語大抵以雙聲疊韻為之。雙聲即同韻異音語。調

〔註42〕朱洪國選編《中國駢文選》，四川文藝出版社1996年版，第616頁。

〔註43〕〔清〕永瑢等撰《四庫全書總目》下冊，中華書局1965年版，第1347頁。

節機關相同，以口腔之大小著其差也。如對於天而言地，對於陽而言陰，對於古而言今，對於生而言死，對疾言徐，對精言粗，對加言減，對燥言濕，對夫言婦，對公言姑，對規言矩，對襃言貶，對上言下，對山言水等是也。又對長言短，對銳言鈍，古音皆前舌端，雙聲也。對文言武，古音皆兩唇氣音，亦雙聲也。

疊韻者，雙聲之逆，同音異韻，即口腔同形以調節機關之轉移著其差也。如對旦言晚，對老言幼，對好言醜，對聰言聾，對受言授，對祥言殃，對出言納，對起言止，對寒言暖，對晨言昏，對新言陳，皆疊韻也。對水言火，古音在脂部，亦疊韻也。〔註44〕

劉勰《文心雕龍·麗辭》云：

造化賦形，支體必雙，神理爲用，事不孤立。夫心生文辭，運裁百慮，高下相須，自然成對。唐虞之世，辭未極文，而皋陶贊云：「罪疑惟輕，功疑惟重。」益陳謨云：「滿招損，謙受益。」豈營麗辭，率然對爾。《易》之《文》《繫》，聖人之妙思也。序乾四德，則句句相銜；龍虎類感，則字字相儷；乾坤易簡，則宛轉相承；日月往來，則隔行懸合。雖字句或殊，而偶意一也。至於詩人偶章，大夫聯辭，奇偶適變，不勞經營。自揚馬張蔡，崇盛麗辭，如宋畫吳冶，刻形鏤法，麗句與深采並流，偶意共逸韻俱發。至魏晉群才，析句彌密，聯字合趣，剖毫析釐。然契機者入巧，浮假者無功。〔註45〕

范文瀾《文心雕龍注》曰：

原麗辭之起，出於人心之能聯想。既思雲從龍，類及風從虎，此正對也。既想西伯幽而演易，類及周旦顯而制禮，此反對也。正反雖殊，其由於聯想一也。古人傳學，多憑口耳，事理同異，取類相從，記憶匪艱，諷誦易熟，此經典之文，所以多用麗語也。凡欲明意，必舉事證，一證未足，再舉而成；且少既嫌孤，繁亦苦贅，二句相扶，數折其中。昔孔子傳易，特製文繫，語皆駢偶，意殆在

〔註44〕轉引自郭紹虞《駢文文法初探》，《照隅室語言文字論集》，上海古籍出版社 1983 年版，第 398～399 頁。

〔註45〕周振甫《文心雕龍注釋》，人民文學出版社 1981 年版，第 384 頁。

斯。又人之發言，好趨均平，短長懸殊，不便脣舌；故求字句之齊
整，非必待於耦對，而耦對之成，常足以齊整字句。魏晉以前篇章，
駢句儷語，輻輳不絕者此也。〔註46〕

張志公認為，「以整齊、對稱為主，以參差錯落為輔的審美觀，在民族文化傳統
的好些方面有所反映，例如音樂、繪畫、雕塑、建築等。修辭，特別是書面語
言的修辭，具有同樣的特點。無論詩、賦、詞、曲、各體散文，都是一樣，既
見於整首、整篇的總的結構，也見於段落語句的局部組織。」

「在漢民族文化傳統的許多領域中，廣泛運用一種樸素的辯證觀點。事物
被認為是包含著兩種對立因素的統一體。這兩種因素被概括為『虛』和『實』
兩個範疇。『虛』與『實』的關係被說成是『虛中有實，實中有虛，虛實相生』。
修辭，同樣運用這種觀點。」〔註47〕

《文心雕龍》所謂「造化賦形，支體必雙，神理為用，事不孤立」是漢民
族的思維習慣，始於造字之初，便主宰漢語，一直延續下來。今天的人，即便
已不會對對子，不再撰春聯，這一思維習慣仍起作用。阮元《四六叢話序》云：
「昔《考工》有言，『青與白謂之文，赤與白謂之章。』良以言必齊諧，事歸鏤
繪。天經錯以地緯，陰偶繼夫陽奇。」

過去的蒙學教材一向重視對對子，《聲律啟蒙》中的「雲對雨，雪對風，
晚照對晴空，來鴻對去燕，宿鳥對鳴蟲⋯⋯」陳寅恪《與劉叔雅論國文試題
書》建議用「對對子」給大學中文系招生出考題，認為這是「不得已而求一
過渡時代救濟之方法，以為真正中國文法未成立前之暫時代用品」，「所對不
逾十字，已能表現中國語文特性之多方面。其中有與高中卒業應備之國文常
識相關者，亦有漢語漢文特殊優點之所在，可藉以測驗高材及專攻吾國文學
之人，即投考國文系者」。他將考試的益處細分為四項：（甲）對子可以測驗
應試者，能否知分別虛實字及其應用。（乙）對子可以測驗應試者，能否分別
平仄聲。（丙）對子可以測驗讀書之多少及語藏之貧富。（丁）對子可以測驗
思想條理。並言明對子的考量標準：

凡上等之對子，必具正反合之三階段。對一對子，其詞類聲調
皆不適當，則為不對，是為下等，不及格。即使詞類聲調皆合，而

〔註46〕范文瀾《文心雕龍注》下卷，人民文學出版社1960年版，第590頁。

〔註47〕《中國大百科全書·語言文字卷》，中國大百科全書出版社1988年版，第165頁。

思想重複，如燕山外史中之「斯爲美矣，豈不妙哉！」之句，舊日稱爲合掌對者，亦爲下等，不及格。因其有正，而無反也。若詞類聲調皆適當，即有正，又有反，是爲中等，可及格。此類之對子至多，不須舉例。若正及反前後二階段之詞類聲調，不但能相當對，而且所表現之意義，復能互相貫通，因得綜合組織，別產生一新意義。此新意義，雖不似前之正及反二階段之意義，顯著於字句之上，但確可以想像而得之，所謂言外之意是也。此類對子，既能具備第三階段之合，即對子中最上等者。趙甌北詩話盛稱吳梅村歌行中對句之妙。其所舉之例，如「南內方看起桂宮，北兵早報臨瓜步。」等，皆合上等對子之條件，實則不獨吳詩爲然，古來佳句莫不皆然。豈但詩歌，即六朝文之佳者，其篇中警策之儷句，亦莫不如是。惜陽湖當日能略窺其意，而不能暢言其理耳。凡能對上等對子者，其人之思想必通貫而有條理，決非僅知配擬字句者所能企及。故可藉之以選拔高才之士也。〔註48〕

三

　　駢文、律詩中的對偶，有更細更高的要求，夏仁虎以爲，「尤有告者，駢體文之對偶，以採色言，不是紅對綠；以音節言，不是仄對平。其根本對法，是事對事，典對典。苟隸事運典，皆得其偶，然後再求之聲與色。色可不拘，聲則不能不講。六律之調，不必一宮一徵，而金石鏗鏘，自然悅耳。此中甘苦，固難以語初學，然亦非甚難，第多讀漢魏之文，久自能得之耳。」〔註49〕

　　《馬氏文通》不提駢文文法，輕輕地用了句「等諸自鄶以下」，把此問題打發了。馬建忠參照的是拉丁文文法，西文沒有駢偶，於是將駢偶抹去。陳寅恪稱其爲「印歐語系化之文法」，認爲「夫所謂某種語言之文法者，其中一小部分，符於世界語言之公律，除此之外，其大部分皆由研究此種語言之特殊現相，歸納爲若干通則，成立一有獨立個性之系統學說，定爲此特種語言之規律，並非根據某一特種語言之規律，即能推之以概括萬族，放諸四海而

〔註48〕陳寅恪《金明館叢稿二編》，上海古籍出版社 1980 年版，第 221～228 頁。

〔註49〕夏仁虎《枝巢四述・舊京瑣記》，遼寧教育出版社 1998 年版，第 9 頁。

準者也。」〔註50〕他認爲《馬氏文通》不通。

《馬氏文通》的長處，呂叔湘在《重印〈馬氏文通〉序》中認爲，「作者不願意把自己局限在嚴格意義的語法範圍之內，常常要涉及修辭。例如他說：『偏正兩次之間，之字參否無常。惟語欲其偶，便於口誦，故偏正兩奇，合之爲偶，則不參之字。凡正次欲求醒目者，概參之字。』……語法和修辭是鄰近的學科。把語法和修辭分開，有利於科學的發展；把語法和修辭打通，有利於作文的教學。後者是中國的古老傳統，也是晚近許多學者所倡導，在這件事情上，《文通》可算是有承先啓後之功。」〔註51〕

漢語是世上罕有使用聲調區別意義的語言，於習漢語的外國人，尤其是成年人是困難的，因爲他們習慣了以音節區分意義，於相同的音節因音調（實際上是字調）的不同而意義迥異很不理解，倒是洋人的娃娃尤其低齡孩童學起來容易一些，法國漢學家白樂桑嘗試在巴黎開辦兒童漢語口語訓練班，孩子們學習得很快。這個例子說明，習漢語的困難在於習者，而不在漢語固有的特點，難學難認難讀不應被認爲是漢語漢字的弊端。

據稱歐美漢學界流傳漢語的四個神話：漢語是孤立語；漢語僅能表達具體的事物；漢語不夠精確；漢語難學。爲此成中英批駁道，「漢語在其縱深處包含諸多層次，每一層次和清晰度及表達力的某個層次連著。漢語可伸可縮。縮則簡潔含蓄而高度模糊，伸則足以刻鏤精緻觀念內涵而纖細入微。作爲美學手段，漢語既可用於吟詩作賦；作爲邏輯工具，漢語又可用來思考本體論和宇宙論問題。其間的差別，惟有學養豐厚且訓練有素的漢語使用者方能體味。」〔註52〕

這反駁本著於漢語的敬意，言之在理，陳寅恪以爲「中國語文眞正文法，尚未能成立」，則是對漢語更深的顧惜與期望。

以漢語的聲調爲例，除了區別意義而外，還有另外的功用，以聲調的起伏變化，巧妙地安排求得聲韻上的和諧，是古代詩文的常規技藝，新白話漢語卻多不善於利用，四聲終其一生僅僅區別意義的價值，這實爲浪費。知四聲即能

〔註50〕陳寅恪《金明館叢稿二編》，上海古籍出版社 1980 年版，第 221～228 頁。

〔註51〕呂叔湘《語文雜記》，上海教育出版社 1984 年版，第 137 頁。

〔註52〕成中英《略論漢語的特質》，劉梁劍譯，《本體與詮釋》第六輯，上海人民出版社 2007 年版，第 438 頁。

辨別平仄，平仄不必用來區別意義，白話詩不講究平仄，乃因寫白話詩的人聽和說，沒有平仄的意識和訓練，寫詩本來的意思，乃追求聲音和意義甚至字形等特殊的語言表達效果，語言的味道需要多方調理。

四

夏仁虎認爲，「散文可以腹儉爲之，至爲駢文，則非有輔佐之資料，不能成篇」，他舉出「儲材料最富之類書，以《淵鑒類函》爲集大成。此外若《子史精華》、《古事比》、《廣事類賦》、《角山樓類腋》、皆駢文家所必備。等而上之，則唐人之《孔白六帖》、《錦繡萬花谷》、《北堂書鈔》、宋人之《太平御覽》、《玉海》，並記唐宋以前事，最爲上乘。再上焉，則五經注疏、《毛詩草木蟲魚疏》、《文選注》，此則須自爲分類矣。」〔註53〕

《淵鑒類函》四百五十卷，清張英、王士禎等奉康熙命編就的大型類書，在明俞安期《唐類函》的基礎上，進行了擴編，成書於康熙四十九年，目錄四卷，分爲四十五部兩千餘類。四十五部的分類很有意思，依照今天的原則衡量，有不嚴格甚至不準確之處，卻實在是漢語文化瞭解和表述人類世界的奇妙方式：

> 天部、歲時、地部、帝王、后妃、儲宮、帝戚、設官、封爵、
> 政術、禮儀、樂部、文學、武功、邊塞、人部、釋教、道部、靈異、
> 方術、巧藝、京邑、州郡、居處、產業、珍寶、布帛、儀飾、服飾、
> 器物、舟部、車部、食物、五穀、藥部、菜蔬、果部、花部、草部、
> 木部、鳥部、獸部、鱗介、蟲豸。〔註54〕

這部類書，綱目清楚，便於檢覽。每類內容首列釋名、總論、沿革、緣起；次之以典故，以朝代爲次序；第三爲對偶，不拘朝代，但以工緻相儷；第四爲摘句，或取詩賦，或摘序記，取辭藻華贍者以備覽觀；詩文居五，分體裁按時代彙輯。各類內容分爲「原」「增」兩部分，「原」表示《唐類函》原書所有，「增」表示清代編者所增。

以人部爲例分七十四類，依其序爲：

（一）君臣、舊君、社稷臣、父母、父子、知子（昧於知子、

〔註53〕 夏仁虎《枝巢四述・舊京瑣記》，遼寧教育出版社1998年版，第10～11頁。
〔註54〕 張英、王士禎《淵鑒類函》目錄，上海古籍出版社2008年版，第1～91頁。

不慈並附）；（二）訓子、父子繼業、母子、賢母、後母、諫父母、孕；（三）生子、遺孤、喪子（無子、立嗣、祈嗣附）；（四）祖孫（祖母附）、叔侄（伯叔母、從伯叔附）、宗族；（五）夫婦（慢夫、薄婦、妻黨附）、賢婦人（節烈、才略、智識、文學附）、惡婦；（六）妬婦、寡婦、喪妻、後妻、妾；（七）妓、去妻（夫妻再合、冥遇附）、子婦、家範；（八）兄弟（兄弟友恭、兄弟齊名、兄弟俱貴、從兄弟、義兄弟、兄弟不睦、用刑附）、喪兄弟、外祖孫、舅甥；（九）內外兄弟、姑、姨（小姨附）、嫂叔、娣姒、姊妹；（十）女（侄女、孝女、賢女、烈女附）、翁婿（擇婿、友婿附）；（十一）乳母（庶母、慈母、保母、生母、孩幼、童並附）；（十二）交友、父友、薦友、思友、過友人、患難友、擇交、絕交；（十三）故人、喪友、賓主、好客（賓客謁見、薄待賓客、謝賓客附）；（十四）美丈夫、醜丈夫；美婦人；（十五）醜婦人、長大人、短小人；（十六）老人（五十、六十、七十、八十、九十、百歲、上壽）；（十七）九流、奴婢、傭保（傭賣附）；（十八）頭、面、目（視附）、耳（聽聞附）、口；（十九）齒、舌、唇、鼻、髮、鬚、眉；（二十）胃、心、膽、手、臂、足、髑髏、形貌（影、相似附）、神采容儀；（二十一）性命、性情、姓氏（改姓並載）、名字（同名字、改名字附）；（二十二）諱、閨情；（二十三）哀傷；（二十四）怨、愁、喜、怒、恐懼；（二十五）言語、行、訥（口吃並載）、利口（失言、誹謗附）、隱語、謳謠、吟、嘯；（二十六）笑、寢、疾、泣、哭；（二十七）聖、賢；（二十八）慕賢（知賢附）、忠；（二十九）忠、忠義、忠孝；（三十）孝、祿養；（三十一）違離、不孝、仁、寬恕；（三十二）寬恕、義、義感；（三十三）義感、羞恥；（三十四）德（德服人附）、陰德、讓；（三十五）讓、恭敬、智（智謀、先見附）；（三十六）智（智謀、先見附）、聰敏；（三十七）聰敏、博物；（三十八）信、節操；（三十九）節操、高潔、修整；（四十）公平、正直；（四十一）謹慎、勤勞；（四十二）儉、剛、勇；（四十三）勇（無勇附）、壯；（四十四）貴（戒懼、驕侈、貪貴並附）；（四十五）富（戒懼、驕侈、禍難、貪富、吝嗇並

附）；（四十六）貧；（四十七）債負、乞假、賤；（四十八）隱逸；（四十九）隱逸；（五十）隱逸；（五十一）品藻、名譽；（五十二）風流、質文、鑒戒；（五十三）鑒戒；（五十四）諷；（五十五）諫；（五十六）諫（謗諫、不諫附）、對見、對問；（五十七）說（辯附）；（五十八）嘲戲；（五十九）別；（六十）別；（六十一）別、贈答；（六十二）贈答；（六十三）言志；（六十四）言志；（六十五）行旅、逆旅；（六十六）遊覽；（六十七）遊覽、懷舊、恤孤；（六十八）施惠、施饋、慶遺、慶賀；（六十九）薦獻、干謁；（七十）游俠、報德（謝恩、冥報、物報、負德並附）；（七十一）報讎（父母讎、兄弟讎、交遊讎並附）；（七十二）奢、僭、寵幸；（七十三）淫（自戒附）、別嫌疑、驕傲、狂、縱逸、豪強、柔懦、愚；（七十四）褊急、怠惰、詐偽、諂佞、惡（朋黨附）、爭（不爭附）、詬罵（訴辯附）、讒謗、黜辱、威虐、妖訛、詛咒、叛亂、寇賊（篡伐、劫質、要君並附）、竊盜（疑枉、賞用、捕捉、犇伏、掩藏並附）、雜盜。〔註55〕

拖沓羅列此人部細目，是覺得這一劃分中，包含了十八世紀國人關於人的基本知識和信念的主要內容，比那些明確傳遞知識宣揚信念的書或文章，要更爲確鑿一些。目錄是很好的文本，既然漢語漢文的詩賦典故彙聚於此，構成這樣的知識譜系，於寫作者不能不產生一種先在的影響。

該書資料採輯繁富精審，《四庫全書總目提要》云：「務遠有所稽，近有所考，源流本末，一一燦然。」「自有類書以來，如百川之歸巨海，九金之萃鴻鈞矣。與《佩文韻府》、《駢字類編》，皆亙古所無之巨製，不數宋之四大書也。」〔註56〕

《淵鑒類函》版本很多，以一八八三年上海點石齋石印本較爲通行。上海古籍出版社二○○八年影印出版了十二冊的《淵鑒類函》，只印了八百套，由於開本較小，字如蚊足，加之原版未及點斷，閱讀極爲不便。可以想見如今的漢語寫作，是完全不以類書爲依傍了。

〔註55〕張英、王士禎《淵鑒類函》目錄，上海古籍出版社 2008 年版，第 40～45 頁。

〔註56〕轉引自張英、王士禎《淵鑒類函》出版說明，上海古籍出版社 2008 年版。

五

《子史精華》亦是康熙命辭臣張廷玉等撰，規模有《淵鑒類函》的六分之一。廣收博採子部、史部古籍中的名言、典故，依類排比而成，每條下注明出處。採錄原文、注釋，使學者檢索便捷，是通讀古人著作的階梯。紀昀稱「守茲一帙，富擬百城」。成書於雍正五年，全書勒為三十部，分別為：天、地、帝王、皇親、歲時、禮儀、設官、政術、文學、武功、邊塞、倫常、品行、人事、樂、釋道、靈異、方術、巧藝、形色、言語、婦女、動植、儀飾、服飾、居處、產業、食饌、珍寶、器物），下設二百八十類，輯成一百六十卷，約二百七十萬字。一九九六年北京古籍出版社有影印本。

一九三四年上海中華書局出版楊喆編《作文類典》，列三十一門，四百餘類，收詞兩萬三千，合計一百二十萬字，收羅宏富，書前有百多頁依部首排列的詞語索引，查考方便。編者陳述其旨曰：「吾國文字上之流行語，至繁且博，要皆歷來沿用，為國性所依託。乃者科學日興，青年學子，自不能如昔之十年閉戶，專攻文學一途。則必有一書焉，薈萃文章用語，分門別類，以資掇摭，斯取精用宏，事半古人而功且倍之。本書根據此旨，蒐集腴詞雋語，各以類從。因其足為作文時饋貧之糧，益智之粽，命之曰作文類典。」

編者述其用途：「其一，初學作文，患在詞不達意，或枯窘不能生發。本書於今日作文所需，門類略備，依類展卷，可得無數資料，任人驅策，或且迎機觸發，涌出思潮。故可供學生作文及教員指授作文之用。其二，應用之文，如頌祝哀挽饋贈答謝之類，例須典重，自非文章鉅子，不能以龍眠白描，詡為不著一字，盡得風流也。本書對於應用文諸詞，旁搜至富，一經瀏覽，滾滾詞華，紛披腕下。故可供政商學各界往來酬酢及捉刀之用。其三，自來名理無窮，腦力有限，即撐腸卷數，不下五千，而力索冥搜，在所難免。取本書而橫陳之，意所欲言，眼簾頓觸，其愉快自當無似。故可供文學家構思覓句之用。其四，一事不知，儒者之恥，然而人事牽帥，博覽難周，所在多有。倘不獲終南捷徑以求之，學如牛毛，成如麟角，憾何如乎？本書於新舊各學，提綱扼要，竟委窮源，不啻攝數十巨編之小影，列為表解，故可供好學者平素自修之用。」〔註57〕

〔註57〕楊喆編《作文類典》編者說明，中州古籍出版社影印 1934 年上海中華書局本，1990
年版，第 4 頁。

時代變遷帶來詞彙上的巨變，可與同類辭書作一對比。一九八二年出版的《寫作辭林》的「詞語集錦」部，在「寫人」這一題下，區分六個子目，分別是「肖像、言談、動作、心理表情、性格氣質和道德品質」，把五六兩個子目合起來，就是「性格氣質」加之「道德品質」。在一九三四年出版的《作文類典》中尋找大致對應的內容，分別看看他們收詞的情況。

《寫作詞林》在「性格氣質」下分三類：（一）堅強、懦弱，下收雙音詞二十六個，四字成語二十九，計五十五個。（二）直爽、深沉，下收雙音詞三十個，三音詞一個，四字成語十八個，計四十九個。（三）安靜、急躁，下收雙音詞四十五個，三音詞兩個，四字成語十八個，計六十五個。在「道德品質」下區分兩類，「好的」和「壞的」，其中「好的」下收雙音詞三十個，四字成語或詞組八十九個。「壞的」下收雙音詞三十五個，四字成語或詞組七十八個。此兩個子目合起來，收詞語三百二十六個。計三頁半篇幅。

《作文類典》中，我們找到了「人品門」、「道德門」、「倫紀門」、「性情門」四門。其人品門下分三十六子目，其名稱和每項下收詞語數目分別為：人品總六十四、觀人二十五、品評一百零六、聖賢二十五、豪俠五十九、剛直九十、氣節五十九、隱逸一百一十八、曠達六十一、才能一百四十五、人望四十、明察六十八、智巧八十六、聰慧二十、博學六十二、好學一百四十七、不學五十六、富貴一百二十九、貧賤一百零七、平民二十六、窮民四十一、游惰九十五、傭役四十八、庸碌五十一、闇弱七十四、固陋五十二、躁妄六十九、詐偽一百二十三、讒諂九十四、貪鄙九十二、奢侈二十六、驕矜六十、淫佚八十八、凶惡一百三十九、盜賊六十一、叛亂六十五。計詞語兩千六百四十六個。計七十七頁。

在不到五十年的時間裏，為學生作文而備工具書收羅的關於人品的詞彙，大概萎縮了十至二十倍。半個世紀中，我們的教育體制培養出來的作家，這樣以十分之一或者更少的漢語可用詞彙去寫作，如果有人說中國當代小說家以一種娃娃中文來寫作，我們如何回嘴呢？

六

吳曾祺《涵芬樓文談》中有《屬對篇》：

　　自散體之作，別於駢儷為名。於是談古文者，以不講屬對為自

立風格。然平心而論，二者如陰陽畸耦，不可偏廢。自六經以外，以至諸子百家，於數百字中，全作散語，不著一偶句者，蓋不可多得。此無他，文以氣為主，而氣之所趨，苟一泄無餘。而其後必易竭，故其中必間以偶句，以稍止其汪洋恣肆之勢，而文之地步乃寬綽有餘。此亦文家之秘訣，而從來無有人焉嘗舉以告人者也。

惟屬對之法，與駢儷不同。駢儷之句法，或力求工整，或務在諧叶。漢魏以前，尚不甚拘，自齊梁以降，日嚴一日，其做法與詩賦相近。若散文之對法，自以參差不齊為妙，凡字之多少，句之長短，皆所不禁。且駢語則多兩句為偶，或四句為偶，散體則均無不可。韓文公為一代文宗，實首變燕許之格，然其文中間有偶語者，亦往往而是，而運用之法，亦在在以金針度人。蓋此中機括，全由音節而生。駢文有駢文音節，則有駢文對法；散文有散文音節，故有散文對法。使取二者互易而用之，則數句之後，已不復可讀矣。

〔註58〕

文言之無論駢散，皆需要對句，白話何嘗不如此，口語中時常聽到對句，就是很好的證據。

第四節　簡化漢字不該倉促而行

一

周氏兄弟的寫作，地道是中國傳統方式，終其一生，毛筆小楷，尋章摘句，一絲不苟。他們於漢字的態度，也頗可尋味。

周作人一九四三年序夏仁虎《枝巢四述》云：「目前有一件事，本極重要切實，而世間容易忽略或忘卻，忽略忘卻時甚不成話，而鄭重提出來，又太平凡了，或者覺得可笑，此亦是大奇也。此一事為何，即中國文用漢字所寫，是也。中國人用漢字是歷史的事實，但是這在中國民族與文化的統一上又極有重大的意義，所以今後關於國文學之研究或創作，我們對於漢字都應該特別加以認識與重視。」〔註59〕在他一貫的理性認知中，包含著對於漢字的情感在。

〔註58〕吳曾祺《涵芬樓文談》，金城出版社 2011 年版，第 90 頁。

〔註59〕夏仁虎《枝巢四述・舊京瑣記》周序，遼寧教育出版社 1998 年版。

　　在漢字簡化的問題上，周作人向來有自己獨到的見解，未曾引起注意。一九二二年著《漢字改革的我見》一文說，「總之漢字改革的目的，遠大的是在國民文化的發展，切近的是在自己實用的便利；至於有益於通俗教育，那是自然的結果，不是我們唯一的期望。」〔註60〕

　　他是贊成適當簡化漢字的，贊成的理由與別人不同，分歧在於，周作人的目標在維護漢字和漢字文化的長遠利益。都說漢字繁難，周作人以為不然，他說，「凡是學一種語言，總要從三方面下手，一是音，二是義，三是形，缺一不可。本來說漢話的人，從小就聽母親說，學得了音和義，譬如從雞字的音，就知道雞的意義，現在只要記得這雞的字形就成，說起來便是省了三分之二的工夫了。這問題與別的不同，這裏邊有本國人與外國人立場的不同，利害不一致，未可勉強混一。向來談漢字的都沒有談到這一問題，但這實在是個問題，有澄清的必要的。」〔註61〕漢字難學的感歎，是外國人首先發出的〔註62〕，感染了近代的國人，也附和了洋人的論調。在數千年的歷史中，未有過漢字難學這類的話。

　　在周作人看來，簡筆字的好處只在於筆畫少，好寫，而簡筆字的發生，主因還在於文字的頻繁使用。醫生開藥方總用到薑字，嫌十八畫多，寫作姜，只有八畫了，但寫萬壽無疆的疆字，就不嫌筆畫多，原因是並不要反覆寫這個字。「需要簡化的字，使用範圍有限」，這是周作人的過人之見，他還說，「簡字的用處全在於寫的上面，而不在於看的方面。例如薑字，寫作姜字省去了十筆，當然爽利，若是拿來看時，無論看十八畫的薑或是八畫的姜的眼睛感覺大概是一樣，並分不出舒服不舒服吧。我很贊成寫字大家多用簡筆，可以節省光陰，至於印在紙上，這用處恐怕不大。」〔註63〕「手寫得簡便，不一定看了也簡單，原來『手頭字』印了出來還不是一樣，而且還增加了麻煩。」無論是寫在紙上，還是印在書上，文字總需別義的，能夠區別意義，文字的

〔註60〕鍾叔河編《周作人文類編》第九卷，湖南文藝出版社1998年版，第724頁。

〔註61〕同上，第761頁。

〔註62〕曾有人感歎，「一個人要學會漢語，要有銅鑄的身體，鐵鑄的肺，橡木腦袋，蒼鷹的眼，要有聖徒的心靈，天使的記憶，麥修拉的長壽」，參見周寧《人間草木》，商務印書館2009年版，第19頁。

〔註63〕鍾叔河編《周作人文類編》第九卷，湖南文藝出版社1998年版，第755頁。

作用才算盡到。在簡化漢字的時候，常常只考慮書寫，想省幾個筆畫，別義的功能被忽視了。王力在一九三八年說過，「無論是誰，如果他抱定至多不過十畫（或六、七畫）的主張去改造漢字，一定會走一條『絕徑』的。」〔註64〕

周作人認為，「我寫簡字為的自己便利，但我知道簡字只是寫來簡，看來卻並沒有什麼簡，稿紙又是要請人去排字的，總須得認得出，所以也簡到適可而止。」〔註65〕這話說得原極清楚明白的，但簡化漢字卻不是簡單的個人行為，而是一項持續了將近百年的社會運動，在表面上有理有據的科學論述背後，包含著政治衝動和長期壓抑的文化訴求。

周作人一九五七年寫的短文《漢字與簡化》結尾道，「凡是一種大改革，我想總要考慮輕重緩急，如果這事改革了於國家人民有大利，或不改革時有大害，那就得著手改革。但是漢字問題不像是這樣重大，況且是二三千年又幾億人用了下來的文字，又豈是一時代的若干人做得了主的呢。」〔註66〕意思很清楚，簡化漢字照理可以緩行，應當十分慎重，但不幸「一時代的若干人」決不可能罷休，某種巨大的勢力，一定要行其所必行，為了一點未必真是好處的好處，給後來的時代造成數不清的麻煩和被動，甚至是無法彌補的損失。

彷彿是預感到這一運動的不可阻擋，他退而求其次，希望簡化方案能夠成熟合理一些，「簡筆字的必要是事實，不過這也有個限度，即是每個字可能的簡，卻不能幾個字簡成一個，過了這個限度就不免要出紕漏。……它的基礎是建立在漢字上，它的使命是在於幫助漢字，而不是破壞漢字的作用。在說漢語的中國人民中間，一時大概必須利用漢字，一面要使它變化得簡明適用，一面也要防止它的混雜。」〔註67〕

這話說得有針對性，因為簡化漢字的一個很重要的衝動，是為了破壞漢字的表意性，為拼音文字的實行開出道路。以為別字白字辯護始，至大量使用假借手法，將同音的兩個甚至三個漢字合併簡化成一個，不顧意義的混淆，不惜

〔註64〕轉引自曹先擢《漢字的表意性和漢字簡化》，中國社會科學院語言文字應用研究所編《漢字問題學術討論會論文集》，語文出版社1988年版，第26頁。

〔註65〕鍾叔河編《周作人文類編》第九卷，湖南文藝出版社1998年版，第746頁。

〔註66〕同上，第761頁。

〔註67〕同上，第750頁。

代價，意圖是明顯的。今天流行於網絡的所謂「火星文」，不外是假借漢字，夾雜數字、字母等符號來寫方音，像黑話一般，令圈外的人一頭霧水。以惡作劇看待，任其自生自滅，無傷大雅，若舉全國之力來推行「火星文」，後果是不言而喻的。一九七七年頒布的二簡方案遭到全社會普遍抵制，但卻在十年之後才宣布廢止。一九八六年六月二十四日，國務院批轉國家語言文字工作委員會《關於廢止〈第二次漢字簡化方案（草案）〉和糾正社會用字混亂現象的請示》，以通知的方式下達，即日起停止使用。也是在一九八六年，湖南人民出版社出版了一本薄薄的小冊子，舒蕪所寫的《周作人概觀》，本是爲周作人的一本散文選寫的序言，結果長達六萬餘字，只好獨立成書了。從那時起，周作人的二十八種自編文集，在鍾叔河的努力下，經中央有關部門同意，以本名陸續出版。一九四九年以來，這是未有過的。

一九六四年一簡方案的《簡化字總表》公佈，短短十三年，至一九七七年又拋出二簡方案，文改會在做自己的事業，不可謂不盡職。但經歷了「文革」大動盪大幻滅之後，社會心理已大爲不同，極左的意識形態已破產，籠罩著簡化漢字的政治光環消失，赤裸的筆畫眞相更爲彰顯無遺，殘缺、醜陋，沒有字樣。

二

魯迅一九三三年六月十八日《致曹聚仁》信中說，「我數年前，曾擬編中國字體變遷史及文學史稿各一部，先從長編入手，但即此長編，已成難事，剪取歟，無此許多書，赴圖書館抄錄歟，上海就沒有圖書館，即有之，一人無此精力與時光，請書記又有欠薪之懼，所以直到現在，還是空談。」[註68] 魯迅的早逝，使他留下許多未竟之業，文學史沒有寫，畢竟還有一部《中國小說史略》和斷代的《漢文學史綱》，字體變遷史則完全是空白。對於漢字和漢文學，魯迅是有感情的，從學術上研究其變遷，則是理智的責任了。也許因爲漢字字體變遷史沒寫，魯迅於文字改革的見解，未能超出時代風潮之上，又因魯迅眞誠地熱愛民眾，對於數千年來將民眾排除在外的高等文化人的習氣，深惡痛絕。魯迅在一九三四年九月的上海，寫下短文《中國語文的新生》之時，他的心情一定沉痛，「中國人要在這世界上生存，那些識得《十三經》的名目的學者，『燈

〔註68〕《魯迅全集》第十二卷，人民文學出版社 1981 年版，第 184 頁。

紅』會對『酒綠』的文人，並無用處，卻全靠大家的切實的智力，是明明白白的。那麼倘要生存，首先就必須除去傳布智力的結核：非語文和方塊字。如果不想大家來給舊文字做犧牲，就得犧牲掉舊文字。」〔註69〕這種非此即彼的意見，由魯迅說出來，可以知道那時候的矛盾已經讓中國的「智力」陷入了怎樣的絕境當中，難道魯迅真的相信，拉丁化能夠使中國語文新生麼？

一九三五年春，《太白》半月刊主編陳望道，聯合上海的文字改革工作者組織了手頭字推行會，發起一場頗有聲勢的手頭字運動。蔡元培、邵力子、陶行知、郭沫若、胡愈之、葉聖陶、巴金、老舍、鄭振鐸、朱自清、李公樸、艾思奇、郁達夫、胡風、林漢達、葉籟士等當時文化教育界的知名人士二百人，以及《太白》《文學》《譯文》《小朋友》《中學生》《新中華》《讀書生活》《世界知識》等十五家雜誌社共同發起。

> 我們日常有許多便當的字，手頭上大家都這麼寫，可是書本上
> 並不這麼印。識一個字須得認兩種以上的形體，何等不便。現在我
> 們主張把「手頭字」用到印刷上去，省掉讀書人記憶幾種字體的麻
> 煩，使得文字比較容易識，容易寫，更能夠普及到大眾。〔註70〕

《手頭字第一期字彙》收了三百個簡化漢字，後來大部分被國民政府教育部頒布的《第一批簡體字表》（一九三五年）所採用，該表係南京政府教育部部長王世杰，從「國語籌備委員會」所提供的兩千三百四十個簡體字表中「用紅筆圈出三百二十四個字」，於一九三五年八月二十一日由教育部正式公佈。第二日，又公佈了《各省市教育行政機關推行部頒簡體字辦法》，要求各地教育部門遵照執行。同年十月三日，南京國民政府以中央政府主席、行政院長、教育部長的名義通令全國，要求全面推行簡體字表。然而僅僅半年，至一九三六年二月五日，教育部據行政院的命令，訓令「簡體字應暫緩推行」，據說是國民黨中央委員戴傳賢給蔣介石下跪，為漢字請命的結果。中國歷史上由政府主導的第一次簡化漢字無果而終。魯迅因贊成拉丁化新文字，而未參與手頭字運動，「這些事情，我是不反對的，但也不熱心，因為我以為方塊字本身就是一個死症，吃點人參，或者想一點什麼方法，固然也許可以拖延

〔註69〕魯迅《中國語文的新生》，《魯迅全集》第六卷，人民文學出版社 1981 年版，第 114 頁。

〔註70〕《推行手頭字緣起》，《讀書生活》第一卷第 9 期，1935 年 3 月 10 日。

一下，然而到底是無可挽救的，所以一向就不大注意這回事。」〔註71〕像魯迅一樣，認定「漢字和大眾勢不兩立」的人，無論當時還是後來，都不在少數。語言和文字，是民族文化最重要的凝聚物，識字人口的比率，並不能改變這一點。對漢字的「階級仇恨」，在百年的文字改革中時隱時現，闇流洶涌。瞿秋白把普通話看作是無產階級的方言，當時曾被人質疑。

　　手頭字運動，以及同期的新文字運動，在某種程度上關注的並不僅僅是文字改革的事情，而是一種變相的政治運動，至少於一部分參與者來說如此，因此許多人眞實的興趣並不在文字，倒是在政治主張上。郭紹虞曾說，「在解放以前，我是贊同文字改革的。爲什麼贊同？一大半是爲了革命。」〔註72〕大陸和臺灣今天的「一國兩字」局面，或可溯至當年國共對於簡化字和拉丁化新文字日益分化的不同態度上。

　　抗戰和後來的內戰期間，共產黨所轄的解放區，曾廣泛地使用簡體字。當時有大量的油印書報刊物多種宣傳品曾採創過許多簡體字，比如「擁拥、護护、幹干、產产、奮奋、紅红、會会、黨党、參参、報报、勝胜、敵敌、勞劳、運运、動动、團团、歡欢、閱阅、鬥斗、戰战、爭争、蘇苏、實实」等，共產黨在全國取得勝利，這些簡體字流傳開來，被稱做「解放字」，它們成爲一九五六年公佈方案的簡化字的前身。

　　一九四九年十月，新中國成立當月，中國文字改革協會便宣告成立。一九五二年又成立中國文字改革研究委員會，一九五四年十二月改組成爲中國文字改革委員會，直屬國務院。五年之內，完成了從民間社團、研究機構到政府職能部門的三級跳，機構建設到這一步，文字改革已箭在弦上。

　　方案公佈之後，簡化字在技術和物質上面臨的最大困難是要重鑄新的字模，二十世紀五十年代中期那樣一個物質短缺的時代，這個困難是巨大的，倉庫裏積存著許多以繁體字印好的中小學教材、工具書等，沿用多年。繁體字模全部淘汰，更新爲簡化字模，於印刷廠來說，不是立即可以做到的。從一九五一至一九六〇年，十年間出版的四卷本《毛澤東選集》是繁體字版。一九六四年三月七日，中國文字改革委員會、文化部和教育部正式發表《關於簡化字的聯合通知》，並公佈了《簡化字總表》，同年四月，人民出版社使用繁體字豎排

〔註71〕《魯迅全集》第六卷，人民文學出版社1981年版，第280頁。

〔註72〕郭紹虞《我對文字改革問題的某些看法》，《文字改革》1982年第1期。

出版了合訂一卷本《毛澤東選集》，在一九六六年及以後若干年，這一繁體字版毛選分發各地，進入千家萬戶，這部一百零五萬八千字的經典著作，成為漢字簡化之後，一覩繁體字風采最易得到的公開文本，深紅色的三十二開硬皮裝幀，薄韌的紙張，一絲不苟的校對，豎排繁體，漢字標出的頁碼一五二〇，厚重矜持，猶如古籍，外加函套，定價六元八毛。與六十四開塑料皮一卷本簡體橫排的《毛澤東選集》相較，雖一字不差，卻不可同日而語。《毛澤東選集》，使簡化字時代出生的人，見過了認真的大規模繁體字現代漢語。

三

蓋字者，要重之器也，而器惟求於適用的思想，清末民初這是流行的觀念。人們普遍認為，「文字本是一種工具，工具應該以適用與否為優劣之標準。筆畫多的，難寫、費時間，當然是不適用。筆畫少的，容易寫、省時間，當然是適用。」於是廢除漢字之外，改革漢字的呼聲也起於一時。最現成的改革方案莫如採用所謂俗體字，俗體字自古有之，特別是明清以來，在民間的帳簿、當票、藥方、小說、唱本等處普遍使用，是漢字的破體，也叫手頭字，雖不登大雅之堂，卻已通行無阻，只不過沒有得到官方的承認罷。

一九〇九年《教育雜誌》創刊號發表了陸費逵的文章《普通教育應當採用俗體字》，理由有三：此種字筆畫簡單，易習易記；已經通行於公牘考試之外的一切領域，事順而易行；減少習字難度，增加識字人數，刻寫亦便利。俗體字運動之提倡看來比白話文運動要早好幾年。

簡化漢字的依據，實用而外，還有所謂「人類文字發展的規律」，美國文字學家泰勒（Issac Tylor）提出，人類的文字經過了五個階段：圖畫、圖像標記、表言符號、表音節符號、表字母符號，其中前兩種屬於表義文字，後兩種屬於表音文字，中間一種兼屬二者。他把漢字歸為象形字、會意字、表言的表音字，說這些的混合是「最顯著的例子，說明一種文字系統從來沒有超越過最初級的習俗化的圖畫文字的殘留」〔註73〕。這樣的看法，是認為方塊字落後，拼音文字先進，是世界文字共同的發展方向，中國也未能例外。這種以科學的名義和普遍規律的面目而出現的意識形態觀念，特別容易蠱惑人心，五四時代的精英，鮮有不上其當者，而上一輩人則不然，如章太炎「吹萬不同」的論述極為確切，

〔註73〕轉引自潘文國《字本位與漢語研究》，華東師範大學出版社 2002 年版，第 40 頁。

他說：「文字者，語言之符，語言者，心思之幟，雖天然言語，亦非宇宙間素有此物，其發端尚在人為，故大體以人事為準，人事有不齊，故語言文字亦可不齊。」〔註74〕

傅斯年認為，「反對拼音文字的人，都說拼音文字若是代替了漢字，便要妨礙到中國的文學，這是不必諱言的，我們也承認它。中國歷史上的文學全靠著漢字發揮它的特別色彩，一經棄了漢字，直不啻把它根本推翻。但是我們既主張國語的文學，──未來的新文學，對於以往的文學還要顧惜嗎？」〔註75〕離開漢字談所謂未來的國語文學，是不可思議的事情，但那時代卻很平常。五十年代郭沫若曾說，「漢字的歸於隱退，是不是就完全廢棄了呢？並不是！將來，永遠的將來，都會有一部分的學者來認真地研究漢字，認識漢字，也就跟我們今天有一部分學者在認真地研究甲骨文和金文一樣，甲骨文和金文不見使用了，殷代和商代的文化遺產的精華一直被保留到現在。漢字如果在日常生活中不見使用了，漢字所記錄的中國歷代的文化遺產的精華，也必然會一直被保留到永遠的將來。」〔註76〕尚未拼音化，卻已目睹了漢字的隱退，至少是一部分漢字，地名中的生僻字和一些異體字計一千一百多字，被整編掉了，還有方案中的兩千餘繁體字，在《新華字典》裏被加上了括號。漢字記錄的十三經、二十四史之類，如果當代人不再閱讀，不再是生活、思想和信仰的一部分，又怎麼通過什麼途徑「保留到永遠的將來」呢？讓漢字成為供少數學者使用的拉丁文，中國會像歐洲一樣分裂解體，這或許是危言聳聽，或許不是。

直至八十年代，拼音化的方向仍被一些人叫得響亮。在一次全國語言文字工作會議上，有人認為，「文字改革的方向還是要向拼音文字發展。當然，不是現在的事。但是，即使要一二百年以後才能實現，總還是要有個方向，就像我們說共產主義是方向，但什麼時候實現，誰也說不出一個準確的時間。文字改革也相類似。」〔註77〕

漢語和漢字，經已互相磨合了四五千年，水乳交融，難分難解。漢語被漢

〔註74〕 章太炎《規新世紀》，《民報》第24號。

〔註75〕 轉引自潘文國《危機下的中文》，遼寧人民出版社2008年版，第218頁。

〔註76〕 郭沫若《為中國文字的根本改革鋪平道路》，《全國文字改革會議文件彙編》。

〔註77〕 《語文建設》1986年第1、2期合刊。

字如此塑造了幾千年，開口說話，即使不識字的人，也不可能與漢字無關。

日本、越南、朝鮮、韓國，這些國家在歷史上曾經借用漢字記錄自己的民族語言，長達千年，近代以來，由於民族意識的緣故，有不同程度的「去漢字化」運動。對國人來說，漢語和漢字，同根同源，自創自用，何苦要骨肉拆散。

漢字簡化和拼音化本來是兩件事，且是不太相干的兩事，卻容易被聯繫起來。「第一，簡化漢字固然是漢字的一種改良，但是它衝破了文字神聖說，讓人們知道，文字只不過是一種書寫工具，它是要發展要變化的，人們是可以根據需要去改革它的。因此，簡化漢字也為文字拼音化打下了一個很重要的思想基礎，堅定了人們改革漢字的信心。第二，從漢字簡化方案和群眾中流行的新簡化字來看，漢字的表音功能正在逐步增加，這是符合一般文字的發展規律的，也使人民認識到表音文字是先進的，這對將來實行拼音文字提供了有利條件。」〔註78〕文字神聖說已破產，證據是敬惜字紙的習俗蕩然無存。談及漢字的表音功能，卻是一樁嚴重的誤解，數以萬計的漢字，在區分聲調的前提下，也只有一千四百多個讀音，想消滅同音字是不可能的，以形別義，而不是以聲別義，才是漢字的方向。在這個問題上，不存在「一般文字的發展規律」，在口語上區分同音字的辦法，是雙音詞和多音詞的創造。《說文解字》和《新華字典》所收漢字，字數差不多，約有半數不同，但後者超強的構詞能力卻使之足以應對生活。

減少漢字字數，把幾個同音字合併起來，簡化成一個字，只能增加混淆，破壞漢字的表意性，拼音化的最大困難正在這裏。用拼音怎麼區分同音字？需先解決了這個問題，再談拼音化不遲。《新華字典》裏的「衣」音部共收錄一百二十七個發此音的漢字，拼音化之後，就變成一個 yì 了。全部字典的四百一十五個音節，加之四聲符號，計一千六百餘音節，包括雙音節的同音詞的問題。

漢字形體的演變是自然的過程，包含著多少無名藝術家和發明家的心血及創造。尊重漢字，是尊重民族遺產，珍視文化傳統，也是自尊自愛的表現。只有對漢字懷有「階級仇恨」的人，才無視這一點。

〔註78〕曹澄方《文字改革工作答問》（修訂本），上海教育出版社 1984 年版，第 19 頁。

四

　　甲骨文已經是成熟的漢字，漢字在形體上的演變，依照曹先擢的說法，大體經歷三個階段：圖畫文字、線條文字、筆畫文字。就筆劃文字而言，古文字以弧線為主，隸書和楷書則發展為點、橫、豎、撇、捺等一系列筆畫。

　　自商周古字，一變而為篆，二變而為隸，三變而為楷，由繁趨簡，廓然自適，「重形體」，「貴目治」，既便於婉轉書寫，又尋獲體勢之美，不失其理，不失其姿。每一字體由粗而精，由拙而雅，歷經悠長的歲月。其中由篆到隸，變化最大，史稱「隸變」。伸展、化約了篆的結構，筆法變圓形為方形，變弧線為直線，變圓轉為方折，筆畫勾連為斷，趨於簡，偏旁部首，適所變通。「隸變」的演化綿延好幾百年，字體結構從容定型，書法藝術亦成熟了，簡明實用，合於六書之道。

　　所謂漢字的理據乃造字法，即「六書」。六書的理論，出現於戰國末期，漢代劉歆有詳載。班固、鄭眾、許慎各有論述，世稱「三家」。班固《漢書・藝文志》曰，「象形、象事、象意、象聲、轉注、假借」；鄭眾《周禮寶氏注》曰，「象形、會意、轉注、處事、假借、諧聲」；許慎《說文解字序》曰，「指事、象形、形聲、會意、轉注、假借」；一般認為，六書次序，班固所列，比較符合漢字發展的實際，而六書的名稱，許慎的概括準確恰當，次序從班，名稱從許，乃得六書。以今天的推測，漢字大概先有了象形字、指事字和用象形符號拼合起來的會意字，然後才有了形聲字、假借字和大部分為形聲結構的轉注字。前三種不帶表音成分，似乎純粹表意，形聲和轉注，包含了表音成分，假借字則完全表音。

　　其中形聲字的出現是關鍵，有了它，漢字之孳乳繁衍，源源不斷。

　　徐通鏘認為，「漢字是自源性的文字，其中的形聲字約占百分之九十左右。字的形聲體系是理據性的一種表現，反映漢語編碼的理據性原理。在漢語傳統的研究中，人們沒有懷疑過這種理據性編碼的性質大致都圍繞著字的理據進行研究，只是在鴉片戰爭以後，西學東漸，中國語言學家接受了西方語言學的理論和方法，才一股勁兒鼓吹約定說，全盤否定理據論，中斷了自己的研究傳統。」〔註79〕

〔註79〕徐通鏘《漢語結構的基本原理──字本位和語言研究》，中國海洋大學出版社2005
　　　　年版，第23頁。

漢字當然有許多不合理據處，乃是歷史形成，連最有學問的人，也講不出個所以然。沿襲至今，硬給它改成合理據，毫無必要。若信了西式的約定，否定了漢字的理據，才會隨意亂改字形字體，減省筆畫。約定後面跟著俗成，語言文字不同於法律制度，習慣成自然，慢慢接受下來的內容，具有天然的合理性，依賴國家的行政力量，人為地約定加以改變，只能在有限的範圍之內，超出此界限，便會破壞其功能。

漢字的演化和成熟，與書法藝術的發展分不開，藝術的偉力，始終參與了塑造漢字的品格。簡化漢字置漢字表意的理據於不顧，也不管意義的混淆，更不問字形的美觀與否，將草書字楷書化處理時，既不考慮筆畫之間的結構，也未考慮與其他字的協調配合，強使藝術就實用之範，以焚琴煮鶴喻之，不為過也。

在第一批簡化字中，有一些字簡得不符合書寫的原則。如「长」字，規定為四筆，寫起來就很不順。下邊本來是一「亡」字，一點一橫是「人」的變寫。本來繁體之豎提之後一撇一捺，恰好構成一個左右開闊之勢，有來有往，順筆自然。而現在簡成了無撇有捺，看來省去了一筆，其實，筆行的軌迹中那個撇並沒有去掉，只是沒有落在紙上而已，從提的收筆到捺的起筆這一段過程是不可能省掉的，不在紙上走就要在空中走，不然筆過不去，到不了捺的起筆處。再者，筆在空中走和在紙上走哪個方便呢？懂得行草之比楷書便捷，就明白在紙上走比在空中走省事的道理，因為筆既離開紙，又回到紙上，就須「提」、「按」的活動，就須有收筆起筆的活動，如果在紙上連筆而走，只須轉鋒便可。大家都知道「連筆」是改楷為行為草的一種便捷的方法。所以說，「长」字省了撇，只是形式上的一種安慰，就書寫而言，事實上反而更費事了。〔註80〕

從小寫不好「長」字，反覆寫，越看越覺得不像個字，讀了這段文字，才知原來書法家也寫不好，因為這個字本身有問題。繁體長字沒有這樣的問題。本人見過李長之先生的簽名，從來寫作長之。簡化的長字，並非今人的發明，來源於長的草書，漢代的《急就章》裏能找到這個寫法，但草書是通篇皆草，

〔註80〕 參見歐陽中石《方塊漢字的簡化應考慮到書寫的問題》，中國社會科學院語言文字應用研究所編《漢字問題學術討論會論文集》，語文出版社1988年版，第161頁。

手筆運勢連貫，沒有見過在楷書字陣裏安插草體字的。

　　贊成簡化的人，反覆論述文字發展的自然趨勢是由繁到簡，其實是只見其一端，由簡至繁，同樣是文字演變的正常途徑，形聲字的大量產生，增加區別意義的形旁，至今造字時還在使用。比如化學元素──氫氧氦、鉀鈉鈣，若去掉形旁，筆畫是少了，但別義的功能卻失掉了。「文字作爲一種工具，人們對它的要求是精確有效，同時又方便省力。精確有效跟方便省力是一對矛盾。正是這一矛盾，推動著文字健康發展。這一矛盾具體表現爲文字發展過程中的趨繁和趨簡。記錄語言要精確，就要求文字體系繁而嚴密，爲學習使用時方便，就要求簡而省事。雙方互相制約，使得一種文字體系不致過繁或過簡。」〔註81〕

　　歷史上字體簡化是常見的事情，在繁簡得當的意義上，會發現一些漢字簡化得合理，但如此規模的簡化更多的字則未必合理。逐字討論每一字的合理性，俟諸他日另文。

五

　　今日大陸通行的簡化字，乃就其筆畫而言，相對於繁體字稱簡化字，但稱作俗體字才名副其實，因爲大多是歷代積纍下來的。爲簡化的合理性辯護的人，也喜歡在這上面做文章。

　　有人從一九八六年公佈的《簡化字總表》第一表和第二表中選取了三百八十八個字頭（含簡化偏旁）進行溯源研究，得出的結果如下：

　　現行簡化字始見於先秦的共四十九字，占所選三百八十八個字頭的百分之一二・六三；

　　始見於秦漢的共六十二字，占百分之十五・九八；

　　始見於魏晉南北朝的共二十四字，占百分之六・一八；

　　始見於隋唐的共三十一字，占百分之七・九九；

　　始見於宋（金）的共二十九字，占百分之七・四七；

　　始見於元朝的共七十二字，占百分之十八・五六；

　　始見於明清的共七十四字，占百分之十九・〇七；

〔註81〕胡雙寶《漢字的繁化與簡化》，劉慶俄編《漢字新論》，同心出版社 2006 年版，第666 頁。

始見於民國的共四十六字，占百分之十一・八六；

始見於中華人民共和國成立後（截至一九五六年《漢字簡化方案》公佈）的一個字，占百分之〇・二六。〔註82〕

當代勞動人民自己創造的簡化字，原來只有一字，就是「帘」字，取代的乃是「簾」。其餘三百八十七個字頭，是不同年代的古人遺贈我們的。說上面列舉三百八十八個簡化漢字幾乎個個有歷史根據是不錯的，但在過去的任何一個朝代裏，俗字只占很小的比例，且它的使用範圍受到嚴格的限制，特別是科舉考試，不僅要寫正體字，且要寫館閣體。像這樣彙集歷代俗字來一次以俗為正的顛覆性的漢字革命，五千年來未曾有過。

表面上在尋找跟歷史之間的聯繫，實際上在製造與歷史之間的斷裂。聯繫是理由和藉口，斷裂是後果。或說被長期壓抑的某種非歷史化的情緒需要宣泄。一九六四年政府出臺《簡化字總表》，合併和淘汰的異體字加上取消的地名中的生僻字，是一千一百多個，單獨簡化和由簡化偏旁類推出的常用漢字，又有兩千餘，加起來兩千餘字，占七千通用漢字的近半數，如此規模的改動，自有漢字以來所未有，兩年之後，「文革」爆發，漢字是有靈的，漢字豈是可如此隨意亂動的，當年倉頡造字，天雨粟，鬼夜哭。

「文革」的系列動亂和災難，亦可視作漢字對於漢人的報復與懲罰，大字報上的漢字，僅僅是普通的漢字嗎？因字罹禍、因字獲罪的人，在那十年之中竟然有那麼多，他們是在向誰討付代價呢？這樣的語言表達，已經出離規範的論證方式，寫下它們的時候，本人意識到自己或許已在把複雜的歷史社會現象進行簡單化處理，這與簡化漢字的思路是一致的。

我們雖然認識了繁體字，但卻寫不出來，長年累月地寫簡化字，是在接受一種思維方式的訓練，實用，功利，將複雜問題簡化，避免困難的事情，逃避精神上的難度。這是漢字簡化的精神遺產。

六

《方案》所收簡化字，以下列八種方法達成簡化之目的：

一、保留原字輪廓：卤－鹵，娄－婁，伞－傘，肃－肅；

〔註82〕張書岩、王鐵昆、李青梅、安寧《簡化漢字溯源》，語文出版社 1997 年版，第 6 頁。

二、保留原字特徵部分，省略一部或大部：竞－競，务－務，医－醫，开
　　－開，疟－瘧，业－業，枭－梟；

三、改換爲形體較簡單的聲旁或形旁：

　　改換聲旁：运－運，辽－遼，补－補；

　　改換形旁：碱－鹼；

　　聲形皆換：惊－驚，华－華，护－護；

四、另造新會意字：尘－塵，体－體，双－雙；

五、草書楷化：时－時，东－東，长－長，书－書，为－爲，专－專；

六、符號代替：仅－僅，赵－趙，区－區，鸡－雞，权－權，联－聯；

七、同音代替：丑－醜，后－後，几－幾，余－餘，谷－谷，只－隻衹

八、利用古舊字體：

　　利用古本字：虫－蟲，云－雲，号－號，从－從，卷－捲，夸－誇；

　　利用古代異體字：万－萬，无－無，尔－爾，礼－禮；

　　利用廢棄字形：胜－勝（「勝」爲「腥」的本字，後不用）亲－親（「親」

　　爲「榛」的本字，後不用）。〔註83〕

　　其中第七種方法，造成的遺留問題最多。如「发」的繁體字有兩個：發和
髮，發達之發與頭髮之髮本來是兩字，簡化之後成了三字。「复」字也如此，恢
復之復，複印之複，被強行統一於這個「复」字，但其實是做不到的。《說文解
字》同時收有此三字，折騰了一場之後，還是三字，一個都不能少，少了意思
容易混淆。丰和豐，谷和穀，后和後，丑和醜，仇和讎，本來是兩字，合起來
之後，只能引起理解上的混亂。再比如說「鍾靈毓秀」的「鍾」，與「當一天和
尚撞一天鐘」的「鐘」，合併統一簡化爲「钟」，這本是兩個意思相差很遠的漢
字，在簡化字裏無法區分。由於這個原因，錢鍾書不肯將「鍾」寫作「钟」，馮
鍾璞後改名爲宗璞，蕭乾名字若依照簡化漢字的規範要求，應寫爲肖干。

　　表面上看，筆畫少了，字數也少了，但由此帶來的意思上的不準確和混亂
卻是大麻煩。

　　這樣的同音代替，約占《方案》中的五分之一，就是說約有一百個漢字，

〔註83〕張書岩、王鐵昆、李青梅、安寧《簡化漢字溯源》，語文出版社 1997 年版，第 34
　　～35 頁。

是採用這樣的方法簡化的。可以毫不誇張地說，簡化一個，混淆一個，甚至是混淆幾個。

一九六四年公佈的簡化字與繁體字對照表，收錄了一九五六年以來的四批簡化字共五百一十七個，後面的說明和注釋達七十八條之多。比如第四條：「丑醜——在古代，這兩個字不通用，丑，地支名，醜，醜惡的醜。」專有一條注釋規定下列十個簡化字在意義容易混淆時仍用原繁體字：迭—疊、复—覆、干—幹、伙—夥、借—藉、么—麼、象—像、余—餘、折—摺、征—徵；而對於适—適和宁—寧兩個簡化字加了很長的注釋，其注曰：「古人南宮适、洪适的适（古字罕用）讀 kuò。此适字本作銛，爲了避免混淆，可恢復本字銛。」結果等於新添了三個字，還不如讓適不簡化保持自己原樣的好。「作門屏之間解的宁（古字罕用）讀 zhù（宁）。爲避免此宁字與寧的簡化字混淆，原讀 zhù 的宁作宀。」

术—術，叶—葉，吁—籲，這三組字問題更大。术和術，音義均不同，术，指白术、蒼术，讀作 zhǔ，術，用於技術等，讀 shù，簡化後術字一字兩讀，等於還是兩個字，不如不簡化的好。叶和葉，音義也不同，叶，讀作 xié，同協，葉，讀作 yè，是葉子的葉，簡化成一個字之後，葉也只好兩讀，在「叶韻」中，讀作 xié。吁，本來讀 xū，因爲將籲（yù）字合併簡化爲「吁」，所以也多了一個讀音，在「喘吁吁」一詞中，讀作 xū。將不同音讀的字合併爲一個，增加其讀音，學習的時候，等於還是兩個字，且是容易混淆的兩個字。

假如不簡化，這些繁瑣的說明和注釋是不必要的。以簡化始，以複雜化終；目的本是減少漢字的筆畫和數量，結果是新增了兩千多個漢字和不計其數的繁體字盲，事與願違，只好將錯就錯，還要說成鞏固改革成果而加以讚揚。一九五六年之前用的是繁體字，掃盲成績最大，一九六四年之後的十幾年裏，通行簡化字，文盲反而驟增。事實證明，少幾個筆畫，不會減少怕困難的睜眼瞎，多幾個筆畫，也難不倒多數國人，簡化漢字的好處，是自欺欺人之談。

七

二十世紀三十年代的手頭字運動，所要求的是簡化字生存的權利，能夠獲得與繁體字並存的資格就知足了。新中國成立之後的簡化漢字工作則大爲不

同，它不僅獲得了生存權，還取得了正統地位，代替繁體字成爲正字，且剝奪了繁體字的生存權，猶如白話之於文言。除了申明足夠的學術理由，時下大陸出版社是不被允許擅出繁體字本的。這與國家的政治性質相匹配，勞動人民翻身做主，簡化字現代漢語專政順理成章。

但漢字本來有自己的章法和道理。以占漢字九成的形聲字爲例，形符（義符）和聲符各有理據，雖說不一定全部準確，特別是在讀音上，但大體來說，字的結構是可以分析和解釋的，有理有據。簡化卻造出許多毫無理據的漢字，比如使用上述第六種符號代替法進行的簡化即是如此。一些偏旁帶×和又的簡化字，对－對，艰－艱，观－觀，欢－歡，仅－僅，凤－鳳，权－權，劝－勸，叹－歎，邓－鄧，鸡－雞；义－義，冈－岡，岗－崗，刚－剛，刘－劉，区－區，赵－趙，等等。這兩組字中的「又」和「×」，既不是聲旁，也非形旁（義旁），從簡化字的結構上看，是不可理解的，因爲它本身就來自於手寫時的方便，只是一個速記符號，本來依附於正字的手頭字，它的理據性由本字來提供，所以它才可以這樣寫。作爲正字的補充形式，臨時的代用符號是可以理解的，但假若取消了正字，強迫這個手頭字做正字，在不引出正字的情況下，這個簡化字就無法理解了。婢做夫人，實在不像。對於這種簡化法，當時有人諷刺說「叉叉、叉叉叉叉叉」。

而不合理據的簡化方法的通行，勢必造成更爲大量的類似的簡化行爲，和更加不通的簡化字。二簡方案中的許多簡化字，走的是這個路子。二簡方案雖然被廢止，其中的不少簡化字在今天手頭上仍有使用，並沒有什麼關係，寫的時候只求順手方便，事後能辨認則可，手頭上原本不必強求一律的，但印刷和出版卻需要用正字。手頭字是正字的補充，承認它的地位，不意味著喧賓奪主，各得其所，才能保護文字的穩定。俗字的通行，可以聽之任之，但要提升其地位，弄成正字，卻不可以不考慮它的理據夠不夠了。一時之便需要照顧，但並不需要抹去民族文化積纍下來的穩定正字體系爲代價。

文改派的理由是，如果不廢除繁體字，用簡化字取而代之，那豈不是越簡化漢字的數量越多，增加人們的識字負擔嗎？

文改會早就宣稱，只應減少而不是增加漢字的數量。但廢除漢字，哪怕是廢除其中的一個漢字，也是一件極其複雜的事情，不是說聲廢就立刻能廢得了的。古人寫的字，已經印好的書，改不了廢不掉；當代人手寫之時，正體還是

異體，寫簡抑或就繁，實際上也是自己的習慣，許多人不喜歡自己的姓氏被簡化，一輩子只寫繁體。簡化字控制的領域，一是報刊雜誌和普通正式出版物用字，一是學校的識字教學課堂。把一些字逐出這兩個領域，也還未能使其消失殆盡，還有特區的存在，翻印古籍、繁體字毛選、人民日報海外版與港臺版的圖書雜誌。

既然是已經存在的漢字，無論它遭遇怎樣的命運，自然會有它自己的用途。

公民的識字權應是認識所用漢字的權利，當代對於言論自由最大的侵犯，是作者不能自行決定他自己文章裏所用的漢字，在發表或出版時使用正字還是俗字，這等自由幾千年來的文人沒有失去過。在詩詞和文學作品中，選字，安排好每一漢字，必然包含對字形的考慮，形音義的綜合運用，此乃修辭的本旨！

簡化漢字，實際上增加了漢字的數量，更爲嚴重的是，大量無理簡化的漢字成爲正字，破壞了漢字整體上的理據性，這些漢字家族的新成員，根正苗紅理直氣壯，實際上不倫不類不清不白。從維護漢字的理據性出發，區分正俗，恢復正字的地位，讓手頭字儘其所能地運用於手頭，是合理的辦法。胡亂簡化造成的社會心理後果是潛在的，當代人目無章法爲所欲爲不計後果的行爲方式，是普遍的現象。

八

陳夢家先生與當時文改會主流意見的最大分歧，是對漢字的根本看法。「漢字又是象形的，又是有聲音符號的，這種文字不見得壞。不管好不好，我們已經用了三千多年了，沒有出過『漏子』。再使用下去，我看也不會出『漏子』的。因此，我個人覺得再用下去還是可以的，不一定非淘汰不可。」〔註84〕

毛澤東對於簡化漢字的指示，在他親自修改的新聞稿中。雖然刪去了兩個「毛主席認爲」和兩個「毛主席指出」，但文改會的人，很清楚意見來自哪裏，做起來自然有恃無恐。「過去擬出的七百個簡體字還不夠簡。作基本字要多利用草體，找出簡化規律，作成基本形狀，有規律地進行簡化。漢字的數量也必須

〔註84〕陳夢家《夢甲室存文》，中華書局 2006 年版，第 245 頁。

大大減縮。只有從形體上和數量上同時精簡，才算得上簡化。」〔註85〕

　　廢除某些漢字，照理並不在簡化範疇之內，但「最高指示」既出，必須照辦。漢字的數量是自然形成的，由於歷史長，積纍下來，數量龐大，漢《說文解字》約一萬，到清《康熙字典》，四萬七千多。多數屬於極不常用字，通用漢字在七八千左右。爲落實減少數量的要求，有人提出了「音節漢字」和「基本漢字」的概念：前者指同音替代，後者是合併同義和近義字，只選取一個，其餘淘汰。這種極端的想法，是完全做不到的。記錄語言的需要，基本漢字就遠遠不能夠滿足，且不說文章用字。《毛澤東選集》第一至五卷，共使用了三千一百五十個左右的漢字。整理漢字，使規範化有必要，但人爲地限定漢字的數量，採取行政手段廢除一些漢字卻不可取。蒙昧主義態度，只能使自己無知，並不容易抹殺文化與歷史。

　　一九五五年十二月，文改會發佈《第一批異體字整理表》，廢除了一千零五十五個異體字。另外，在第一批漢字簡化方案中，以筆畫簡單的同音字代替筆畫較多的繁體字，也精簡了一部分漢字，加之以常用字代替生僻的地名字，更改了三十多個地名用字，這樣合起來共精簡了一千一百多個漢字。所謂精簡，就是放進了《新華字典》的括號裏。「翻印古書須用原文原字的，可作例外」，「有用作姓氏的，在報刊圖書中可以保留原字」。

　　一九五五年一月七日，《漢字簡化方案草案》發表，同年八月北京、天津和其他各省市的報刊開始試用，至十月十五日北京召開全國文字改革會議，通過了《漢字簡化方案》，提請國務院審定公佈實行，前後不到一年。十一月二十一日教育部發出《關於在中小學和各級師範學校以及工農業餘學校推行簡化漢字的通知》，規定：全國中小學和各級師範學校以及工農業餘學校的教學、學生作業和日常書寫公告函件等，必須使用簡化漢字。

　　一九五六年唐蘭發表了對文字改革的不同意見，「不應當忘記在今天漢字還處在當家地位，不能否定它，」「拉丁化新文字能不能用還在未定之天，目前我們不能宣傳漢字必須撤退。」唐蘭先生的觀點立刻遭到文改派的圍攻。

　　梁東漢在《人民日報》上發表《漢字的演變》，認爲漢字「確實到了山窮水

〔註85〕　《中國文字改革研究委員會第三次全體會議的討論記錄摘要》，《中國語文》1953
　　　　年6月號。參見《建國以來毛澤東文稿》第四冊，中央文獻出版社1990年版，第
　　　　236頁。

盡，非變不可的地步」，倪海曙也認為，「認識了舊文字的根本缺點，我們就可以肯定改革的必然性，可以不光憑感情，還能憑理智來堅持改革，爭取改革，完成改革。」他們共同的論據是：除了中國，全世界都採用拼音文字，可見其正確和進步性。

一九五七年陳夢家在《光明日報》和《文匯報》上發表了三篇文章，《略論文字學》（《光明日報》一九五七年二月四日）《慎重一點改革漢字》（《文匯報》一九五七年五月十七日）《關於漢字的前途──一九五七年三月二十二日在中國文字改革委員會的講演》（《光明日報》一九五七年五月十九日）他於《簡化字方案》的意見主要有：

一、現在報刊上試用的簡字，有一部分有很不好的後果，希望考慮將這個方案暫行撤回，重作慎重的考慮。

二、已公佈簡字的方案，主要的缺點在於公佈以前的手續和方式。文字的改進應該先經過學術的研究與討論，不宜於用行政命令來推行。

三、除了公佈以外的簡字，有許多是上海製造打字字模的人的「發明」。希望停止發展這種創造。

四、在沒有好好研究以前，不要太快的宣布漢字的死刑。

五、在目前，一方面面臨文化革命前夕，一方面全國擴大了識字教育，對於起重大作用的文字工具，不要無緣無故的打亂它。

六、關於簡字和文改工作，一向是許多人所關心的，但是很少發言。現在報刊上已經開始了這些爭論，非常可喜。我個人希望，將來若使要開會討論，不要像上次開會那樣，如一個幹部對我講的「開會名單是預先慎重考慮又考慮的」。這種考慮，只顧到大家一致擁護他們原先擬定的要通過的方案，因此沒有什麼反對意見或不敢提反對意見。〔註86〕

他個人的建議是：「（一）再來一次大規模地收集缺點的工作，不要問人家好不好，要問人家什麼地方不好。（二）停止公佈簡化漢字。這並不是說不要簡化了，還要進行研究。（三）考慮收回已經公佈的簡化字，把簡化得妥當的加以公佈，哪怕十個字也好，公佈時把理由根據交代清楚。」〔註87〕

〔註86〕陳夢家《夢甲室存文》，中華書局 2006 年版，第 241～242 頁。

〔註87〕同上，第 249 頁。

對簡化字的具體方案，陳夢家認爲，「文字應當簡化，但不應因簡化而混淆。」他舉例說「幹」「乾」字簡化成「干」，那麼「乾隆」就得寫成「干隆」，後來的《簡化字總表》把他的這一意見作爲特例收入說明當中。〔註88〕而對於他的六條意見和三條建議，則不予理睬。他反覆說的不過是一句話，「文字這東西，關係了我們萬萬千千的人民，關係了子孫百世，千萬要愼重從事。」〔註89〕在那樣的時代氛圍中，沒有人能聽得進去，像戴傳賢給蔣介石下跪那樣爲漢字請命，亦不復可能了。

據詹鄞鑫《二十世紀文字改革爭鳴綜述》報導，「《光明日報》群眾來信意見綜述提到文字改革『一家獨鳴』已經形成一種壓力，似乎誰要對文字改革表示懷疑，就會被人扣上一頂『思想落後』的帽子，甚至會被人加上『反對中央實行文字改革』的罪名。」〔註90〕「思想落後」和「反對中央」在那個年代，無異於自蹈死地。

九

今天僅識簡化字的人，與繁體字文本行如隔世。

簡化字方案第一表公佈的簡化字是二百三十個，第二表是二百八十五個，第三表是五十四個可以類推的簡化偏旁。單純使用個體簡化的方法，簡化的只有五百一十五個漢字，兼用類推簡化，實際上被簡化的漢字達到兩千多個。這個數量相當驚人。在兩千五百個常用漢字中，約有九百個是簡化字，占到百分之三十六，這些簡化字寫起來，平均每字比繁體字少了六畫。掃盲的同時，在製造新的更大規模的文盲：繁體字盲，普通讀者與繁體字文本之間的天然聯繫被人爲地中斷了。《簡化字總表》公佈之後不久，「文革」開始，

〔註88〕《簡化字總表》說明四：「一部分簡化字，有特殊情形，需要加以適當的注解。例如「干」是「幹」（gān）「乾」的簡化字，但是「乾隆」的「乾」（qián）並不簡化。」不惜用注解來追求一個字筆劃的減省，平添了許多淆亂，比不簡還繁複，這樣的例子不止這一個。又如以「余」代「餘」，以「复」代「覆」，雖然大家已經習慣了，而在某些情況下卻不適宜，需要區別。但實際上又沒法區別，這是由於不該簡化而硬簡化帶來的問題。

〔註89〕陳夢家《夢甲室存文》，中華書局2006年版，第243頁。

〔註90〕轉引自潘文國《危機下的中文》，遼寧人民出版社2008年版，第159頁。

古籍圖書和一九五六年前出版的許多繁體字書，被當作封資修遭到接連抄沒和焚毀。按說單個簡化的漢字才五百多個，加之五十多個偏旁，在已經認識簡化字的基礎上學會繁體字，不是多麼困難的事情。況且計算機輸入漢字，並不需一筆一畫地寫，原來簡化漢字最重要的根據和理由已經不存。由於國家的教育政策從未考慮受教育者有認識繁體漢字的必要，也從未認真對待此種需求和權利，而國家語言文字工作委員會，以自己的部門利益為重，盲目恐懼繁體字一朝恢復，就會使「我們幾十年的文字改革成果毀於一旦」，置國家和民族幾千年文化積纍和文明傳承於不顧，結果至今仍然成批量地製造著受過高等教育的「繁體字盲」。

據報載，一些兒童食品和用品的說明書是繁體字，文章認為面對這些繁體字，不要說初識漢字的學生，不少新中國成長起來的年輕的爸爸媽媽們也會變成「睜眼瞎」的。引用這一材料的原作者，原本說明「濫用繁體字造成了哪些危害」〔註91〕，那麼不識繁體字而造成的危害自然也在其中，如今新中國成長起來的年輕爸爸媽媽們已不再年輕，繁體字卻也識得幾個，說明書問題還不大，古籍看不懂是無疑了，「要作中國人，必需知道中國是什麼，若於中國文史毫無涉獵，那只是中國所出的石頭草木。」〔註92〕據說圖書館員據借書單上的書名《后汉书》去書庫竟尋不出，繁體「後漢書」三字與簡體一字未同。吳小如教授寫過篇短文《漢字必「識繁」始能馭「簡」》，假若他的觀點成立，簡化漢字豈不是白忙乎一場，與其執繁馭簡，「簡」和「馭」其實本也可以省去的。

漢字簡化的目的，是為了大眾之便捷，其依據是中國文字落後繁難，西化（拼音化）是最終歸宿。在未經充分論證的前提下，不顧專家反對，不聽大眾反響，一意孤行，以國家行政命令推行漢字簡化。今時即便從善意看待，抱有瞭解之同情心，仍不得不發問：將便易的工具交給大眾，難道就不考慮民眾也有權利認識傳承了幾千年的繁體漢字和這些繁體字印刷的古籍麼？誰斷定大眾只需要簡明的工具，不需要高深的思想、偉大的藝術呢？

漢字的倉促簡化，使我們今天的基礎教育十分被動。自有漢字以來，未曾

〔註91〕 參見國家語言文字工作委員會政策法規室編《語言文字工作百題》，語文出版社1995年版，第82頁。

〔註92〕 陳夢家《論習文史》，《夢甲室存文》，中華書局2006年版，第261頁。

遇此劫難。一九五六年之後在大陸受教育的人，一律被強制識讀簡化漢字，據殘缺的符號接受「文化教育」，屈服於權力而不知未覺，這已成為我們最大的習俗，權力的光環終會磨損淡化，那些被簡化得不合理、不恰當的殘缺漢字，使我們看清自己的處境和來歷。